IL GIALLO MONDADORI

ALESSANDRO PERISSINOTTO
PIERO d'ETTORRE

CENA DI CLASSE

MONDADORI

Pubblicato in accordo con Grandi & Associati, Milano

I edizione Il Giallo Mondadori settembre 2022

ISBN 978-88-04-75124-3

La citazione alle pagine 192-193 è tratta da Adelaide Aglietta, *Diario di una giurata popolare al processo delle Brigate rosse*, Lindau, Torino 2009.

Anno 2023 - Ristampa 3 4 5 6 7

mondadori.it

CENA DI CLASSE

1

22 febbraio 2018. Ore 6.27

Stava facendo di nuovo quel sogno. Non proprio un incubo, però un sogno torbido. Come le altre volte si trovava in tribunale. Sul banco degli imputati c'era Bin Laden, non quello vero, certo, il Bin Laden del loro lessico familiare, quello che era entrato a forza nella sua vita e in quella di Rossana; lui cercava di guardarlo in faccia, ma due carabinieri gli facevano schermo, perché nessuno potesse scorgerne la fisionomia. E lui, dal suo scranno di avvocato di parte civile, si sporgeva, si muoveva, si agitava, ma non otteneva altro risultato se non quello di beccarsi un richiamo dal presidente: "Avvocato Meroni, stia fermo e non mi faccia perdere la pazienza. Lei non ha diritto di guardare in viso l'imputato qui presente". Allora lui si alzava e gridava: "Presidente, se c'è un uomo in quest'aula che ha diritto di guardare dritto negli occhi l'imputato, quello sono io, che...". Ma poi si fermava, perché tutti i presenti cominciavano a ridere, e allora lui si guardava e la sua toga era lacera, con chiazze d'unto sparse un po' ovunque. "Ci scusi, signor Bin Laden" faceva allora ossequioso il giudice, "perdoni l'ardire di questo tribunale nel trascinarla in giudizio. Da questo momento lei è un uomo libero." All'improvviso il sogno uscì dai binari consueti e lui, con ancora la toga stracciata addosso, si trovò all'aperto, in un bosco, sotto una pioggia torrenziale. Sentiva le gocce che cadevano rumorosamente sulle foglie dei castagni: Bin Laden l'aveva fatta franca un'altra volta. Che avvocato era se non era neppure riuscito a far condannare un delinquente come quello? Che avvocato era quello che indossava una toga sbrindellata? Con un sapore di sconfitta in bocca cominciò a imboccare la strada del risveglio: gli occhi si aprirono leggermente, nell'oscurità ammorbidita appena dalla lama di luce che filtrava da sotto una porta, la sensazione della toga fradicia addosso scomparve, così, come il bosco e le foglie. Solo il rumore della pioggia persisteva, ma cambiava di significato a mano a mano che Giacomo Meroni si faceva più cosciente. Con gli occhi aperti ritrovò, nella penombra di casa sua, gli oggetti familiari: i manifesti cinematografici appesi alla parete di fondo, l'armadio comprato dal rigattiere lì accanto, il comò ereditato da una prozia di Vertemate con Minoprio, gli scaffali in stile industriale stracolmi di libri e il vecchio iPhone 3 che, cessata per vetustà la sua funzione di telefono, svolgeva quella di sveglia da comodino; sul suo schermo le cifre luminose dicevano che erano le 6.27 del 22/02/2018. Nel mondo rassicurante del suo loft, la pioggia nel pineto divenne un semplice scrosciare di doccia. Con un piccolo brivido di piacere immaginò Rossana nuda sotto l'acqua calda: diciannove anni di matrimonio e provava ancora la stessa attrazione. Un istante dopo il rumore cessò; dalla stanza da bagno giunse ancora qualche suono: il flacone di lozione per il corpo posato sul piano di marmo del lavabo, la vibrazione metallica del portasciugamani, lo scorrere leggero della porta sul suo binario. Giacomo chiuse gli occhi e si finse addormentato fino a che le labbra di Rossana non si poggiarono sulle sue.

«Bravo, amore mio. Oggi hai recitato meglio del solito; però alzati perché, come vedi, io sono già in piedi.»

Lui sorrise della battuta e la stuzzicò: «La consueta lezione sull'autoironia?».

«No, però parlerò dell'umorismo in Pirandello a quelli di quinta.»

«Possibile che a scuola ti mettano sempre lezione alla prima ora? Non puoi chiedere uno spostamento?»

«Se lo chiedessi me lo concederebbero di sicuro, e sai che io non voglio concessioni di sorta.»

"Battaglia perduta in partenza" pensò Giacomo: figuriamoci se la professoressa Actis chiede un favore! Se si potesse vendere l'orgoglio un tanto al chilo, lei sarebbe tra le donne più ricche del pianeta.

Rossana si vestì in fretta, poi, dopo avergli dato un altro bacio, uscì dalla camera da letto avviandosi verso la sala da pranzo.

Diciassette anni prima, quando avevano traslocato lì, avevano a lungo dibattuto se quegli spazi potessero chiamarsi "stanze", "sale" e "corridoi", dal momento che la loro nuova casa consisteva in un unico locale. Durante la ristrutturazione, effettuata a tempo di record, vista l'impossibilità di continuare ad abitare al quarto piano di una casa bellissima ma senza ascensore, avevano deciso, su consiglio di un architetto specializzato in quel genere di operazioni, di non erigere pareti divisorie; nessun muro, nessuna porta a eccezione di quella scorrevole del bagno: più che una scelta era stata una necessità, ma, a sentir Giacomo, quel basso fabbricato interno a un cortile, quella vecchia falegnameria trasformata in loft, era esattamente la casa che aveva sempre sognato.

«Se non ti sbrighi faccio colazione da sola, altrimenti arrivo in ritardo. E, a proposito di ritardi, questa sera cerca di essere puntuale: usciamo a cena con Antonio.»

«Va bene.»

Alle sette e quaranta, come ogni mattina del calendario scolastico, Giacomo e Rossana erano davanti al passo carraio che da via Perugia dava accesso al loro cortile e ad attenderli c'era Nando, come al solito.

«Buongiorno, professoressa.»

«Lo sa, Nando, che lei è l'unico che mi chiama ancora professoressa?»

«E i suoi allievi come la chiamano?»

«I più educati mi chiamano "prof", gli altri non le sto neanche a dire... Però lei potrebbe chiamarmi semplicemente Rossana: in fondo ci vediamo quasi tutti i giorni da un sacco di anni.»

«Cosa vuole che le dica, proprio non mi viene di chiamarla per nome e di darle del tu. Io sono un taxista vecchia maniera: il cliente è un signore, e come tale va trattato.» E così dicendo si spostò sul retro del suo Citroën Berlingo bianco, aprì il portellone e premette il pulsante di azionamento della pedana. Rossana diede un bacio di saluto al marito, poi, spingendo con le mani le ruote della carrozzina, avanzò sulla pedana: un attimo dopo, accompagnata da un leggero fruscio di parti meccaniche che scorrevano ben oliate, era dentro al taxi. Nando chiuse il portellone e si rivolse a Giacomo: «Allora, avvocato, quest'anno ve la portate a casa 'sta Coppa dei Campioni?».

«Adesso si chiama Champions League: dal 1992.»

«E dal 1992 voi quante volte l'avete vinta?»

«Una, mentre voi l'avete vinta tre volte.»

«Già... quasi non ricordavo.»

E salì in macchina divertito dal ripetersi di quel siparietto.

In forza di un equivoco di cui nessuno aveva più un preciso ricordo, Nando, tifoso del Milan, si era convinto che Giacomo provasse per il calcio il suo stesso, patologico, trasporto e che, naturalmente, la Juventus fosse al centro dei suoi interessi. Invece, sebbene nel lungo periodo trascorso nell'arma dei carabinieri avesse interpretato con un certo successo il ruolo di portiere nella squadra della caserma, la passione dell'avvocato Meroni per il gioco più amato dagli italiani era piuttosto tiepida e, se proprio doveva scegliere una "squadra del cuore", era all'altra compagine cittadina che andavano le sue simpatie: in fondo, portando lo stesso cognome di uno dei tanti eroi tragici del Torino Football Club, non poteva orientare altrove il proprio misuratissimo interesse. L'origine della fede rossonera di Nando rimaneva invece un mistero, dal momento che Ferdinando Addessi era quantomai fiero di essere nato a Sperlonga e parlava con l'accento della zona, che, con grande disappunto degli abitanti del piccolo comune, tutti scambiavano per napoletano.

Giacomo guardò il taxi allontanarsi e benedisse il fato che, in un giorno di settembre del 2010, aveva messo Nando sulla loro strada, rimediando almeno un poco a ciò che aveva fatto nove anni prima, quando sulla strada di Rossana aveva messo Bin Laden, il loro Bin Laden, quello che, contrariamente al vero, nessuno era riuscito a scovare.

Poi salì in sella alla sua Bianchi e iniziò a pedalare verso lo studio.

Via Perugia era una sorta di terra di confine tra la zona universitaria, con i suoi locali e la sua movida, e il quartiere di Barriera di Milano, da sempre rifugio degli ultimi arrivati nella grande città. Una strada piuttosto anonima, che però godeva di alcuni privilegi: una certa calma, una *discreta* vicinanza al centro cittadino e una *netta* vicinanza alla pista ciclabile che correva sull'argine della Dora e che consentiva a Giacomo di spingere in tutta tranquillità la sedia a rotelle di Rossana in lunghe passeggiate fino al parco Colletta. Prendendo proprio quella pista ciclabile e poi svoltando a sinistra sul ponte di via Bologna, Giacomo, grazie alla silenziosa spinta del motore elettrico, arrivò in pochi minuti al numero 1 di via Corte d'Appello, dove una targa in ottone lucidissima recitava: "Studio legale Actis e Meroni". Actis, come il cognome di sua moglie; Actis, come Vittorio Actis, il padre di Rossana, l'uomo che lo aveva trasformato da carabiniere laureato in Legge in avvocato penalista, il suocero che da lui non si era mai lasciato chiamare papà, ma che da padre si era sempre comportato.

Ricoverò la bicicletta in cortile e salì al primo piano. Appena aprì la controporta vetrata, Clelia gli si fece incontro.

«Buongiorno avvocato, di là nel suo studio c'è una madamin che aspetta.»

«Ma non sono neanche le otto! Credo di essere l'avvocato più mattiniero del foro di Torino, ma a tutto c'è un limite.»

«Cosa vuole che le dica, avvocato. Quando ho aperto, dieci minuti fa, lei era già davanti al portone. Veramente mi ha chiesto dell'avvocato Actis, ma io ci ho detto che l'avvocato Actis quest'oggi non veniva in ufficio, ma che se voleva c'era il genero, che è bravo come lui e arriva sempre presto. Lei ha detto che andava bene e io l'ho fatta salire e ci ho offerto un caffè. Mi sembrava...»

«Fammi indovinare: ti sembrava che avesse il cuore come una prugna secca.»

«Proprio così, come 'na bërgna sëcca»

"Avere il cuore come una prugna secca" era una frase idiomatica che, nel lessico familiare di Clelia, valeva tanto per "essere in ambasce" quanto per "mostrarsi in stato di evidente afflizione" o, naturalmente, le due cose insieme. Come si fosse formato, quel lessico familiare, nessuno lo sapeva: c'era chi vi riconosceva espressioni di Monforte d'Alba, dove Clelia Barbero era nata alla fine degli anni Quaranta e chi, con finezze dialettologiche degne di studi accademici, vi ritrovava varietà gergali tipiche del quartiere torinese del Lingotto, dove la famiglia di Clelia si era trasferita un paio d'anni dopo la sua nascita. Quando, nel 1972, Vittorio Actis aveva cominciato a lavorare nello studio di suo padre, Clelia, poco più che ventenne, era già lì, seduta alla stessa scrivania, con il suo destino di zitella stampato in faccia.

«Ti ha per caso detto cos'è stato a seccarle il cuore?»

«No, e io non ce l'ho chiesto.»

«Allora vado subito a vedere cosa l'ha portata qui da noi.»

2

22 febbraio 2018. Ore 7.45

Aprendo la porta del suo studio, Giacomo scorse, seduta sulla sedia davanti alla scrivania, la donna che si era immaginato. Non una persona specifica, ma il tipo di donna che corrispondeva alla definizione di "madamin", almeno nell'accezione che Clelia dava al termine. Una donna secca, rifinita, più scialba che austera nel suo vestitino grigio in misto lana, del *bon pat*, a buon prezzo, che pure doveva essere quello per le occasioni importanti: funerali, messe, rosari... Parlare con un avvocato penalista rientrava nel novero degli avvenimenti importanti e luttuosi. Sembrava più vicina agli ottanta che ai settanta, ma forse, al pari di Clelia, la misteriosa cliente mattutina sarebbe parsa vecchia, se non nel pieno della giovinezza, già intorno alla quarantina.

Nell'udire i passi di Giacomo, la donna si alzò di scatto, tenendo però gli occhi fissi a terra, un atteggiamento che qualcuno avrebbe potuto scambiare per deferenza, ma che, e questo gli avvocati lo sapevano bene, era solo un modo per dissimulare la vergogna, perché l'abito grigio, l'aria dimessa, la borsetta anonima stretta tra le due mani parlavano di una cosa sola: di piccola, piccolissima borghesia, di quella che, da sempre, considera più probabile l'impatto con un meteorite che una disavventura giudiziaria.

«Sono l'avvocato Meroni» le fece Giacomo avanzando verso di lei e tendendole la mano.

«Corbini Vittoria.»

E ricambiò il gesto di saluto con la stretta inconsistente di una mano cadaverica.

Prima di iniziare il colloquio, Giacomo diede avvio al rituale con il quale apriva ogni nuovo "caso". Si armò di stilografica, una vecchia Aurora regalo di maturità, e da un cassetto prese un quaderno ancora intonso: da quel momento, fino al giorno in cui il tribunale avrebbe pronunciato la sentenza di primo grado, ogni annotazione, ogni idea, ogni ipotesi sarebbe andata a finire su quelle pagine. I quaderni che adoperava non erano particolarmente ricercati, né avevano copertine di design: erano normali quaderni di scuola, a righe equidistanti, quelle che il vecchio cartolaio da cui li acquistava si ostinava a definire "righe di 5ª"; erano i quaderni della sua infanzia, con i fogli piccoli rilegati con un punto metallico al centro: quello che aveva appena preso in mano riportava in copertina la foto di un pappagallo rosso. Lo appoggiò sul sottomano in pelle, lo aprì con lentezza misurata e sulla prima pagina scrisse, in stampatello: VITTORIA CORBINI.

La donna, che spiava i gesti dell'avvocato, interpretò quella scritta come l'apertura di un fascicolo giudiziario a suo carico e si affrettò a correggere: «Non vengo per me, vengo per mio figlio, si chiama Riccardo».

Giacomo corresse con la scolorina e il pennarello, ma,

evidentemente, la giusta intestazione non sollevò per nulla la madamin, la quale, lo si vedeva, se avesse potuto si sarebbe sostituita volentieri al figlio.

«Mi dica tutto, signora.»

«Hanno arrestato mio figlio.»

«Quando?»

«Un'ora fa, a casa nostra, in corso Francia.»

Meccanicamente, Giacomo guardò l'orologio: un'ora prima significava le sette precise, l'ora canonica degli arresti a sorpresa, l'ora degli indagati in pigiama, con gli occhi ancora impastati di sonno e l'aria perplessa. Questo dicevano i suoi ricordi di carabiniere. L'anziana madre probabilmente era già sveglia e attiva se nel giro di sessanta minuti era stata in grado di realizzare la gravità della situazione, di vestirsi, di ricordare il nome di un avvocato e di arrivare fin lì.

«Ha capito di che cosa è accusato suo figlio?»

«Omicidio. Dicono che tanti anni fa ha ammazzato una sua compagna di scuola.»

La mano di Giacomo, che stava per riportare la risposta sulla carta, si bloccò con la stilografica a mezz'aria: in una città come Torino la parola "omicidio" risuonava raramente anche per un avvocato penalista. Per il figlio della madamin, gli schemi del suo cervello si erano attesi un'accusa di frode fiscale, di truffa, addirittura di detenzione di materiale pedopornografico, ma un omicidio...

«Quanti anni ha suo figlio?»

«Cinquantadue.» E dopo un attimo di silenzio aggiunse: «È ingegnere. Lavora in una ditta di Grugliasco che produce macchinari per pasticcerie. Non è sposato e neanche fidanzato. Ha sempre vissuto in casa».

La precisazione andava tradotta e significava: "È un bravo ragazzo, non può aver fatto quello che dicono". Giacomo avrebbe potuto replicarle che, come spesso la cronaca dimostrava, i bravi ragazzi, quelli che vivono con mamma e papà fino all'età della pensione, sono i peggiori, i più imprevedibili. Ma ovviamente non lo fece.

«Mi racconti meglio come sono andate le cose.»

«Hanno suonato alla porta, erano in quattro: due in divisa e due in borghese.»

«Poliziotti o carabinieri?»

Vittoria Corbini dovette fare uno sforzo per visualizzare le uniformi, poi, con sicurezza, rispose: «Carabinieri».

«Ha aperto suo figlio la porta?»

«No, sono andata io. I due in divisa sono rimasti sul pianerottolo, gli altri sono entrati decisi e mi hanno chiesto dov'era Riccardo. Gli ho fatto segno in fondo al corridoio, dove c'è la sua stanza. Sono andati da lui e gli hanno detto di vestirsi che era in arresto. Lui ha chiesto perché e loro gli hanno risposto che c'era un provvedimento del giudice, o una cosa del genere, per l'omicidio di Bettini Antonella.»

Sembrava che la donna avesse registrato la scena e che adesso qualcuno avesse premuto il tasto "play".

«È stato suo figlio a dirle che Antonella Bettini era una sua compagna di scuola?»

«No. Riccardo non ha aperto bocca. Mi ha solo chiesto di trovargli un avvocato. Però la storia di Antonella io me la ricordavo. E chi non se la ricorda...»

«Mi dica.»

«È stato nel 1984, l'anno della maturità. Antonella era una loro compagna. A giugno, poco prima degli esami, hanno fatto la cena di classe. Sono andati in collina, nella cascina di un'altra compagna, Marta Grandi. Anche Riccardo qualche volta aveva partecipato alle feste che facevano lì, ma di rado, e quella sera non c'era.»

Tacque, come se tutto ciò che d'importante c'era da dire fosse stato detto: Riccardo non c'era. Inutile aggiungere altro.

Giacomo dovette sollecitarla: «Continui».

«Alla fine della cena, quando tutti erano già andati via, i genitori di Marta sono arrivati, hanno fatto il giro della cascina per vedere se tutto era a posto e hanno trovato Antonella nel fienile: qualcuno le aveva spaccato la testa con un piccone. I giornali poi hanno scritto che prima di ammazzarla l'avevano violentata. Povera ragazza! Come si fa a morire così, a diciannove anni.»

«Che anno ha detto che era?»

«Il 1984.»

Anche lui nel 1984 aveva diciannove anni, anche lui aveva fatto la maturità quell'anno, anche lui aveva partecipato a una festa propiziatoria in cui avevano ballato *Love of the Common People* e *Radio Ga Ga*. E poi, a luglio, aveva festeggiato la promozione. Antonella Bettini non lo aveva fatto, Antonella Bettini era morta. Forse avrebbe dovuto ricordarsi di quell'omicidio, ma la preoccupazione per gli esami doveva averlo distratto dalla cronaca: di quell'uccisione, di quello stupro, di quell'oltraggio alla giovinezza nella sua mente non c'era traccia. E si sentì un po' in colpa, quasi che Antonella fosse stata una sua amica e lui l'avesse abbandonata in balia del suo carnefice. Avvertì un senso di nausea: se Riccardo Corbini era davvero quel carnefice...

Scacciò il pensiero scuotendo il capo, come una vacca al pascolo che scaccia le mosche. Difendere gli assassini gli procurava sempre un certo disagio. I colleghi ripetevano che il compito dell'avvocato è quello di garantire l'equità del processo, non di stabilire la verità e ancor meno quello di far condannare i colpevoli e assolvere gli innocenti. Però a lui, forse per via del suo passato da carabiniere, forse per via di suo padre, che da carabiniere ci era vissuto e morto, a lui, Giacomo Meroni, la verità interessava.

Ma la verità, Giacomo lo sapeva a sue spese, è esigente, richiede tempo ed energie, e quel breve dialogo con la madre addolorata non riusciva certo a dirgli se Riccardo Corbini fosse un colpevole al quale garantire un giusto processo o un innocente da salvare dall'errore giudiziario. Per altri la cosa non avrebbe fatto differenza, per lui sì. Ma per le differenze ci sarebbe stato tempo, appunto.

«Immagino che dopo l'arresto abbiano portato suo figlio alla casa circondariale Lorusso e Cutugno.»

«No, alle Vallette.»

«È la stessa cosa. Il carcere delle Vallette si chiama Lorusso e Cutugno.»

«Non lo sapevo.»

Ci fu un attimo di silenzio, rotto poi dalla domanda di Giacomo: «A questo punto devo chiederle se intende affidare a me la difesa di suo figlio».

«L'avvocato Actis non arriva proprio?»

Inserirsi in uno studio legale avviato significava anche fare i conti con lo spettro del grande vecchio, proprio come Vittorio Actis doveva aver fatto i conti, negli anni Settanta, con lo spettro di Umberto, suo padre.

«Mio suocero arriverà nella tarda mattinata, ma non so se potrà assumere la difesa in questo procedimento: negli ultimi anni ha deciso di alleggerire un po' il suo impegno lavorativo e segue solo alcuni clienti per così dire "storici". A questo proposito posso chiederle chi le ha fatto il nome dell'avvocato Actis?»

«Mio marito è stato per tanti anni il barbiere dell'avvocato.»

«Non lo sapevo.»

«È morto nel 2000. È passato tanto tempo.»

Adesso il quadro era perfetto. Madre vedova, figlio che non lascia il nido... e l'ombra di un crimine disgustoso a muovere all'improvviso le acque dello stagno nel quale madre e figlio si erano impantanati.

«Se le può essere di conforto, mio suocero sarà al mio fianco.»

«Certo, certo. Ho cercato il solo avvocato che conoscevo, ma sono sicura che lei è bravo come lui. Devo firmare da qualche parte?»

Giacomo premette un pulsante sull'interfono e dall'altoparlante dell'apparecchio uscì la voce di Clelia.

«Mi dica, avvocato.»

«Per cortesia, venga a prendere i documenti della signora e prepari un atto di nomina per suo figlio Riccardo Corbini.»

«Benissimo.»

Con una piccola scarica, l'interfono, non proprio di ultima generazione, si tacque.

La segretaria fece quel che le era stato chiesto e dopo pochi minuti rientrò nella stanza per far sottoscrivere la nomina. Giacomo, utilizzando sempre l'inseparabile stilografica, autenticò la firma.

«Io adesso sono formalmente il difensore di suo figlio. Dovrei dirle "non si preoccupi", ma sarebbe inutile e falso. Le garantisco però che farò tutto il possibile per chiarire la posizione di Riccardo.»

Si erano alzati e Giacomo stava porgendo la mano alla donna. Lei però ebbe ancora un attimo di esitazione, e di vergogna.

«Per la parcella? Noi... noi non siamo ricchi.»

«Su questo punto "non si preoccupi" posso dirglielo. Mio suocero si ricorderà sicuramente di suo marito.»

«Grazie, avvocato.»

E prese la mano di Giacomo tra le sue, piccole e ossute.

3

22 febbraio 2018. Ore 10

L'auto elettrica del car sharing si muoveva silenziosa nel traffico moderato, sabaudo, di corso Regina Margherita, e il corso stesso, a partire dal nome, era quanto di più sabaudo si potesse immaginare: una linea retta che dal Po proseguiva verso le montagne e la Francia per otto chilometri, senza una curva, senza un'esitazione. A Giacomo quella guida senza strappi e senza rumori non dispiaceva per nulla e il fatto di non avere né il cambio né il pedale della frizione gli fece pensare agli anni Settanta, a quando suo padre lo portava alla pista dei go-kart elettrici che i giostrai, per carnevale, installavano nel grande spiazzo fiancheggiato proprio dall'ultimo tratto di corso Regina. Come sempre accadeva, un pensiero ne richiamava un altro e poi un altro ancora: l'auto elettrica, i go-kart, gli anni Settanta, gli anni di piombo...

«Lo sai chi erano Lorusso e Cutugno?»

La domanda, giunta dopo un lungo silenzio, colse di sorpresa Giulia che, dal sedile del passeggero, lo guardò senza capire.

«Scusami, stavo seguendo il filo dei ricordi. Volevo

solo chiederti se sai perché il carcere delle Vallette è intitolato a loro due.»

«No, racconta.» E, con la pazienza del figlio che vuole compiacere il genitore, si dispose ad ascoltare.

In effetti, con i suoi venticinque anni, Giulia avrebbe anche potuto essere la figlia di Giacomo e lui, più di una volta, si era chiesto se gli sarebbe piaciuto avere una figlia così. Ma Giulia era figlia del dottor Franco Cannizzaro, modesto funzionario dell'agenzia delle entrate, e di Rachele Jovine, amica e collega di Rossana al liceo; nonché, da qualche tempo, la praticante dello studio Actis-Meroni.

«Lorenzo Cutugno era un agente di custodia, prestava servizio alle Nuove, il vecchio carcere. Una mattina, nel '78, esce di casa per andare a lavorare e, nell'androne, si trova davanti due ragazzi. Insieme non fanno quarant'anni, ma sono due brigatisti, e gli sparano alle gambe. Cutugno reagisce, ma arriva un terzo, lo colpisce alla schiena e poi lo finisce con un colpo alla nuca.»

«Anche Lorusso era una guardia carceraria?»

«Sì. E anche lui, come Cutugno, aveva trent'anni quando è stato ucciso. Anche lui al mattino, mentre va a lavorare. Stesso quartiere. Abita a qualche centinaio di metri da dove viveva Cutugno. Ma questa volta non sono le Brigate Rosse, questa volta è Prima Linea, e non c'è nessun tentativo di ferimento: sparano per uccidere. L'agguato glielo fanno meno di un anno dopo quello di Cutugno. Esce di casa e non si accorge che su una 128 rossa ci sono quattro tizi che lo aspettano. O forse se ne accorge, ma non fa in tempo a rendersi conto della situazione. Due di loro scendono e iniziano a sparare.»

«I miei non parlano mai di quegli anni.»

«Dove abitavano in quel periodo?»

«A Pescara.»

«È normale. Chi viveva nelle grandi città del Nord ha un ricordo diverso del terrorismo. Torino, Milano, Genova: sembrava di essere in guerra. Un morto al giorno. Figurati poi come si viveva nella mia famiglia con un padre carabiniere!»

Giacomo, impegnato a evitare una BMW che aveva bruscamente cambiato corsia, tacque per un attimo e Giulia ne approfittò per portare il discorso su un passaggio che non aveva ben capito.

«Prima, al palazzo di giustizia, cos'è che abbiamo fatto esattamente?»

«Sono andato a depositare l'atto di nomina come difensore. In questo modo si annulla l'efficacia della nomina del difensore d'ufficio. Dopodiché ho avvisato il collega che Riccardo Corbini non sarebbe più stato un suo assistito.»

«Come l'ha presa?»

«Di solito la prendono con un grande sollievo: la difesa d'ufficio vuol dire rompimenti di scatole e pochi soldi. Questa volta però l'avvocato Poletta mi è parso piuttosto contrariato. Credo che assaporasse già il piacere per l'interesse mediatico che il caso susciterà. Cold case, femminicidio, stupro, tutta roba che in tv va fortissimo. Non mi stupirei per nulla che tra un paio di settimane si facesse avanti qualche principe del foro da salotto televisivo e si offrisse di difendere gratuitamente Corbini in cambio di un po' di visibilità. La fama è come una droga: non ti basta mai, e dopo due mesi che non sei in prima pagina entri in crisi d'astinenza.»

L'auto imboccò via Adelaide Aglietta, una linea nera tracciata sul bianco dei prati di periferia coperti di brina: dopo cinque minuti Giulia e Giacomo erano davanti al block house.

«Buongiorno, avvocato» gli fece la guardia ritirando il suo tesserino e consegnandogli il pass. «Anche la signorina deve entrare?»

«Sì, Salvatore. Le presento Giulia Cannizzaro, la mia praticante.»

«Signorina, i miei omaggi.»

Visto da fuori, quello scambio di convenevoli così stereotipato sarebbe potuto sembrare surreale, o macchiettistico: un'esibizione di buone maniere in un luogo, e il doppio vetro antiproiettile che proteggeva lo sportello ne faceva fede, dove il bon ton pareva l'ultima delle preoccupazioni. E invece Salvatore, Salvatore e basta giacché Giacomo non ne aveva mai conosciuto il cognome, era davvero, come si dice, un gentiluomo d'altri tempi. Nei suoi modi non c'era affettazione né piaggeria: c'era il garbo da vecchio napoletano che l'uomo non aveva mai rinunciato a portare con sé.

«E la signora, avvocato, come sta? Le vince queste gare?»

Come Salvatore riuscisse a ricordare le confidenze di tutti gli avvocati che ogni giorno gli passavano davanti rimaneva uno dei misteri meglio celati di quel carcere.

«Rossana si è allenata molto, ma quest'anno ci sono

due o tre ragazze giovani che le stanno dando filo da torcere.»

«Incrociamo le dita, avvocato. Sua moglie è una forza della natura.»

Sulle ultime parole si udì uno schiocco secco del relè, seguito dal ronzio di un motore elettrico e da un cigolio: il cancello si stava aprendo.

Entrarono.

Un nuovo schiocco, un nuovo ronzio, un nuovo cigolio: il cancello si richiuse alle loro spalle.

Per qualche istante si trovarono bloccati tra i due cancelli, in attesa che un altro schiocco desse avvio al ciclo successivo: un'attesa che gli addetti ai lavori vivevano sempre con un piccolo brivido e che per tutti gli altri era autentica angoscia.

Superarono anche il secondo cancello e poi furono cortili, corridoi, serrature, grate, porte e altri cortili, altri corridoi, altre serrature, altre porte.

«Ecco» disse Giacomo a Giulia aprendole l'ultima di quelle porte, «puoi aspettarmi qui, al bar.»

La ragazza si guardò intorno con aria sorpresa, come se, nel giro di pochi istanti, avesse fatto un viaggio di andata e ritorno nell'orrore, come se tutto quell'aprire e chiudere di porte non fosse stato che un rito per accedere a una normale caffetteria.

«Non sono molti gli avvocati che vengono qui, gli altri non sanno quello che si perdono: pane e dolci appena sfornati, panini giganti e caffè tostato nella torrefazione del carcere. Da una parte del banco i detenuti, dall'altra i secondini, senza sbarre in mezzo.»

«È per farmi prendere il caffè che mi hai portato qui?»

«Non solo. Perché vedessi con i tuoi occhi cos'è una prigione e anche cosa può essere: una differenza che un avvocato non dovrebbe mai dimenticare.»

«Perché non posso venire con te a parlare con il cliente?»

«Per questioni di genere e di numero, come in grammatica. Stiamo andando a parlare con un uomo che è accusato di violenza sessuale e femminicidio: convincerlo ad aprirsi davanti a un altro uomo sarà già un'impresa, ma davanti a una giovane donna mi sembra una *mission impossible*. E vedrai che, in altre circostanze, la situazione sarà rovesciata: ci saranno casi in cui tu andrai avanti e io mi berrò un aperitivo.»

«Faccio finta di crederti. Ci vediamo quando hai finito.»

Giacomo uscì e passò l'ultimo controllo, quello dove la polizia penitenziaria si accertava che l'avvocato non avesse con sé il telefonino o altri oggetti non ammessi, e si incamminò spedito verso la "sala avvocati".

I colloqui con i difensori, a differenza di quelli con i famigliari, si tenevano in piccole salette riservate: un tavolo e due sedie, niente di più. La porta a vetri che vi dava accesso si poteva chiudere, ma non serviva a nulla: le pareti tra una stanzetta e l'altra erano così sottili che chiunque poteva udire quello che veniva detto nelle altre stanze. Parlare quasi sottovoce era praticamente un obbligo.

Corbini era già nella grande camera di sicurezza con la porta blindata dove i detenuti con il colloquio prenotato attendevano l'arrivo del legale.

L'assistente salutò Giacomo con una cordialità quasi

eccessiva e pronunciò ad alta voce il nome di Corbini. Un segnale ai colleghi che dovevano farlo uscire dalla camera di sicurezza per il colloquio e una strizzatina d'occhio all'avvocato Meroni, come a dire: "Per lei un trattamento speciale".

Un'altra guardia fece quindi uscire il detenuto, e Giacomo, in attesa sulla porta della saletta che gli avevano assegnato, lo osservò attentamente mentre percorreva il tratto di corridoio che li separava.

Se, mettendoli vicini, qualcuno avesse detto a Giacomo che Riccardo Corbini aveva la sua stessa età, lui non avrebbe potuto fare a meno di pensare: "Ma sembro anch'io così vecchio?". Corbini era la copia maschile della madre: magro, curvo, gli occhi spenti e i capelli ridotti a una stretta corona intorno al cranio lucido. Certo, quel viso apparteneva a un uomo arrestato qualche ora prima, a un ingegnere tranquillo che, prelevato al risveglio in un borghesissimo appartamento di corso Francia, si era trovato all'improvviso nell'inferno dei Nuovi Giunti. Tuttavia, in quel volto si leggeva uno sconforto di più lunga data, una sorta di rinuncia alla vita o, almeno, alla felicità. E si leggevano anche, in contrasto, i segni di una certa bellezza tramontata, di una finezza nei lineamenti al confine con la fragilità, che negli anni Ottanta doveva aver esercitato un certo fascino sulle ragazze più sensibili, su quelle che dicevano di preferire l'animo poetico al fisico muscoloso. Giacomo pensò alle sue compagne di classe, a una in particolare, e alla volta che la sua voce era uscita più forte delle altre dal bagno delle ragazze: "A me Meroni non piace. Preferisco uno con più cervello". Dopo la maturità non l'aveva più vista, ma aveva saputo che si era sposata a ventidue anni, incinta del suo allenatore di pallavolo.

Vedendolo lì, in piedi, disorientato, Giacomo risentì nella mente le parole della signora Corbini: "Anche Riccardo qualche volta aveva partecipato alle feste che facevano lì, ma di rado...". E se lo immaginò con trentacinque anni di meno, con tutti i capelli in testa e senza occhiaie, ma con la stessa aria impacciata, appoggiato a una parete ad aspettare l'attenzione caritatevole di una compagna gentile, mentre gli altri ballavano o cantavano.

«Buongiorno, signor Corbini, sono Giacomo Meroni, il suo avvocato difensore; mi ha nominato sua madre. Sono il genero dell'avvocato Actis.»

«L'avvocato Actis che veniva sempre a farsi tagliare i capelli da mio papà?»

«Sì, lui.»

L'evocazione di quella circostanza familiare sembrò rinfrancare un poco l'uomo.

«Si sieda, prego. E mi dica quello che sa circa i motivi del suo arresto.»

«È tutto scritto qui» rispose lui porgendogli l'atto che gli avevano notificato. «Mi accusano di aver violentato e ucciso una mia compagna di scuola trentaquattro anni fa. Non so perché lo facciano. Io con quella roba non c'entro niente. Neppure c'ero alla festa in cui l'hanno uccisa. Può essere stato chiunque, ma non io. E poi per quella storia, qualche tempo fa hanno arrestato Bruno Vallardi; lui sì che c'era alla festa. Perché adesso se la prendano con me non riesco proprio a capirlo.»

Parlava con calma e con un'afflizione moderata, come

se una vita intera di rassegnazione lo avesse preparato esattamente a quel momento, ad affrontare l'imprevedibile e l'indicibile.

Giacomo prese il quaderno con il pappagallo in copertina e vi annotò il nome di Vallardi, poi continuò con le domande.

«Sua madre mi ha accennato a ciò che accadde quella sera del 1984, ma forse lei può dirmi qualcosa di più.»

«Io so quello che hanno scritto i giornali.»

«Nessuno dei suoi compagni le ha rivelato altri particolari?»

«No, tutti hanno ripetuto la stessa cosa e tutti credevano che Antonella fosse andata via con quelli che avevano lasciato la festa subito dopo i professori.»

«C'erano anche i professori?»

«Sì, era l'ultima cena di classe prima della maturità ed era abitudine che partecipassero anche gli insegnanti.»

«E lei perché non era andato?»

«Diciamo che, all'epoca, non ero molto socievole. E poi con i miei compagni non ero mai andato d'accordo.»

«E con le compagne?»

«Cosa intende dire?»

«A quell'età spesso si è in competizione con gli altri maschi, mentre con le ragazze ci si capisce meglio.»

«Ha ragione, forse qualche amica tra le mie compagne ce l'avevo, ma nessun legame particolare. Non avevo una fidanzata, se è questo che vuole sapere. E poi non capisco cos'abbia a che vedere con quello che mi sta succedendo oggi.»

«Le spiego la prima idea che mi sono fatto quando sua madre mi ha esposto la situazione. Mi sono persuaso che il pubblico ministero sia stato "imbeccato" da uno dei suoi vecchi compagni. Qualcuno di loro deve aver fatto il suo nome e deve aver gettato dei sospetti su di lei, anzi qualcosa più di un sospetto, visto che c'è un provvedimento di custodia cautelare in carcere. Per questo le chiedo che rapporti aveva con il resto della classe.»

«Non c'erano rapporti, tutto qui. Finiti gli esami non ho più rivisto nessuno di loro, neanche per caso.»

«E non è possibile che, magari nella sua attività professionale, abbia intralciato gli interessi di qualcuno che era al corrente di quei fatti e che adesso cerca di fargliela pagare?»

«Mi ascolti, avvocato. Io progetto macchinari che riempiono di marmellata i cornetti, che impastano, che tagliano a pezzi il pan di Spagna. Non mi occupo né di armi, né di appalti. A meno che qualcuno si sia strozzato con una brioche prodotta con le macchine della Brisetti S.p.A., non vedo come potrei essermi fatto dei nemici.»

Nel ribadire la monotonia e il grigiore della sua esistenza aveva avuto uno strano e contraddittorio moto di vitalità. Giacomo decise di non proseguire in quella direzione: se voleva conquistarsi la sua fiducia non era lì che doveva scavare.

«Antonella Bettini era una delle compagne che lei considerava "amiche" oppure era come le altre?»

«No, non eravamo amici, per la buona ragione che avevamo lo stesso carattere. Era schiva, riservata. Però era molto bella, davvero molto e allora, anche se lei non voleva, un po' di gente le andava dietro. I maschi le ronzavano intorno, naturalmente, ma anche le femmine la volevano nella loro compagnia, perché essere amiche della più bella della classe portava sempre vantaggi. E siccome lei sembrava non concedere nulla ai ragazzi, quelli si consolavano con le amiche: una vecchia solfa.»

«Quindi nessuno dei suoi compagni aveva avuto una storia con lei? Neanche quel...» Rilesse l'appunto. «Neanche quel Vallardi?»

«Lui no di certo.»

«Perché?»

«Perché era quello che all'epoca si definiva un "tamarro", mentre Antonella era l'opposto: delicata, sobria.»

«Di famiglia benestante?»

«Media borghesia. Mi pare che suo padre fosse assicuratore.»

A un tratto Giacomo si accorse di aver finito le domande. Non perché non ve ne fossero altre da porre, ma proprio perché le questioni aperte erano troppe e, non avendo appigli, era come tirare colpi alla cieca.

«Mi ascolti. Adesso le dirò una frase che avrà sentito ripetere mille volte nei film, e la frase è questa: ho bisogno che lei mi dica la verità. Io non la giudico, ma per difenderla devo sapere se ha commesso il reato che le addebitano. Ecco, la frase l'ho detta. Non è originale, ma le cose stanno proprio così.»

«Credevo di essere stato chiaro, avvocato. Non sono stato io a uccidere Antonella Bettini, non ero neppure a quella festa. Non ho mai ucciso nessuno, non ho mai stuprato nessuno. Non ho mai neppure dato un pugno, uno schiaffo, non ho mai sputato in faccia a nessuno.

Sono un mite, per convinzione e forse anche per temperamento. O per vigliaccheria, se preferisce.»

E di nuovo, nella voce, nella veemenza di quelle affermazioni, Giacomo credette di trovare qualcosa che contraddiceva il senso delle parole pronunciate. Ma di nuovo non insistette. Esaminò più attentamente l'ordinanza di applicazione della misura cautelare, poi prese a leggerne ad alta voce i passaggi salienti.

«"Il giudice per le indagini preliminari, dott. Sofia Casella, letti gli atti del procedimento e la richiesta di applicazione della misura cautelare della custodia in carcere presentata dal PM dott. Mario Rossi nei confronti di Riccardo Corbini, nato a Torino il 20/11/1965 e residente a Torino in c. Francia n. 173, indagato per il reato di cui agli artt. 81, 61 n.1, 575, 576 comma 1 n. 5 c.p., 609 bis c.p. perché nel corso di una festa, dopo averla condotta in luogo appartato ed aver usato violenza costringendo BETTINI Antonella a subire atti sessuali e nello specifico un atto vaginale completo, la colpiva violentemente al capo con un piccone così cagionandone la morte.

Omicidio aggravato perché commesso in occasione della commissione del delitto di cui all'art. 609 bis c.p. e per motivi abietti."»

Mario Rossi, il PM che aveva richiesto l'arresto, era piuttosto noto nella procura torinese, forse più per quel nome così smaccatamente comune che per le sue capacità professionali.

«Io direi che per oggi è tutto. Ingegner Corbini, se lei pensa che io possa essere il suo avvocato di fiducia, le chiederei di nominarmi al Modello 13. Le guardie le spiegheranno come si fa.»

«Per essere il mio avvocato di fiducia, io devo avere fiducia in lei e lei in me. Io la fiducia in lei ce l'ho, e lei, avvocato?»

Giacomo ci pensò un attimo: «Sì, anch'io».

«Allora siamo d'accordo.»

«Sì. E mi faccia sapere se le serve qualcosa.»

«Quando può, mi mandi qualche libro. A me piace la fantascienza.»

Come al solito, percorrere al contrario i corridoi che lo avevano condotto lì gli diede un progressivo senso di leggerezza, quasi che ogni volta temesse che la guardia entrata per ricondurre in cella il suo cliente lo invitasse a seguirli.

Giunto al bar, trovò Giulia che disegnava su un tovagliolino di carta. Dalla sua penna a sfera era nato un pappagallo quasi identico a quello che lui aveva sul quaderno.

«Hai dei superpoteri o hai frugato nella mia borsa?»

«Ho visto il tuo quaderno prima, quando hai aperto la cartella per lasciare il cellulare all'ingresso.»

«E ti è bastata un'occhiata per memorizzare la copertina?»

«Be', un pappagallo è un pappagallo, non ci sono mille modi di disegnarlo. E poi disegnare gli animali è proprio una cosa che mi riesce bene: lo faccio da una vita.»

«A saperlo prima ti avrei mostrato un piccolo segreto di questo posto. Vieni.»

Le fece strada attraverso la sala, sotto lo sguardo attento di un paio di agenti e quello ancor più attento di un paio di detenuti. Arrivarono a una porticina e l'aprirono: al di là c'era un "fuori", cosa che, per un carcere, non era affatto scontata. In quel "fuori" erano stati sistemati alcuni tavolini che, nella bella stagione, erano il dehors di quella strana caffetteria, e dove i tavolini finivano, in una vasca di cemento che formava un piccolo laghetto, nuotava una buona decina di tartarughe.

4

22 febbraio 2018. Ore 11.30

L'auto del car sharing, tanto bella a guidarsi quanto brutta a vedersi, riguadagnò corso Regina e rimase per un po' imbottigliata tra i tir che uscivano dalla tangenziale. Nel tratto di strada percorso dalla casa circondariale fino a lì, Giulia e Giacomo si erano scambiati sì e no una decina di parole, e quel mutismo aveva una sua ragione.

«Sei rimasta impressionata dal carcere?»

La ragazza assentì con un leggero movimento del capo e serrando le labbra in una specie di smorfia imbronciata.

«Hai sentito l'odore? Sembra di segatura bagnata. È lo stesso odore che mi restava nelle narici quando, da bambino, mi portavano al circo.»

Ci fu un nuovo, silenzioso assenso.

«E il rumore delle serrature? Lo hai sentito? Io non mi sono ancora abituato dopo tanti anni: mi vengono i brividi.»

E mentre lo diceva Giacomo pensò che, quando era carabiniere, l'idea di quella porta che si chiudeva gli sembrava la materializzazione della giustizia.

«Quello che mi ha colpito di più» fece finalmente Giulia «è la dimensione delle chiavi: sono enormi.»

A prima vista era un'osservazione superficiale, quasi sciocca, ma lui conosceva il valore simbolico di quelle chiavi: ce n'era una, la più grande, che chiudeva la porta della cella. Ai tempi in cui era carabiniere, lui, forse, per un detenuto come Corbini, quella chiave l'avrebbe buttata via per sempre. Ora non più.

"Io la fiducia in lei ce l'ho, e lei, avvocato?"

"Sì, anch'io."

Aveva mentito. A fin di bene, ma aveva mentito. Era il dubbio e non la fiducia ciò che coltivava nei confronti dei suoi assistiti. Di quelli che tutti additavano a colpevoli, come di quelli sulla cui innocenza molti avrebbero messo la mano sul fuoco. Per questo non avrebbe più gettato nel pozzo la chiave delle celle.

E poi, con gli anni, la paura aveva assunto per lui un senso nuovo. Da giovane, immobile nel freddo a presidiare un posto di blocco o nel mezzo di un arresto di qualche mafioso, aveva provato la paura che ti scuote le viscere e, quando aveva potuto leggere quella stessa paura negli occhi degli altri, degli arrestati, dei cattivi, si era sentito soddisfatto. Adesso che non doveva più temere a ogni istante per la propria vita, era la paura di chi entrava per la prima volta in carcere da detenuto a farlo tremare. E, come se il discorso sulla paura fosse la naturale continuazione di quello sulla dimensione delle chiavi, Giacomo riprese a dar voce ai propri pensieri.

«Anche se si mostrava tranquillo, sono certo che Corbini avesse una gran paura.»

«Paura di dover passare il resto dei suoi giorni in galera?»

«No. Paura della prigione stessa. Che sia colpevole o innocente, il "nuovo giunto" è sempre traumatizzato dal percorso che deve affrontare entrando in carcere. Prima vieni sbattuto in una sorta di sala d'aspetto; se sei solo o con pochi altri ti va bene, ma se quel giorno hanno fatto una retata ti ritrovi subito all'inferno.»

Stava per precisare meglio il concetto spiegando che non tutti sono abbastanza educati da chiedere di andare ai servizi quando gli scappa, ma evitò il particolare disgustoso e proseguì con qualcosa di meno ripugnante.

«Ti fotografano, di fronte e di profilo, e ti prendono le impronte digitali usando le tue dita come se fossero timbri inchiostrati. E poi... E poi c'è la perquisizione...»

Una pausa carica di significato, un breve silenzio che si riempiva con le immagini dei film per poi farsi nuovamente parola.

«Ti denudano, ti tolgono tutto quello che hai addosso e ti perquisiscono a fondo. Che tu sia uomo o donna il servizio è sempre completo. Perché lì dentro puoi nascondere droga, bigliettini, persino armi. A quel punto anche i più duri incominciano a preoccuparsi e quando hai finalmente realizzato che sei nei guai, lo Stato si preoccupa che tu riesca a sopravvivere e non ti venga in mente di farla finita. E allora visita medica, visita psicologica ed eventuale osservazione a vista e, nei casi peggiori, dritti al Sestante: un posto dove vivi praticamente nudo in una cella, osservato ventiquattr'ore su ventiquattro attraverso le telecamere.»

«So cos'è il Sestante, è il reparto psichiatrico della casa circondariale» disse Giulia dopo aver immediatamente trovato l'informazione su Google attraverso il cellulare. «Corbini era spaventato anche da quello che potrebbero fargli gli altri detenuti?»

Lo sapeva anche Giulia che la giustizia del carcere può essere molto più dura e rapida di quella dei tribunali.

«Te l'ho detto. A me è sembrato tranquillo. Stranamente tranquillo. Più di quanto sarebbe lecito attendersi da un onesto ingegnere che vede la prigione per la prima volta. La mia impressione è che lui non abbia realizzato bene ciò che gli sta succedendo e quali rischi corre. Se ammazzi un poliziotto sei quasi un eroe, ma se stupri o uccidi una donna sei un infame e non puoi stare con gli altri.»

«Mi hanno detto che nel carcere di Ivrea per gli "infami" c'è un intero piano.»

«Sì, quelli del secondo piano non possono mai incrociare quelli del primo. O forse sono il secondo e il terzo, non ricordo bene. Il problema è che qui Corbini è ancora ai Nuovi Giunti e non nella sezione protetta. Se gli altri vengono a sapere di che cosa è accusato, nella sezione protetta potrebbe non arrivarci mai.»

«Tu credi che sia innocente?»

«Io credo che dobbiamo fare di tutto per tirarlo fuori da lì. Ma per riuscirci devo avere un'idea più chiara del quadro accusatorio.»

«Per questo stiamo andando dal PM?»

«Bravissima.»

5

22 febbraio 2018. Ore 12.20

«Sì... esatto. Non vorrei doverglielo ripetere un'altra volta... Sì, gasolio, duemila litri... L'indirizzo è strada dell'Eremo...»

Il dottor Mario Rossi, pubblico ministero presso il tribunale di Torino, contrariamente a molti suoi colleghi che godevano nel far fare anticamera agli avvocati, li aveva subito ricevuti nel suo ufficio, ma la sua non era gentilezza, era solo una più raffinata esibizione di potere. Dall'istante in cui Giacomo e Giulia avevano preso posto sulle poltroncine collocate davanti alla scrivania, il PM aveva cominciato a telefonare: prima alla moglie, poi all'idraulico e ora, evidentemente, a quello che riforniva di combustibile la sua probabile villetta sulla collina torinese. Un'ampia manciata di fatti suoi buttata lì a rimarcare il fatto che lui e i suoi visitatori occupavano due gradini piuttosto distanti di quella scala stretta e ripida che è la Giustizia. A detta dei maligni, Mario Rossi soffriva per la banalità del suo nome più di quanto avrebbe patito se gli fosse toccato in sorte uno di quei cognomi imbarazzanti che potevano essere modificati solo dopo lunghe trafile burocratiche; pativa più dei signori Lerda, dei signori Mazzo e dei signori Riga prima che un funzionario dell'anagrafe fosse intervenuto con un pietoso cambio d'iniziale: a chi aveva un cognome troppo strano era concesso di sceglierne un altro, a chi ce l'aveva troppo normale questa possibilità era negata. E il dottor Mario Rossi la viveva come un'ingiustizia di cui vendicarsi con chiunque gli passasse a tiro. "È un po' come il giudice Selah Lively dell'*Antologia di Spoon River*" dicevano di lui i colleghi più raffinati. Gli altri dicevano semplicemente che era uno stronzo.

Impossibilitati a parlare tra loro e obbligati, per discrezione, a fingere di non ascoltare conversazioni che, in effetti, avrebbero volentieri fatto a meno di sentire, l'avvocato Meroni e la sua praticante avevano fatto più volte, con gli occhi, l'inventario dello squallido ufficietto con le pareti che, più che di cartongesso, sembravano di carta velina e alle quali non si poteva neanche piantare un chiodo. La leggenda voleva che, pochi giorni dopo l'inaugurazione di quel "nuovo" palazzo di giustizia, una giovane giudice, portandosi l'occorrente da casa, avesse provato ad appendere un quadro: al secondo colpo di martello, sulla parete si era aperta una breccia come se avesse voluto far entrare i bersaglieri nell'ufficio vicino. Faldoni, cartelline, citazioni, avvisi di conclusione delle indagini preliminari, istanze di archiviazione, decreti di sequestro, relazioni di servizio, denunce, esposti, querele e ovunque, in ordine sparso, post-it con appunti manoscritti: una perfetta allegoria del caos dell'universo.

Risolta finalmente anche la spinosa questione che ruotava intorno al dubbio se l'autobotte dovesse superare il cancello in retromarcia oppure con la cabina in avanti, il PM si decise a posare il cellulare e a parlare.

«Allora, avvocato...»

«Meroni. Sono l'avvocato Giacomo Meroni.»

Anche fingere di non ricordare i nomi era un gioco psicologico neppure troppo sottile.

«Giusto, avvocato Meroni. E questa bella signorina? È già un'avvocatessa anche lei? Così giovane e carina?»

Giacomo si voltò alla sua sinistra e temette che le dita di Giulia, di lì a poco, avrebbero strappato la finta pelle dei braccioli, tanto a fondo vi erano penetrate per la rabbia.

«La dottoressa Cannizzaro è praticante presso lo studio Actis-Meroni.»

«Ah già, Actis. Adesso mi sovviene: lei è il genero dell'avvocato Actis. Quando si dice "un buon matrimonio"...»

«Un matrimonio felice, malgrado le difficoltà.»

Quando voleva, Giacomo sapeva trasformarsi nel proverbiale muro di gomma.

«Allora, avvocato Meroni, lei è il difensore di Riccardo Corbini. Spero sia pronto ad appellarsi alla clemenza della Corte, perché altre strategie difensive non ne vedo: le prove sono schiaccianti e i motivi del delitto, come lei sa, sono davvero abietti.»

«Però, a quanto mi risulta, per quel delitto è già stato condannato tal Bruno Vallardi, che, contrariamente al mio cliente, aveva partecipato alla festa in cui la vittima è stata uccisa.»

«Stuprata e uccisa» lo corresse Mario Rossi, «non lo dimentichi.»

«Certo, stuprata e uccisa da Bruno Vallardi, almeno questo è ciò che ha stabilito la Corte...»

«Un processo viziato fin dall'inizio da grossolani errori, a partire dal più grave, quello di affidare un caso così delicato a una donna di poca esperienza come la collega Deborah Venezia.»

«Immagino che sarebbe stato meglio affidarlo al dottor Carlo Venezia, fratello della dottoressa Venezia e di tre anni più giovane di lei.»

Gli occhi dei due uomini si posarono su Giulia che, come se niente fosse, era tornata a tacere. Occhi sorpresi quelli di Giacomo, occhi indignati quelli del magistrato.

Ma anche Mario Rossi conosceva bene la strategia del muro di gomma e proseguì come se l'interruzione non fosse stata che un piccolo strappo che qualcuno aveva prontamente suturato in maniera invisibile.

«C'è stata molta superficialità ed è stato dato troppo peso ad alcune affermazioni di un uomo che non era in condizione di ragionare. Direi che si è trattato di un processo indiziario...»

Pausa ad arte.

«... se solo vi fossero stati gli indizi. Al contrario, io ho lavorato sulle prove. Ecco, prenda, avvocato.»

E gli porse un fascicolo che sulla prima pagina recava scritto: "Ordinanza applicativa di custodia cautelare".

«Quando avrà finito di leggerlo capirà perché intendo chiedere il rito immediato. Adesso però sono costretto a salutarvi. Una questione della massima importanza richiede la mia presenza.»

Appoggiato sulla scrivania, il bigliettino da visita di un ristorante vicino al palazzo di giustizia non lasciava dubbi sulla natura della questione.

«Arrivederci, avvocato Meroni, mi saluti suo suocero. E arrivederci anche a lei, bella signorina.»

I due, vincendo un certo senso di ripulsa, gli strinsero la mano.

Quando furono sulla soglia, il PM si concesse il piacere di una chiusa: «La clemenza della Corte, avvocato. Non la dimentichi».

«Guida tu» fece Giacomo mentre passavano sotto il grattacielo Intesa Sanpaolo per raggiungere la postazione del car sharing. «Vorrei vedere subito l'ordinanza.»

Giulia non era ancora uscita dal parcheggio che già lui leggeva ad alta voce la dinamica dei fatti che avevano condotto all'arresto di Riccardo Corbini.

«"Il giorno 19 gennaio 2018, alle ore 17.45, carabinieri Vitale Kevin e Pavin Ernesto, appostati in viale Echirolles nel comune di Grugliasco (TO), fermavano Corbini Riccardo per un controllo nell'ambito di un'azione di prevenzione degli incidenti stradali. Invitato a sottoporsi al test etilometrico, il Corbini accettava e il valore rilevato era di 3,2 g/l. Osservando che il Corbini non mostrava alcuno dei segni di ubriachezza che di norma si associano a un tale tasso alcolemico, i militi hanno contemplato l'ipotesi di un malfunzionamento dell'apparecchiatura e, volendo tutelare il soggetto fermato, gli hanno proposto di seguirli nel più vicino nosocomio per gli accertamenti del caso. Condotto all'ospedale Martini di via Tofane a Torino, il Corbini è stato sottoposto a prelievo del sangue e dalla successiva analisi è risultato che il suo tasso alcolemico era pari a 0. I carabinieri hanno allora accompagnato il Corbini alla sua vettura e si sono scusati per il contrattempo."»

«Sembra la trama di una commedia degli equivoci» notò Giulia.

«In effetti, pensando che Corbini è in carcere per omicidio, anzi per violenza sessuale seguita da omicidio, un esordio di questo tipo mi sembra davvero assurdo. "Il campione ematico prelevato dal Corbini è poi stato sottoposto a esame del DNA e il risultato è stato inserito nella Banca Dati."»

Giulia ebbe uno scatto che per poco non fece sbandare la vettura. «Ma come, ti fermano per controllare se hai bevuto e ti fanno il test del DNA? È normale?»

«No, non lo è affatto. L'inizio è assurdo e il seguito lo è di più: hanno voluto incastrarlo.»

«Non si può invocare un vizio di procedura?»

«È presto per dirlo. "Una volta inserito nel database, il codice genetico del sangue di Corbini Riccardo è risultato coincidere al 99.8 per cento con quello dei campioni biologici rilevati su un fazzoletto di carta ritrovato alle ore 2.30 del 18/6/1984 accanto al cadavere di Bettini Antonella (v. fascicolo allegato) e repertoriato al"...»

"La clemenza della Corte"... "Le prove sono schiaccianti"... "I motivi abietti"...

La voce del dottor Rossi risuonò nella testa di Giacomo con un tono ben diverso da quello di poco prima. Pronunciate nello squallore di quell'ufficio polveroso, le parole del PM gli erano parse delle spacconate, dei *ballon d'essai* lanciati per testare la consistenza dell'avversario. Adesso suonavano come una condanna certa. Il test del DNA, la madre di tutte le prove, la reificazione della certezza, il sigillo della giustizia. Nessuno sfuggiva al fascino del DNA, del *silent witness*. Quel fazzolettino incautamente gettato dopo una banale soffiata di naso, quel residuo di muco conservato per decenni in una bustina di plastica e in uno scatolone, tra centinaia di altri scatoloni pieni di corpi di reato, collocava il suo cliente sulla scena del crimine al di là di ogni ragionevole dubbio.

"Neppure c'ero alla festa in cui l'hanno uccisa."

E invece eri là. Chi credi di prendere per il culo? Nel 1984 il test del DNA non c'era, ma adesso c'è, e le balle che hai raccontato allora oggi non reggono più.

"Per essere il mio avvocato di fiducia, io devo avere fiducia in lei e lei in me. Io la fiducia in lei ce l'ho, e lei, avvocato?"

Giacomo avvertì una fitta allo stomaco ed ebbe voglia di rinunciare immediatamente all'incarico, di lasciare al loro destino l'ingegnere dalla doppia faccia e la madre, che, con tutta probabilità, con la sua protezione soffocante, lo aveva trasformato in un assassino. A trattenerlo c'era solo la domanda di Giulia: "Ti fermano per controllare se hai bevuto e ti fanno il test del DNA? È normale?".

No, non era normale. Questo non significava che il suo cliente fosse innocente. Al contrario: se lo avevano incastrato era perché sapevano dove andare a colpire, era perché il DNA era solo la ciliegina su una torta che era stata preparata da tempo e con attenzione, una torta avvelenata per lui e il suo cliente.

«"Per il delitto Bettini è stato condannato in primo grado, con sentenza del 23 febbraio 2017, Vallardi Bruno, ma specie alla luce delle nuove scoperte l'impianto accusatorio appare fragile e artificioso."»

Un modo come un altro per dare dell'incompetente alla dottoressa Venezia; dell'incompetente, o peggio...

«"La condanna del Vallardi non alleggerisce dunque in alcun modo la posizione del Corbini e, anzi, si profila lo spettro dell'errore giudiziario."»

Giacomo non poté fare a meno di pensare a un caso che ormai si studiava in qualsiasi facoltà di giurisprudenza, quello di Kirk Bloodsworth: il primo condannato a morte americano a essere assolto dopo una revisione del processo basata sulla prova del DNA. Il crimine era lo stesso, stupro e omicidio; persino l'anno era lo stesso: 1984. Bloodsworth era stato condannato a morte nel 1985 ed era rimasto in carcere nove anni in attesa dell'esecuzione, poi i tribunali statunitensi avevano cominciato a prendere in considerazione il test del DNA e lui era stato scagionato e rilasciato nel 1993. Per l'assoluzione vera e propria però aveva dovuto aspettare il 2004: vent'anni di incubo. E se Bruno Vallardi fosse stato il nuovo Kirk Bloodsworth?

«Io scendo qui» disse a un tratto a Giulia. La ragazza lo guardò interrogativa.

«Devo fare una commissione. Tu torna pure in studio e raccogli tutto quello che trovi sull'omicidio di Antonella Bettini. Cerca negli archivi dei giornali, sul web; cerca dove vuoi, ma mettimi insieme il racconto di ciò che è successo quella sera. E, se fai in tempo, trovami anche la sentenza del processo a Vallardi.»

«Va bene, provvedo subito.»

In altri frangenti gli avrebbe risposto con un ironico "agli ordini, capo", ma quel giorno la voglia di scherzare era passata a entrambi.

6

22 febbraio 2018. Ore 14

La prima volta che aveva visto Rossana nel "guscio", stretta dalle cinghie, aveva dovuto voltarsi dall'altra parte per evitare che si notassero le lacrime che gli scendevano, inarrestabili, lungo le guance. Lei, che prima dell'incidente lo lasciava sempre indietro nelle discese più difficili, lei, che di sciare non ne aveva mai abbastanza, lei, che diceva che lo skipass bisogna sfruttarlo fino in fondo, fino alla chiusura degli impianti, lei adesso era lì, su quello strano seggiolino, a guscio appunto, con sotto uno sci. Lei era lì a compiere i primi timidi tentativi, su una pista per principianti, al Sestriere. Lei che, al contrario di lui, sembrava contenta e che stava imparando ad accettare la sua nuova vita.

Ma questo avveniva una quindicina d'anni prima, nel gennaio del 2003, quando, dopo un lungo percorso di riabilitazione, si era capito una volta per tutte ciò che Rossana avrebbe potuto fare con il suo corpo e ciò che non avrebbe fatto mai più. Quello che però allora non si era ancora capito era quanta forza lei ci avrebbe messo nel superare gli ostacoli, quanta volontà e quanto buon umore sarebbe riuscita a tirare fuori. Durante le vacanze di Pasqua di quel 2003, con la neve d'aprile gelata al mattino e ridotta in poltiglia a mezzogiorno, Rossana era già in grado di percorrere tutte le piste che faceva prima, tutte tranne la Kandahar, quella sarebbe arrivata la stagione successiva assieme alla sua prima gara, e se si fosse dedicata solo allo sci, dimenticandosi di essere un'insegnante, forse ci sarebbe stata anche una partecipazione alle paralimpiadi del 2006.

Senza potersi definire una campionessa, Rossana era sicuramente un'atleta di alto livello, e proprio per questo Giacomo aveva lasciato che Giulia tornasse da sola in studio ed era andato a "fare una commissione", lì in via Genova, quartiere Lingotto, museo vivente della Torino operaia.

Premette il pulsante del citofono e la porticina pedonale ricavata nel grande portone carraio si aprì con un ronzio. Entrò, attraversò il cortile e si diresse verso un basso fabbricato. In quel locale dal tetto in lamiera e dalle grandi vetrate a quadri si erano alternate nel corso di quasi un secolo una mezza dozzina di "boite", di fabbrichette che rifornivano la Fiat o la Magneti Marelli di pezzi in piccole serie, talvolta di veri e propri prodigi di precisione. Adesso la "boita" era quella di Alberto Nepote. Nepote era stato uno skiman eccezionale, uno di quei preparatori che le squadre agonistiche si contendevano con ingaggi di tutto rispetto; lo era stato fino al giorno in cui suo figlio sedicenne, durante una discesa libera in Austria, era uscito di pista in un punto in cui le reti di protezione erano state piazzate con leggerezza e si era schiantato contro un albero. Da quel giorno, per suo figlio rimasto paraplegico, aveva costruito i primi gusci, assemblando ammortizzatori da moto, sedie di plastica modellate a caldo e prototipi di sci che i produttori gli mandavano in prova. Poi suo figlio aveva preferito dedicarsi al tennis in carrozzina e lui, finita la fase pionieristica, aveva continuato a costruire, modificare, adattare e preparare le attrezzature per gli sciatori disabili. In sostanza, se volevi un guscio da coppa del mondo, quello era il posto giusto.

«È quasi pronto» gli disse Nepote senza neanche salutarlo, «ed è un gioiello.»

«Però ce n'è voluto di tempo!»

«Lo sai che la Tessier non riesce a stare dietro agli ordini: tutti vogliono i loro monoscì. Però vale la pena aspettare. Guarda qua.»

E come un allevatore che mostra il purosangue più bello, Alberto Nepote gli presentò il nuovissimo Tessier Scarver, quello che Giacomo aveva ordinato con mesi d'anticipo per il quarantaduesimo compleanno di Rossana.

«Sei sicuro che tra due giorni sarà pronto?»

«Sicurissimo. Devo ancora mettere a punto un paio di regolazioni e sistemare le cinghie come le vuole tua moglie, poi ho finito. Sabato ti arriva bello infiocchettato al Sestriere.»

Poi, prendendo un tono più grave, Nepote gli chiese: «Ci sono stati sviluppi dall'ultima volta?».

«No. Pensavo che fossimo sulla strada giusta e invece mi sbagliavo, come al solito. Gli americani sono stati più bravi di me a trovare il loro Bin Laden.»

Il vecchio skiman era uno dei pochi a sapere il nomignolo affibbiato al misterioso investitore di Rossana. A un certo punto, parecchi anni prima, i due uomini avevano sentito la necessità di parlarsi con franchezza, di calare la maschera di ottimismo che indossavano quando lì, nella "boita", c'era Rossana o il figlio di Alberto, o entrambi. Nepote gli aveva detto quanto fosse incazzato, mortalmente incazzato, con quel bastardo, e mai si sarebbe saputo chi fosse, che si era dimenticato di ancorare le reti di protezione e Giacomo gli aveva parlato dell'incidente, della macchina che aveva travolto Rossana all'uscita da scuola, mentre attraversava corso Unione Sovietica sulle strisce e con il semaforo verde, l'11 settembre 2001. Gli aveva raccontato della frustrazione che andava ad aggiungersi alla paura e al dolore. La frustrazione di trovarsi in un mondo distratto da ciò che stava succedendo in America, in un mondo dove la loro pena non era che un trascurabile granellino di sabbia in confronto alla tempesta che tutti ritenevano imminente e definitiva. Rossana non aveva visto sopraggiungere la macchina: gli accertamenti avevano stabilito che l'auto aveva svoltato a forte velocità da corso Cosenza e l'aveva colpita alle spalle. Però Rossana l'aveva vista andare via: una macchina blu scuro con una targa strana, una targa che iniziava con le lettere CC. Alberto Nepote non aveva rilevato la particolarità di quella sigla. "La mia Panda è targata CD" aveva detto, come per ribadire che a travolgere Rossana poteva essere stata una macchina qualunque. "La prima targa con lettera iniziale C è stata introdotta nel marzo del 2002" aveva replicato Giacomo. E poi aveva aggiunto: "Nel punto dell'impatto sono stati trovati frammenti del fanale destro di un'Alfa 156. All'epoca, i carabinieri ne avevano in dotazione quasi duemila. Lo so bene, perché all'epoca ero carabiniere anch'io". E la conversazione, quel giorno, si era chiusa lì.

"Giuro di dire la verità, tutta la verità, nient'altro che la verità." La gente credeva che fosse quella la formula da recitare prima di una testimonianza, magari tenendo la mano sulla Bibbia. Ovviamente non era così, almeno non in Italia. "Consapevole della responsabilità morale e giuridica che assumo con la mia deposizione, mi impegno a dire tutta la verità e a non nascondere nulla di quanto è a mia conoscenza": queste erano le frasi che il teste pronunciava nei tribunali italiani, ma, pensò Giacomo uscendo dal laboratorio di Nepote, la storia di "tutta la verità, nient'altro che la verità" faceva più effetto. E lui, ad Alberto Nepote, non aveva detto tutta la verità, perché nella sua personalissima indagine sul pirata della strada che aveva investito Rossana in effetti qualche novità c'era. E ciò che stava emergendo gli diceva che aveva fatto bene a lasciare l'Arma nel 2002. Quando al comando si era sparsa la notizia dell'incidente, colleghi e superiori avevano fatto a gara per esprimergli la loro solidarietà, per fargli coraggio. I "conta su di me", i "per qualunque cosa io ci sono", i "basta che mi chiami e io arrivo" si erano sprecati, ma quando Giacomo aveva cominciato a chiedere se c'erano notizie di un'auto di servizio transitata per corso Unione Sovietica quel giorno e a quell'ora, intorno a lui si era creato una specie di cordone sanitario fatto di "non so" e "non credo", e poi, col passare del tempo, di "non fare troppe domande", "non ti esporre", "lascia perdere", "pensa piuttosto alla salute della tua signora".

Ma era possibile che a investire Rossana fosse stata proprio un'auto dei carabinieri? Ed era possibile che nessuno l'avesse notata? Certo, magari non era stata una Gazzella con le scritte sulle fiancate e i lampeggianti sul tetto: troppo vistosa. Gli unici testimoni, due passanti, si erano voltati solo dopo che avevano sentito l'urlo di Rossana; quindi, come lei, l'auto l'avevano vista da dietro e, per di più, da una distanza maggiore. Tuttavia se fosse stata una Gazzella l'avrebbero certamente riconosciuta, mentre loro avevano parlato solo di una macchina blu. E se invece fosse stata un'auto senza livrea? Una di quelle che gli ufficiali usavano per i loro spostamenti? Targa militare con sigla CC, ma nessun altro segno di riconoscimento. E a muoversi con la 156 erano solo i comandanti provinciali e i comandanti di legione che, per qualche motivo, non si erano visti assegnare la 166. Era su quella linea che si era mosso Giacomo, ed era su quella linea che gli avevano tagliato le gambe. Dei suoi vecchi commilitoni non aveva più visto nessuno, tranne Antonio, Antonio Nicolosi: collega, coetaneo, amico e fratello. Ed era grazie ad Antonio se, di tanto in tanto, si apriva uno spiraglio per continuare la caccia a Bin Laden.

A tutto quello pensò Giacomo attraversando a piedi la città; a tutto quello e al fatto che di lì a poche ore avrebbe visto Antonio.

«Ne prendiamo un altro?»

«Ma scherzi? Tre aperitivi prima di una cena al ristorante in cui ci faremo fuori un paio di bottiglie in tre? Vuoi che tua moglie ci trovi ubriachi?»

«Va bene. Come credi. Cercavo solo di usare il Campari per scioglierti la lingua.»

«Guarda, Giacomo, la lingua è sciolta e quel che potevo fare l'ho fatto, anzi ho fatto molto di più di quanto mi sarebbe consentito. Finalmente abbiamo un documento.»

«Certo, un foglio di lavorazione dell'officina che recita "14/09/2001. Sostituzione proiettore destro Alfa 156". Niente targa, niente riferimenti. Dopo diciassette anni mi sembra un po' poco.»

«Sono passati diciassette anni perché con l'incarico che avevo prima non potevo neanche avvicinarmi a certi documenti. Mi trovo in questa nuova posizione da tre mesi e sto cercando di aiutarti. Se permetti, sono anche riuscito a stabilire dove fossero al momento dell'incidente tutti gli ufficiali che avevano in uso una 156.»

«Ok. Così so chi "non è stato". Io invece vorrei conoscere chi è stato.»

«Sai bene quanto è complicata la questione. A guidare quelle macchine non sono solo gli autisti assegnati agli ufficiali. Potrebbe essere stato un meccanico, o un collega cui era stato ordinato di andare a ritirare qualcosa...»

«Sì, ritirare una cassetta di vini pregiati regalata al maresciallo!»

«Ancora con questa storia? Eri un ragazzo quando è successo, possibile che ti roda ancora?»

In effetti l'aneddoto delle bottiglie di Barolo tornava spesso nei racconti di Giacomo, forse perché dopo quell'episodio aveva pensato per la prima volta di abbandonare l'Arma: abbandonarla dopo esservi appena entrato. Terminata la scuola allievi, quello era il periodo delle sue prime pattuglie e lui era sempre agitato, specie di notte: suo padre era stato ucciso di notte, in pattuglia, e la ferita era ancora aperta. La stazione cui era stato assegnato era piccola e il collega che lo affiancava era quasi sempre lo stesso: un quarantenne grassoccio e invadente che infarciva ogni discorso di doppi sensi e gli faceva continuamente domande sulla sua vita sessuale. Una notte avevano fermato un'auto per un normale controllo e nel bagagliaio avevano trovato sei bottiglie di Barolo. Il collega allora aveva fatto la battuta al conducente: "Non è che ce ne regala un paio per combattere il freddo della notte?". E il conducente le aveva loro "regalate". Tutto lì, niente di eccezionale, ma era stata proprio l'ordinaria banalità di quell'episodio, l'impressione che si fosse già ripetuto mille volte e che altre mille si sarebbe ripetuto ancora a imprimere quella scena così profondamente nella sua memoria. O forse era per via del fatto che, per non entrare nella spartizione del bottino, aveva dovuto fingersi astemio.

«Hai ragione, Antonio. E scusami se ti ho incalzato. Lo so che mi aiuti, ma devi credermi: questa storia di Bin Laden mi tormenta ancora come il primo giorno. A volte guardo Rossana quando scia, quando vince le gare, e mi dico che dovrei voltare pagina, che lei ha superato il trauma molto meglio di me, ma poi penso che io ero un carabiniere, che facevo parte del nucleo investigativo e che non sono stato capace di portare a termine l'indagine in cui la vittima era mia moglie.»

«Adesso nel nucleo investigativo ci sono io e vedrai che, prima o poi, il bastardo lo scoviamo.»

E per suggellare la promessa alzò il calice, dove due cubetti di ghiaccio superstiti nuotavano ancora nel mare rosso del Campari Spritz.

«Qui si brinda senza la festeggiata!»

La voce di Rossana, alle loro spalle, li aveva colti di sorpresa.

«Sono io che sono in ritardo o vi siete dati appuntamento prima per parlare di "cose da uomini"?»

«La seconda che hai detto, ovviamente. Io e tuo marito condividiamo una serie di segreti inconfessabili che non possono essere scritti su nessun supporto e quindi, per essere certi di non dimenticarli, di tanto in tanto ce li ripetiamo.»

«E tra questi segreti c'è anche un nome femminile o devo portare la tua foto al prossimo consiglio di classe per darti in pasto a qualche supplente? Corre voce che le giovani latiniste siano particolarmente focose.»

Gli scapoli impenitenti, le professoresse noiose, le agguerrite rivali nello sci, le condizioni della neve, le prospettive di carriera nell'Arma, la salute del vecchio avvocato Actis, le risposte pronte di Giulia, che contrariamente ad Antonio una fidanzata ce l'aveva e non la nascondeva, i PM stronzi. Di tutto parlarono durante la cena; di tutto ma, ovviamente, non di Bin Laden.

Conclusero con una torta alle nocciole e un bicchiere di passito di Caluso, con il quale fecero un brindisi di "precompleanno", visto che Antonio aveva gentilmente declinato l'invito di raggiungerli al Sestriere il sabato.

Quando uscirono dal ristorante, Rossana e Giacomo salutarono l'amico e si avviarono verso il parcheggio sotterraneo ricavato accanto alle antiche ghiacciaie della città. Piazza Emanuele Filiberto brulicava di gente, malgrado il freddo. Brulicava di studenti, e, in gruppi ben distinti, di trentenni intenti a godersi le ultime bevute e le ultime nottate prima di entrare in quella fase della vita in cui le uniche notti in bianco sarebbero state quelle imposte dai figli che mettevano i dentini.

«Ti piacerebbe tornare giovane?» gli chiese Rossana.

«Intendi dire se mi piacerebbe passare le serate così?»

«Anche.»

«Vuoi che ci fermiamo e prendiamo ancora qualcosa?»

«No, andiamo a casa. Ho voglia di fare l'amore.»

7

23 febbraio 2018. Ore 9

Giacomo adorava la Dora Riparia, il fiume dimenticato di Torino. "Qual è il fiume che attraversa Torino?" Se lo chiedevi a dieci milioni di persone ottenevi dieci milioni di risposte tutte identiche: il Po. E sul Po, sul grande fiume che dava il nome alla grande pianura, erano sorti gli edifici liberty che facevano da sede a storiche società di canottaggio, erano sorti bar discreti e romantici e altri più affollati e chiassosi che uno zelante soprintendente alle belle arti aveva fatto chiudere, in modo che i famosi Murazzi del Po fossero riconsegnati una volta per tutte allo spaccio e alla malavita. Sul grande fiume si navigava, si andava in barca, si scattavano fotografie; lungo la Dora a malapena passeggiavano i cani al guinzaglio. Ma non era per riparare a un torto che Giacomo amava quel fiume, altrimenti avrebbe dovuto appassionarsi allo stesso modo alla Stura, anch'essa tributaria del Po, anch'essa cancellata dall'immaginario cittadino. La Dora gli piaceva per la sua essenzialità di fiume urbano, imbrigliato dagli argini alti e costretto fin quasi alla fine a snodarsi in mezzo alle case.

Anche quel mattino dunque, come accadeva tutte le

volte che non aveva impegni pressanti, dopo aver salutato con la mano Rossana che si allontanava sul taxi di Nando si concesse un piccolo tour ciclistico sulle due sponde, passando davanti al nuovo campus universitario e guardando con curiosità mista a tenerezza le ragazze e i ragazzi che un giorno sarebbero stati suoi colleghi.

Al suo arrivo in studio, verso le nove, lo trovò deserto; fatta eccezione, naturalmente, per Clelia.

«Buongiorno, avvocato. Giulia è già arrivata, ma se ne è anche andata. Le ha lasciato dei fogli sulla scrivania.»

«Grazie, li guardo subito.»

Il primo di quei fogli era stato attinto sicuramente dalla cassettina in legno posata sul bancone all'ingresso dello studio Actis probabilmente dagli anni Quaranta, cassettina della quale un'etichetta vergata a mano con lettere piene di svolazzi designava il contenuto: carta da minuta. Più preoccupato dell'economia che dell'ecologia, il vecchio avvocato Actis, il nonno di Rossana, aveva imposto a tutti il riciclo di qualsiasi pezzo di carta potesse ancora essere in qualche modo riutilizzato. Fedele alla tradizione, Giulia aveva quindi preso un vecchio invito alla presentazione di un interessantissimo libro sull'abigeato e le sue conseguenze penali, lo aveva voltato e sul retro aveva scritto: "Mi serve ancora un po' di tempo per raccogliere materiale. Intanto puoi leggere la sentenza del processo a Vallardi".

Il plico sottostante riportava in effetti il testo della sentenza di primo grado. Schema classico, scrittura diligente, nessun elemento investigativo tralasciato: fu questa l'impressione che ne trasse al primo sguardo.

Prese a evidenziare i passaggi che riassumevano i fatti sui quali tanto l'accusa quanto il giudice si erano basati per formulare il loro giudizio. E mentre la punta dell'evidenziatore scorreva con un leggero fruscio sulla carta, lui, per imprimerseli nella memoria, li leggeva a mezza voce, a mano a mano che si coloravano di giallo.

> Repubblica italiana. In nome del popolo italiano. Il Tribunale ordinario di Torino in persona del giudice per le indagini preliminari dott. Antonello Ricci ha pronunciato la seguente sentenza nei confronti di VALLARDI...
>
> Nei confronti dell'imputato veniva emesso decreto di giudizio immediato, su richiesta del Pubblico Ministero. Nei termini di legge l'imputato chiedeva il giudizio abbreviato...
>
> ... si costituivano parti civili i genitori e la sorella della vittima BETTINI Antonella. Quindi il Giudice rinviava per la discussione all'udienza del...
>
> All'udienza odierna le parti discutevano e concludevano come in atti. Il Giudice, deliberata la sentenza in camera di consiglio, dava lettura in udienza del dispositivo...

Giacomo scorse le parti che già conosceva per cercare i punti salienti, che trovò nei *Motivi della decisione* suddivisi nei capitoli: *Il fatto di reato e le indagini svolte nell'immediatezza*, *Le dichiarazioni dell'imputato*, *Le sommarie informazioni testimoniali*, *Gli accertamenti medico legali*. Andò subito a leggere *Le sommarie informazioni testimoniali* e *Le dichiarazioni dell'imputato*.

La sera del 22 luglio 2016 VALLARDI si trovava alla presenza di più avventori del locale denominato Crazy Blue ed ubicato alla via Cesana della città di Torino.
Alla presenza quindi di più persone ed in particolare dell'Ispettore di P.S. – ivi presente per motivi di servizio – Berat Hoxhallari e del proprietario del locale Salvatore Rizzo e di un addetto alla sicurezza del locale, Kevin Lo Giudice, il VALLARDI asseriva ad alta voce, probabilmente disinibito dall'assunzione di alcol, di essere un duro, ed a riprova di ciò sosteneva di aver già ucciso una donna specificando che si trattava di una sua compagna di scuola. Sempre di fronte ai testimoni che cercavano di allontanarlo dal locale sosteneva che a quella ragazza gliela aveva fatta pagare una volta per tutte perché, a suo dire, lei si era permessa di deriderlo e che quindi i presenti facessero attenzione perché lui era un tipo pericoloso.
In sede di interrogatorio di garanzia, così come durante tutto il procedimento, l'imputato ha invece sostenuto che quelle affermazioni fossero il frutto di un delirio dato dall'assunzione di alcol e droghe e che non si ricordava affatto di averle proferite, e di essere innocente.
Sosteneva altresì che al più potrebbe aver pronunciato quelle frasi esclusivamente per paura di essere malmenato dai presenti che con violenza lo stavano cacciando dal locale senza motivo al fine di spaventarli e farli desistere dal loro intento.
L'ispettore della Polizia di Stato, il proprietario del locale e l'addetto alla sicurezza, i quali non hanno rappresentato motivo di astio, né hanno dato segni di intenti calunniatori nei confronti del VALLARDI, hanno confermato di aver udito chiaramente l'imputato affermare di aver ucciso una ragazza, ed in particolare una sua compagna di classe.

Nella sostanza tutte le persone escusse hanno confermato le affermazioni rese quella sera dal VALLARDI come sopra riportate.
Tuttavia i testimoni hanno altresì riferito l'atteggiamento estremamente minaccioso dell'imputato ed in particolare delle insistenti e pesanti molestie, anche di carattere sessuale, ai danni di una ragazza – mai identificata – presente nel locale.

Mentre scorreva l'evidenziatore su queste righe Giacomo si chiedeva come avesse potuto il difensore di Vallardi scegliere il rito abbreviato anziché affrontare un processo; forse si era convinto della colpevolezza del suo assistito e intendeva usufruire dello sconto di pena del rito per un cliente che aveva al suo attivo già diversi precedenti per detenzione illegale di stupefacenti. Giacomo passò poi a esaminare il responso del medico legale.

Antonella Bettini era stata prima violentata e poi uccisa con un colpo di piccone. Un solo colpo assestato con violenza tale da far ritenere che l'assassino fosse necessariamente un uomo.

Le parti civili ricordavano con certezza la presenza del Vallardi a quella festa.

Gli indizi portavano tutti, in modo grave, preciso e concordante a Vallardi, consentendo al giudice di motivare in maniera logica e coerente la sua condanna.

La giovane PM Venezia aveva vinto facilmente un processo indiziario e tutti erano soddisfatti della soluzione di un caso di omicidio che, come tanti, rischiava di rimanere insoluto.

8

23 febbraio 2018. Ore 11

«Davvero ne hai a basta di biscotti? Sei sicura? Guarda che li ho fatti io.»

«Davvero. Sono buonissimi, ma non voglio mangiarne troppi.»

«D'accordo. Io comunque ve li lascio qui, nel piattino. Non genarti a prenderli. All'avvocato Actis non li offro neanche perché non può mangiarli e all'avvocato Meroni non c'è bisogno di offrirli perché lui sì, che li mangia senza gena. È con te che sei giovane che bisogna insistere...»

Le attenzioni materne di Clelia si riversavano su Giulia così come si erano riversate su tutte le praticanti e su tutti i praticanti prima di lei. E come si erano riversate, in misura ancora maggiore, su Rossana quando, non ancora diciannovenne, aveva perso la madre per un tumore.

Terminato il rituale del caffè con i biscotti di metà mattina, antica tradizione dello studio Actis, il patriarca prese la parola.

«Dopo le spiegazioni che mi ha dato ieri Giacomo, la situazione di Riccardo Corbini mi è abbastanza chiara. Quando era ragazzo lo incontravo ogni tanto nella bottega di suo padre. Si metteva in un angolo a fare i compiti. Mi è sempre sembrato un tipo un po' strano, ma pensarlo come stupratore e assassino mi riesce davvero difficile. I giornali dell'epoca parlarono molto dell'omicidio Bettini e qualcosa ricordo, però lascerei a Giulia la ricostruzione dei fatti. È riuscita a trovare qualcosa?»

«Sì, certo. Innanzitutto ho trovato gli articoli dei quotidiani di allora.» E, accendendo il tablet, aggiunse: «Io partirei con "Stampa Sera" del 18 giugno 1984, *Assassinio di una studentessa sulla collina torinese*. "Nella notte appena trascorsa è stato compiuto un orribile"...»

«La prego, Giulia, ci risparmi le infiorettature dei giornalisti e ci faccia un riassunto.»

«Per la verità un riassunto già ci sarebbe, però non so se...» Ed estrasse dallo zainetto un libricino in brossura dalla copertina blu, dalle cui pagine uscivano una serie di post-it messi a guisa di segnalibro.

«Cercando in Rete è saltato fuori questo libro: *Cena di classe con delitto. L'assassinio di Antonella Bettini*, di Nick Petrosino.»

A sentire quel nome, Vittorio Actis scoppiò a ridere e passò qualche istante prima che riuscisse a calmarsi e a spiegare il motivo della sua ilarità.

«Nick Petrosino mi riporta indietro di trent'anni buoni. Era una specie di leggenda. Scriveva libri a raffica, su tutti i casi di cronaca, ma nessuno glieli pubblicava, così se li stampava in proprio e cercava di piazzarli. Era un imbrattacarte ossessionato dall'idea di dover fare giustizia con i suoi scritti. Naturalmente "Nick

Petrosino" era uno pseudonimo. Si chiamava Domenico De Girolamo, o De Bernardi, o De qualcosa... comunque era un cognome patronimico: Domenico è diventato Nick e Petrosino è un prestito da Joe Petrosino, il poliziotto antimafia di inizio Novecento.»

«Mi dispiace» fece Giulia mortificata. «Il fatto è che, confrontandolo con gli articoli e con l'altro materiale che ho trovato, il suo resoconto mi pareva piuttosto documentato...»

«Ed è così: penso che scrivesse come un cane, non che dicesse fesserie. Era più documentato di tutti gli altri, e lo era per una buona ragione: faceva parte della polizia giudiziaria. Non era un investigatore di primo piano, intendiamoci, piuttosto un animale da ufficio, uno di quelli che, in maniera più o meno lecita, avevano accesso a tutte le carte. Era così che scriveva, attingendo a verbali, relazioni, interrogatori. Ed era per questo che gli editori rifiutavano i suoi libri: pubblicarli avrebbe voluto dire andare incontro a una serie infinita di querele. I superiori sapevano, ma chiudevano un occhio, anzi, talvolta lo utilizzavano per mandare messaggi trasversali, del tipo "Guarda che noi sappiamo...".»

A Giacomo tornò alla memoria per l'ennesima volta l'episodio delle bottiglie di vino e tutta una serie di personaggi sui quali anche la Fedelissima aveva chiuso occhi e bocca: ogni Corpo aveva i suoi impresentabili.

«Dunque, cara Giulia, il fatto che possiamo disporre di un preziosissimo testo di Nick Petrosino, ancorché, presumo, di indigesta lettura, ci fa risparmiare molto tempo. Mi chiedo solo dove lei sia riuscita a scovarlo.»

«Nella biblioteca vicino a casa.»

«Certo. La risposta più logica.»

«Allora, se siete d'accordo io inizierei a leggere i passaggi che ho sottolineato.»

«Prego.»

«"È per il 17 giugno del 1984 che la classe V del liceo linguistico Crocetta ha programmato la propria cena di fine anno. Gli allievi hanno preso subito a chiamarla scherzosamente 'L'ultima cena', perché di lì a poco gli esami di maturità metteranno fine alla loro esperienza di liceali. In quel periodo le giornate sono torride e neppure la notte riesce a portare un po' di refrigerio, ma di questo non si preoccupano, in primo luogo perché sono giovani e in secondo luogo perché il loro ritrovo sarà una cascina tra i freschi boschi della collina di Superga, dove già in passato hanno avuto modo di banchettare, di riunirsi, di cantare e di fare tutto ciò che è d'uso alla loro età"...»

«Capite perché era costretto a pubblicarseli a proprie spese, i libri? Oltre a essere passibile di denuncia per divulgazione di notizie riservate era anche condannabile per oltraggio alla letteratura. Adesso però ci tocca ascoltarlo.»

«"Finalmente giunge la sera tanto attesa. La padrona di casa, Marta Grandi, con l'aiuto di alcune compagne, ha preparato una lunga tavolata nell'aia e disposto addobbi e file di lampadine colorate. Trattandosi di un liceo linguistico privato, la classe non è troppo numerosa e le allieve sono in netta maggioranza: tredici ragazze contro quattro maschi. Ma non tutti hanno deciso di festeggiare insieme la fine dell'anno scolastico: all'appello mancano quattro studentesse e uno studente, Riccardo Corbini. Il perché di queste assenze? Leggere indisposizioni per le ragazze e, a detta degli altri, scarsa socievolezza del Corbini."»

Risentendo quel nome, Giacomo ebbe un piccolo sobrassalto, come se nell'attenzione speciale che il fantomatico Nick Petrosino aveva riservato al suo cliente vedesse già un indizio di colpevolezza o, almeno, la traccia di un particolare interessamento della polizia già in quelle prime fasi dell'indagine.

«Quando è stato pubblicato questo coso?»

Giulia andò all'ultima pagina e lesse: «"Finito di stampare il 12 settembre del 1986 presso Tipo-lito Azzarri – Nichelino (TO)".»

Giacomo corrugò la fronte. Evidentemente prima dell'86 la posizione di Corbini era stata valutata con una certa cura: perché neanche un sospetto?

«Posso riprendere?»

«Sì, scusami, ero sovrappensiero.»

«"Alla festa si uniscono anche quattro insegnanti, due professoresse e due professori, ma loro sono i primi ad abbandonare la compagnia. Verso mezzanotte i quattro si dichiarano stanchi e, con un'unica auto, prendono la via della città. Dalle dichiarazioni successive risulterà che gli insegnanti, tutti piuttosto giovani, invece di rientrare nelle loro abitazioni hanno trascorso alcune ore in una discoteca di corso Moncalieri. Essi si collocano quindi fuori dalla scena del delitto, perché quando lasciano la cascina Antonella Bettini è ancora viva e in buona compagnia. Già, Antonella Bettini, è lei la vittima di questa festa trasformatasi in dramma, di quella gioia diventata incubo."»

Giulia si arrestò per bere un sorso d'acqua e Giacomo ne approfittò per dare voce a un dubbio.

«Qui si parla dei quattro insegnanti che erano alla festa e che hanno un alibi, ma in una quinta superiore i professori sono ben più di quattro: se ci sono sospetti a carico di Corbini, che non era alla festa, dovrebbero essercene anche a carico di qualche professore. Magari Antonella, che pare fosse bellissima, aveva rifiutato le avance di un insegnante e lui si è vendicato.»

«Il tuo ragionamento filerebbe se fossimo ancora in fase istruttoria e se non ci fossero altro che sospetti, ma se il dottor Rossi non ha fatto un falso in atto pubblico, contro Corbini c'è qualcosa di più di un sospetto: c'è il riscontro del DNA.»

Già, il maledetto fazzolettino di carta.

«"Poco dopo i professori, sono due degli allievi maschi ad andarsene: Bruno Vallardi e Davide Soffiantino. Quest'ultimo abita a Cafasse, all'imboccatura delle Valli di Lanzo, e non ha mezzi pubblici per rientrare, né ancora guida la macchina. Vallardi, che invece è già patentato e dispone di una Fiat 127 Sport, accompagna quindi l'amico al cinema Charlie Chaplin, dove la madre del Soffiantino, che lì lavora come cassiera, lo attende per portarlo a casa. E mentre Soffiantino rientra a Cafasse, Vallardi raggiunge un bar che resta aperto tutta la notte, in Borgo San Paolo, e lì incontra un amico, Ruggero Nicosia, che agli inquirenti dice di aver chiacchierato con Vallardi fino alle quattro del mattino. Anche alla partenza dei due ragazzi Antonella è ancora viva, così come è viva quando si accomiata anche l'ultimo maschio della comitiva: Flavio Porchet. Verso l'una di notte giungono i genitori della padrona di casa e le ragazze se ne vanno: Antonella è con loro quando salutano Marta e si avviano verso le auto parcheggiate in un piccolo spiazzo all'inizio della strada sterrata che conduce alla cascina. Ed è in quel tratto di strada che di Antonella si perdono le tracce. Duecento metri di buio in cui le giovani studentesse si sparpagliano: al momento di salire in macchina, Antonella non c'è, ma nessuna delle sue compagne ci fa caso, ognuna di loro crede che abbia trovato posto su un'altra auto. E così se ne vanno. Ma Antonella non è su un'altra macchina, Antonella sta iniziando il suo calvario in un fienile, sotto il tetto di un edificio che si trova verso la metà di quella strada buia. Con lei c'è il suo carnefice, il suo stupratore. Ma chi è? Se il lettore ha tenuto conto degli spostamenti dei partecipanti alla festa, ha notato sicuramente che c'è una sola persona che non ha alibi: Flavio Porchet. È vero che si è allontanato quando Antonella era ancora viva, ma nulla gli avrebbe impedito di nascondersi nell'ombra e di catturarla mentre la poveretta cercava di raggiungere le auto parcheggiate e magari si era un po' distanziata dalle altre. Eppure, anche Porchet un alibi ce l'ha, un alibi che sarà dimostrato solo dai successivi accertamenti medici. Sì, perché, naturalmente, è proprio su di lui che si addensano i primi sospetti degli inquirenti. Ma Flavio Porchet non può essere il violentatore di Antonella, non possono essere sue le tracce di liquido seminale trovate nel corpo della vittima, perché, e questo lo hanno confermato i medici, Flavio Porchet ha una disfunzione erettile che gli preclude completamente l'atto sessuale."»

«Alla faccia della discrezione!» commentò Giacomo.

«Te l'ho detto che Petrosino era un pazzo. E poi considera che oggi se ti lasci sfuggire un dato sensibile di questo tipo rischi quasi la galera, ma negli anni Ottanta era diverso. Il danneggiato poteva intentare una causa per diffamazione, o per diffamazione a mezzo stampa, ma in questo caso Porchet si è trovato davanti a una scelta: contestare la veridicità dell'affermazione e rientrare nel novero dei sospettati o accettare di essere sputtanato e scagionato al tempo stesso? Se mai è venuto a conoscenza di questo libercolo, ha scelto la seconda strada e, secondo me, ha fatto bene.»

«Certo che sorbirsi la prosa di questo tipo è proprio un tormento.»

«In fondo non è peggio delle trasmissioni di True Crime che si vedono in tv.»

«Forse, ma tua figlia non me le lascia guardare.»

«Cerca di riconoscere anche qualche merito al povero Nick: ha fatto per noi un lavoro che difficilmente, a distanza di trentaquattro anni, avremmo potuto portare a termine.»

«"Verso le due del mattino, quando ormai tutti gli ospiti avevano lasciato la casa, i signori Grandi e la figlia chiudono la cascina e ridiscendono verso Torino. Ed è proprio percorrendo in discesa la strada sterrata che notano la luce accesa nel fienile. Una luce fioca, che avrebbe potuto tranquillamente sfuggire all'attenzione di molti. Il signor Grandi arresta l'auto, scende e va a spegnerla, ma quando giunge al fienile è uno spettacolo d'orrore quello che gli si presenta. Antonella Bettini giace riversa sul tavolato, la testa in una pozza di sangue, il corpo denudato per metà. In preda allo spavento torna alla macchina, impedendo a moglie e figlia di vedere quello scempio, e raggiunge una cabina telefonica, dalla quale chiama la polizia." Ecco. Fine del primo capitolo. Naturalmente ho saltato dei passaggi, ma le cose importanti ve le ho lette.»

«Mi faccia indovinare: il secondo capitolo si intitola *L'indagine*.»

Giulia riaprì il libro in corrispondenza del primo post-it e annuì.

«Lo sapevo. Nick Petrosino seguiva uno schema fisso nei suoi libri. *Il delitto*, *L'indagine*, *Il processo*, *La sentenza*.»

«Questa volta però *Il processo* e *La sentenza* non ci sono: il terzo capitolo si intitola *Gli interrogativi aperti*.»

«E nel capitolo dedicato all'inchiesta» intervenne Giacomo «hai trovato qualcosa di utile?»

Giulia cercò di nuovo, con le dita, il post-it, ma Giacomo la fermò: «No, dicci brevemente i fatti più rilevanti».

«Innanzi tutto l'arma del delitto: un piccone. L'assassino le ha spaccato il cranio con una picconata: morte quasi istantanea.»

«L'abuso sessuale è avvenuto pre o post mortem?»

«Prima. I verbali della Scientifica parlano di ferite da difesa sulle mani, ma dicono anche che la penetrazione vaginale non ha prodotto lesioni molto profonde. Gli investigatori ne deducono che la vittima ha come ceduto alla minaccia di ulteriore violenza e non ha opposto resistenza all'atto sessuale sperando di scampare minacce peggiori.»

«Ma così non è stato...»

«Infatti. Portato a termine il rapporto sessuale, come

testimoniato dal ritrovamento del liquido seminale nella vagina, lo stupratore l'ha colpita alla nuca con il piccone che, stando alla testimonianza del signor Grandi, si trovava abitualmente nel fienile. Accanto al cadavere è stata trovata anche una federa, sulla quale sono stati proiettati schizzi di sangue. Anche quella è stata riconosciuta dai signori Grandi: una vecchia parure da letto che ormai veniva usata per riparare dalla polvere alcuni oggetti nel fienile.»

«Quindi» rifletté Giacomo «l'intenzione di uccidere è arrivata in un secondo tempo. Lo stupro era il vero obbiettivo del colpevole. Se avesse pensato fin dal principio di ammazzarla, avrebbe avuto con sé un'arma, invece l'ha recuperata sul posto. Dev'essere successo qualcosa che ha scatenato la sua furia.» Meditò ancora un attimo in silenzio, poi aggiunse: «Voi ve lo immaginate Corbini fare una cosa simile?».

«Io non ho potuto incontrarlo» rispose Giulia con un minimo di risentimento, «quindi non saprei dire.»

«Per come me lo ricordo da bambino, potrebbe benissimo essere stato lui. Ma il punto non è se sia stato lui o meno: Giacomo, tu non lo devi giudicare, lo devi difendere. Il giudizio spetta alla Corte e tu devi fare in modo che la Corte non trascuri nessun elemento che possa giocare a favore del tuo cliente. Ogni tanto ho l'impressione che tu ragioni ancora come quando ti ho conosciuto.»

«Cioè?»

«Che tu ragioni ancora da carabiniere, non da avvocato.»

«Forse hai ragione. E allora, da carabiniere, faccio ancora una domanda a Giulia: il libro dice qualcosa degli interrogatori?»

«Non riporta tutti i verbali. C'è scritto solo che i compagni e le compagne sono stati sentiti, così come i professori e il preside della scuola, ma che non sono emersi indizi a carico di nessuno.»

«Anche Corbini è stato interrogato?»

«Sì. Lui come le compagne e i professori che non erano alla festa. Dalle domande che ho potuto leggere sui pochi stralci di verbale presenti, questi interrogatori avevano soprattutto lo scopo di ricostruire le relazioni sociali di Antonella.»

«E le conclusioni quali sono?»

«Parlano di una ragazza con pochissimi amici, tutta dedita allo studio, che raramente si concedeva uscite e feste, mentre pare che, in quella classe, di feste se ne facessero parecchie e molte, anche in anni precedenti, si erano svolte proprio lì, alla cascina.»

«Decine di interrogatori che però non hanno dato alcun frutto.»

«Proprio così.» Andò al fondo del volume e lesse: «"Ed è sconfortante constatare che gli ignoti contro i quali era stato aperto il procedimento sono rimasti tali. A queste condizioni, l'archiviazione è il triste esito che tutti oramai si attendono." Se volete però posso leggervi altri passaggi...».

Giacomo la interruppe: «No, grazie. Ti chiederei di mandarmi via mail ciò che hai trovato in digitale. Il libro magari me lo leggo da solo. Quante pagine sono?».

«Ottantaquattro.»

«Ce la posso fare.»

«Al limite te lo fai leggere da Rossana.»

Giacomo sorrise. Evidentemente anche suo suocero era al corrente di quel loro bizzarro modo di condividere le letture: a letto, la sera, Rossana leggeva ad alta voce i libri che insieme concordavano. Si divertiva a dare intonazioni e accenti ai vari personaggi e, più che una lettura, diventava una recita.

All'improvviso gli risuonò nelle orecchie l'insinuazione del pubblico ministero il giorno prima: "Quando si dice un buon matrimonio"... "Un matrimonio felice" gli aveva risposto lui, ed era vero. E non poteva negare che il primo artefice di quella felicità fosse proprio suo suocero. Era stato lui a presentargli Rossana, e non per caso. Vittorio Actis aveva capito che Giacomo era l'uomo giusto per sua figlia: lui trentadue anni, lei ventuno; una bella differenza di età, ma forse era quello che ci voleva per una ragazza che, dopo la morte della madre, non riusciva a ritrovare qualcosa a cui aggrapparsi, qualcosa di solido.

«E adesso come intendi procedere?»

A riscuotere Giacomo dai suoi pensieri era stata la voce di Vittorio. Posta in questi termini, la domanda poteva anche sembrare quella di un superiore che richiede a un sottoposto di fargli una relazione, ma non funzionavano così le cose dentro lo studio Actis-Meroni o, meglio, non più. Chiaramente nei primi tempi era stato Vittorio a dirigere i giochi, ma in quel periodo, era il 2002, Giacomo non era ancora avvocato: era un laureato in Giurisprudenza che stava facendo il suo praticantato. La laurea l'aveva presa nel 1992, mettendoci otto anni invece dei cinque regolamentari; il fatto era che nel 1987, quando lui era più o meno a metà del suo percorso, un paio di rapinatori in fuga avevano pensato bene di sparare a suo padre, forzando un posto di blocco. Giacomo si era smarrito; contrariamente a Rossana, che alla scomparsa della madre aveva trovato negli studi universitari la campana di vetro giusta per isolarsi dal mondo, lui aveva perso interesse per la Legge: i libri, gli esami, i codici, tutto gli sembrava inutile, fragile, inadatto a garantire la convivenza civile. I codici, i regolamenti, le leggi non avevano difeso suo padre dalle raffiche di mitra: tanto valeva lasciarli dove stavano e imbracciare a propria volta il mitragliatore. Con un po' di vergogna, ripensandoci negli anni successivi, Giacomo aveva dovuto ammettere di essere stato colto dalla furia del giustiziere e che quella furia aveva contribuito non poco al suo arruolamento nei carabinieri. E ciò che non era dovuto alla furia era dovuto al bisogno di far quadrare i conti in casa, adesso che invece di uno stipendio c'era una pensione di reversibilità: novecentomila lire al mese, che con gli straordinari potevano arrivare a un milione e tre, erano un buon modo per contribuire all'economia domestica. Tanto, prima o poi il servizio di leva avrebbe dovuto farlo. L'università l'aveva dunque finita lavorando e pensando che la laurea in Legge non avrebbe significato per lui il mestiere di avvocato, ma una carriera nell'Arma. Persino quando era diventato il genero dell'avvocato Actis aveva continuato a pensare che il suo posto fosse nel nucleo investigativo. Ma poi c'era stato l'11 settembre, Bin Laden, la cortina fumogena sull'Alfa 156 blu e, nel 2002, lo studio legale era diventato il suo nuovo orizzonte: nel 2005, alla bella età di quarant'anni, diventava finalmente avvocato.

«E adesso come intendi procedere?»

Era una semplice curiosità, perché, a parte situazioni eccezionali, era per curiosità, per passione che il vecchio avvocato continuava a interessarsi dei casi che arrivavano in studio: le strategie processuali erano ormai da tempo nelle mani dell'avvocato Meroni.

«Cerco di affrontare al meglio l'interrogatorio di garanzia. Martedì torno in carcere e preparo Corbini alle domande. Se devo essere sincero, però, non nutro tante speranze. Mi sembra che ci sia una sentenza già scritta.»

«Anche a me pare che sia così, e questo indipendentemente dalla colpevolezza o dall'innocenza del tuo cliente.»

9

25 febbraio 2018. Ore 9

Malgrado il bel tempo, su quel lato della pista, ancora in ombra, il freddo era pungente. Rossana si trovava già da un po' al cancelletto di partenza e Giacomo, in attesa al traguardo, era sospeso tra noia e trepidazione. Dopo gli ultimi esiti non proprio incoraggianti, un buon piazzamento in quella gara avrebbe sollevato non di poco il morale di sua moglie. A volte lui non riusciva a capacitarsi di come una donna che aveva reagito con tanta forza all'incidente fosse così vulnerabile di fronte all'altalena dei risultati sportivi. Vulnerabile come quando lui l'aveva conosciuta. E ripensò a quei tempi, un po' per ingannare l'attesa, un po' perché la battuta infelice del PM sul suo presunto matrimonio d'interesse gli si era piantata in testa come un chiodo.

Lui e Vittorio Actis si erano incontrati nel 1997 in occasione di un processo per violenza coniugale nel quale Giacomo, in quanto coordinatore delle indagini, era stato sentito come testimone, mentre l'avvocato rappresentava la parte civile. All'epoca, il fatto che la violenza domestica non consistesse solo in pugni e schiaffi era ancora difficile da accettare: in assenza di lividi, di passaggi al pronto soccorso o di evidenti abusi sessuali, le denunce trovavano tiepida accoglienza sia da parte dei magistrati sia da parte delle forze dell'ordine. Ma l'imputato di quel processo era troppo scaltro per lasciare tracce: la brutalità con la quale dominava la moglie era tutta psicologica. A smuovere le indagini, quella volta, era stato, paradossalmente, il prestigio sociale dell'uomo: imprenditore, membro del Rotary, benefattore di alcune istituzioni culturali... La coppia viveva in una casa indipendente nel quartiere Cit Turin, una sorta di palazzotto liberty: niente vicini di casa a sentire le loro liti, niente soffiate alla polizia o ai servizi sociali. Era stata la sorella della donna a sporgere denuncia e la sua determinazione aveva messo in imbarazzo il magistrato: era il caso di sollevare un polverone per un reato che non si poteva provare con evidenze fisiche? Se i fatti si fossero dimostrati inconsistenti, c'era il rischio di conseguenze molto gravi, ma se non si fossero mossi la sorella della vittima, che era giornalista, minacciava la gogna mediatica. Alla fine avevano avviato un'indagine discreta e l'avevano affidata a Giacomo. Quello che aveva scoperto in un mese di intercettazioni ambientali e di appostamenti con il binocolo dalle finestre della casa di fronte era stato sconvolgente. Il marito pretendeva un'obbedienza completa, servile, altrimenti la sua rabbia si scatenava sugli oggetti cui lei era affezionata: libri gettati nel caminetto, vestiti tagliati in strisce sottili, fotografie di famiglia strappate. Il giorno in cui le microspie avevano segnalato che stava minacciando di uccidere il gatto della moglie, Giacomo e i suoi erano intervenuti.

Questa, in sostanza, era stata la sua deposizione in tribunale e da questa Vittorio Actis era partito con una discussione che aveva avuto un'enorme eco sui giornali. Chiuso il processo, l'avvocato Actis lo aveva invitato a cena, non tanto per ringraziarlo di un atto dovuto, ma per confrontarsi con lui su quel tipo di reato e su quella violenza psicologica che solo allora cominciavano a entrare prepotentemente nei dibattimenti. Giacomo aveva accettato. A quella cena c'era anche Rossana. Due anni dopo erano marito e moglie.

E in quel momento avrebbe voluto averlo lì, il dottor Mario Rossi, avrebbe voluto mostrargli che la differenza tra un "buon matrimonio" e un "matrimonio felice" stava nell'agitazione di quegli istanti, nel desiderio di veder scendere Rossana lungo la pista, negli occhi volti al tabellone dei tempi, nella gioia da condividere o nella delusione da consolare. Avrebbe voluto averlo lì, il dottor Rossi... No, non lo avrebbe voluto affatto.

«È pur sempre un podio. Dài!»

«È il gradino più basso. E già mi è andata di lusso: sul secondo cambio di pendenza ho quasi perso il controllo. Dobbiamo portare il guscio da Nepote e fargli registrare l'ammortizzatore.»

«È un po' che ti lamenti dell'attrezzatura. Forse oggi avresti potuto utilizzare quella di Flavia, tanto lei è bloccata dall'influenza.»

«Sai bene quanto tempo ci voglia per prendere dimestichezza con il guscio. È una cosa che devi sentire tua; devi prendere la sua forma, conoscere al millimetro la regolazione di ogni singola cinghia. Non puoi gareggiare con un attrezzo senza prendergli le misure. Con il mio vecchio scassone sono arrivata terza, con la superattrezzatura di Flavia sarei arrivata in fondo alla classifica. E adesso chiudiamo il discorso e godiamoci l'aperitivo.»

Avevano deciso di festeggiarlo in casa, il compleanno di Rossana: nei ristoranti del Sestriere non si poteva chiedere di cenare alle sette, ma lei il mattino dopo si sarebbe dovuta alzare prestissimo per l'allenamento. Così, aperitivo alle sei e cena un'ora dopo, a base di *raclette*: lei la adorava e lui la considerava il limite massimo cui la sua arte culinaria potesse spingersi.

«Non mi hai quasi parlato del nuovo cliente.»

«Per il momento non c'è molto da dire. È un uomo della mia età che si è ritrovato tra capo e collo un'accusa di stupro e omicidio per un fatto avvenuto quando era ragazzo. Se è innocente è la cosa più drammatica che ti possa capitare. Gli faranno delle domande alle quali non saprà rispondere, perché è passato troppo tempo. Chiameranno a testimoniare i suoi vecchi compagni di scuola, che lui non riconoscerà nemmeno. Per non parlare del trattamento che gli riserveranno in galera se si verrà a sapere di cosa è accusato.»

«E se invece è colpevole?»

«Se è colpevole gli sembrerà comunque di essere un innocente ingiustamente perseguitato, perché il ragazzo che ha commesso il crimine non è l'uomo che lui è oggi.»

«Tu che idea ti sei fatto?»

«È un uomo detestabile, ma questo non fa di lui un colpevole.»

«Però non aiuta con i giurati.»

«Esatto. E poi guarda...»

Prese il telefonino e, scegliendo un file in mezzo ai molti che Giulia gli aveva inviato via mail, le mostrò la fotografia di Antonella Bettini.

«Alla giuria mostreranno questa e poi, quasi certamente, ne proietteranno una scattata dalla Scientifica in cui si vede il cadavere di questa stessa ragazza, denudato e con il cranio sfondato da un colpo di piccone.»

L'immagine visualizzata sul display dello smartphone ritraeva un volto che poco aveva a che vedere con i canoni della bellezza anni Ottanta: niente capelli cotonati, niente ombretto pesante. Una ragazza bella della sua semplicità, come aveva detto Corbini, e che per questo avrebbe potuto essere una ragazza di oggi. In quella foto i giurati avrebbero visto le loro figlie adolescenti o le studentesse che incontravano sulla metropolitana andando a lavorare, e la loro disponibilità a contemplare l'ipotesi dell'innocenza dell'imputato si sarebbe ridotta quasi a zero.

«Quando il pubblico ministero metterà a confronto le due foto verranno tutti presi da una rabbia cieca e sembrerà loro che l'opportunità di condannare qualcuno non debba andare sprecata.»

«Sei pessimista?»

«Sì. E anche tuo papà lo è. C'è un aspetto che ancora non abbiamo soppesato attentamente, ma che, secondo me, darà la botta definitiva: per questo stesso crimine è già stato condannato un uomo, un compagno di scuola della vittima e quindi anche del mio cliente. Il PM sostiene che l'impianto accusatorio faceva acqua da tutte le parti. Se riesce a dimostrare che è così, non si giudicherà l'imputato solo per lo stupro e l'assassinio, ma anche per aver mandato in galera un innocente, e questo...»

La frase venne interrotta dal suono del citofono. Giacomo andò a rispondere: «... no, non si preoccupi, non deve portarlo su: scendo subito».

«Mi accompagni?»

Senza sapere esattamente cosa aspettarsi, Rossana indossò la giacca a vento e lo seguì.

«Tu rimani qui» le disse quando furono davanti alla grande parete vetrata che separava l'atrio del condominio dal parcheggio esterno. «Ho paura che ci sia ghiaccio.»

Come un bambino a Natale, lei ubbidì e lo guardò mentre si avvicinava al furgone rosso del corriere e confabulava con il conducente, ma quando le porte posteriori si aprirono e lei poté scorgere l'oggetto che stava per essere scaricato si slanciò fuori facendo forza sulle ruote della carrozzina e si avvicinò ai due, che intanto avevano posato a terra il guscio.

«Il Tessier Scarver!» esclamò. E la sua era vera sorpresa.

«Tessier Scarver elaborato Nepote. Domani ti alleni con questo. Buon compleanno, amore.»

10

27 febbraio 2018. Ore 11

Tanto il weekend era stato luminoso, quanto l'inizio della settimana si presentava cupo. La città sembrava schiacciata da un cielo di nuvole basse che non promettevano pioggia, che non promettevano neve, che non promettevano nulla se non la garanzia di un disagio appiccicato ai vestiti e all'animo. Con quel disagio addosso, Giacomo ripercorse la strada verso la casa circondariale Lorusso e Cutugno, e quando fu all'altezza del parco della Pellerina, invece di posare lo sguardo sulle giostre che, come nella sua infanzia, erano state montate per carnevale, lo volse lungo il lato destro di corso Regina, sulle forme, anch'esse carcerarie, di quello che era stato lo stabilimento ThyssenKrupp, dove undici anni prima erano morti bruciati sette operai: a ognuno il suo Bin Laden.

Parcheggiò l'auto elettrica e si presentò al block house per il solito siparietto.

«Buongiorno, avvocato. La gara della signora?»

Gliene aveva parlato lui o Salvatore aveva cercato su internet il calendario delle competizioni?

«Terzo posto.»

«Sarà contenta.»
«Neanche un po'. Però il giorno dopo si è allenata con il monoscì nuovo e ha detto che con quello tornerà a vincere.»
«È una potenza, sua moglie. Una vera potenza.»
Salutato l'agente, Giacomo si avviò lungo il solito percorso, ma dovette ammettere che senza Giulia quei passi erano ancora più penosi: in lei vedeva, come mai gli era capitato con altri praticanti, una sorta di continuità. "Se già penso a un'erede, vuole dire che sto invecchiando" disse tra sé.
Quando lo introdussero nella stanza dei colloqui, Riccardo Corbini gli parve più curvo della volta precedente, più rassegnato.
«È stato trattato correttamente?»
«Sì.»
«Tanto dagli agenti quanto dai detenuti?»
«Sì. Mi hanno spostato nella sezione speciale.»
«Come sono i suoi compagni di cella?»
«Persone tristi.»
Allora dovrebbe trovarsi bene. Lo pensò ma non lo disse.
«Avevo intenzione di preparare insieme a lei l'interrogatorio di garanzia, ma, dopo aver valutato la situazione, l'unico consiglio che mi sento di darle è quello di avvalersi della facoltà di non rispondere.»
«Cos'è l'interrogatorio di garanzia?»
«Il codice di procedura prevede che il giudice che ha emesso l'ordinanza debba, entro cinque giorni dall'esecuzione della custodia cautelare, cioè da quando l'hanno arrestata, interrogare l'indagato, cioè lei. Questo per

garantire la possibilità di difendersi davanti a un giudice che conosce solo la versione dei fatti fornita dal pubblico ministero. È la prima occasione per rendere la sua versione, ma, mi creda, è quasi impossibile che il giudice cambi idea dopo l'interrogatorio di garanzia; io non l'ho mai visto fare. Al massimo, per fatti meno gravi, può concedere gli arresti domiciliari o un'altra misura meno severa, ma non per il reato che le contestano. L'interrogatorio avverrà qui in carcere, ma voglio essere molto sincero con lei: le possibilità di una scarcerazione sono minime, quasi nulle. Hanno in mano un fazzolettino di carta ritrovato sulla scena del crimine e su quel fazzolettino c'è il suo DNA.»

«Ma perché questa cosa viene fuori solo adesso, dopo più di trent'anni?»

Il cervello di Giacomo elaborò all'istante una sensazione di fastidio che prese la forma di un dubbio.

«Avrebbe dovuto chiedermi come faceva a esserci il suo DNA in un posto dove dice di non essere mai stato, non stupirsi perché lo hanno collegato a lei solo ora.»

«Non ho mai dichiarato di non essere stato alla cascina, ho solo detto di non essere stato a quella cena. Alla cascina c'ero stato un paio di mesi prima in occasione del compleanno di Marta Grandi e, siccome si era messo a piovere, avevamo trovato riparo nel fienile e lì avevamo fatto un gioco di società, qualcosa tipo gioco della bottiglia.»

«Ma non mi aveva detto che detestava i suoi compagni?»

«È vero. E i miei compagni detestavano me. Soprattutto i maschi, come le ho già spiegato. Però Marta era una persona gentile e spesso mi chiedeva aiuto per i compiti di matematica. Lei si è sentita in obbligo di invitarmi e io in obbligo di accettare. Tutto qui.»

«Ed è in quell'occasione che potrebbe aver perso il fazzoletto?»

«Non ne vedo altre.»

«Quindi sarebbe rimasto lì per due mesi senza che nessuno facesse pulizia.»

«Era un fienile, mica la cucina di casa.»

Non faceva alcuno sforzo per apparire meno irritante, però la sua versione dei fatti era del tutto coerente.

«C'è qualcuno in particolare che potrebbe ricordarsi di lei a quella prima festa? È andato in auto con qualche compagno?»

«No, ci sono andato solo, con la mia A112.»

Certo, il ragazzo più socievole della città!

«Ma se io dovessi chiamare un testimone a deporre per avvalorare l'ipotesi che il fazzolettino fosse già lì da tempo, chi dovrei chiamare?»

«Non saprei.»

«Provo a essere più esplicito. Nel gioco della bottiglia, prima o poi si infila la lingua in bocca a una ragazza e, di solito, quella se lo ricorda.»

Giacomo avrebbe voluto aggiungere malignamente che l'episodio rimane nella memoria quanto più l'impressione è stata sgradevole.

«Non so come facesse lei, avvocato, ma nella nostra versione del gioco c'era una sorta di regola di salvezza: se qualcuno proprio non voleva essere baciato, quello che aveva girato la bottiglia aveva l'obbligo di dargli uno schiaffo molto forte.»

«E allora?»

«Allora quella sera Veronica Gambino se ne andò via con le mie cinque dita stampate sulla guancia: credo che dovrebbe ancora ricordarsene.»

Giacomo annotò il nome della donna sul quaderno con il pappagallo e aggiunse qualche frase che lo aiutasse in seguito a contestualizzarlo.

«Occupiamoci adesso di Bruno Vallardi, perché il pubblico ministero vorrà farlo passare come la vittima di un errore giudiziario, un brav'uomo stritolato dagli ingranaggi di una giustizia inefficiente. Che tipo era? Nel colloquio precedente lei lo ha definito un "tamarro", si spieghi meglio.»

«Lei non se li ricorda i tamarri? Venivano a scuola con il giubbotto di pelle, magari rubato a qualcuno. Giravano sempre con il coltello a serramanico in tasca e quando c'era da picchiare tiravano fuori la catena dal sottosella della Vespa.»

Sì. Li ricordava anche lui, i tamarri. Ricordava quante volte, per strada o nel famoso luna park della Pellerina, gli avevano intimato "Caccia i soldi" o "Caccia l'orologio". Si ricordava di quando suo padre lo aveva iscritto a un corso di karate perché imparasse a difendersi. Qualcosa di irrazionale dentro di lui gli disse che, se era stato un tamarro, Bruno Vallardi stava bene in galera anche da innocente.

«Da quale tipo di famiglia proveniva Vallardi?»

«Una famiglia uguale a quelle di tutti gli altri compagni. Il fatto di frequentare una scuola privata non proprio di prim'ordine livellava un po' gli alunni: media borghesia, con qualche scarto verso l'alto e verso il basso. Io ero lo scarto verso il basso. Flavio Porchet e

Marta Grandi quello verso l'alto, e Vallardi era perfettamente nella media.»

«Ha idea di cosa sia diventato dopo la scuola?»

«Quello che era sempre stato: uno sbandato, un piccolo spacciatore.»

«Spacciava già in classe?»

«Era il re del "pachistano". Finito il liceo credo che sia passato alla coca, visto che l'eroina era ormai in declino. Però dev'essere sempre rimasto una mezza tacca.»

«Lo ha mai rivisto?»

«No, gliel'ho già detto. Del liceo Crocetta non ho più visto nessuno. Se parlo di Bruno come di una mezza tacca è perché qualche anno fa, prima che lo arrestassero, avevo letto su uno di quei giornalacci gratuiti che era finito nei guai per aver picchiato un taxista al Valentino, in piena notte. Lei sa meglio di me che nessuno va più al parco del Valentino di notte per una passeggiata romantica: o ti fai o spacci. E se invece di renderti invisibile ti metti a fare rissa con un taxista vuol proprio dire che sei una mezza tacca.»

Anche in questo caso il ragionamento filava.

«Un'ultima cosa. Quando i carabinieri l'hanno fermata per quel controllo stradale e l'hanno portata in ospedale perché l'etilometro non funzionava, lei non si è insospettito?»

«No. Ho solo pensato a quanti soldi lo Stato buttasse via.»

«La pattuglia era appostata in viale Echirolles a Grugliasco, a duecento metri dall'azienda dove lei lavora. Immagino che quello sia il suo percorso abituale per tornare a casa.»

«Sì, mi permette di evitare il traffico di piazza Massaua: passo da dietro.»

«Ha notato altre volte una pattuglia appostata in quel punto?»

«No. Adesso che mi ci fa pensare, lì non ho mai visto né polizia né carabinieri.»

Giacomo non gli chiese altro e lo salutò: aveva un appuntamento in studio.

Come al signor Dalmasso fosse venuto in mente di rivolgersi a lui rimaneva un mistero. Aveva parlato di amici che gli avevano consigliato di... Molto più probabilmente lo studio legale Actis-Meroni era uno dei primi che compariva nell'elenco telefonico di Torino, quello cartaceo, e il signor Francesco Dalmasso era proprio il tipo da usare l'elenco cartaceo, magari vecchio di qualche anno. La ragione poi per cui avesse consultato l'elenco di Torino e non quello della provincia di Cuneo, nella quale risiedeva, era la stessa per cui non si sarebbe rivolto al medico di famiglia se avesse avuto uno spiacevole prurito alle parti intime: i peccati di provincia si mondano in città. Certo, non avrebbe mai dubitato della discrezione di un suo collega di Fossano o di Saluzzo, però a rivolgersi a un avvocato di Torino c'era da stare più tranquilli.

Quando Giacomo era giunto in studio di ritorno dal carcere, l'uomo era già là ad aspettarlo, con quaranta minuti buoni d'anticipo, e aveva già dato un'idea di sé tanto a Giulia quanto a Vittorio. Quest'ultimo aveva intercettato il genero sulla porta d'ingresso e, con un sorriso sbilenco, gli aveva chiesto: «Ma è un tuo cliente quel pacu che c'è di là?».

«*What's* "pacu"?»

Per quanto fosse nato a Torino, Giacomo, la cui famiglia veniva dal ridente paesino di Vertemate con Minoprio, non ne aveva mai imparato il dialetto, né tantomeno i termini più singolari.

«"Pacu" vuol dire "campagnolo", ma con una sfumatura di disprezzo. Vuol dire "buzzurro", ma il buzzurro ormai può essere anche cittadino, mentre il "pacu" viene rigorosamente dal contado...»

«Ho capito, stai parlando di Dalmasso. Io non l'ho mai visto, l'ho solo sentito al telefono. Adesso vado a conoscerlo.»

«Vai, vedrai che ti divertirai. A meno che non sia accusato di omicidio plurimo o di pedofilia!»

«Ma no. Lo vogliono incastrare per furto.»

«Un ladro quello lì? Non me lo vedo proprio con la calzamaglia nera e il cappuccio infilarsi nelle case della gente: peserà più di un quintale ed è alto come Umberto II, non ha il *physique du rôle*.»

«Non ho detto che è Diabolik. Ha scoperto che un distributore automatico erogava benzina anche se non gli mettevi i soldi e ne ha approfittato. Solo che lo hanno beccato.»

«Vado a farmi fare un caffè da Clelia e vengo da te. Non voglio perdermi lo spettacolo.»

Giacomo alzò gli occhi al cielo e raggiunse il suo cliente.

Quando lo vide però non poté che riportare la stessa impressione che ne aveva avuto il suocero. Se in uno sketch televisivo avessero voluto dipingere la macchietta del contadino frescone non avrebbero tracciato una figura diversa da quella che lui si ritrovava di fronte in quel momento: pantaloni di velluto a coste di una sfumatura indefinibile tra il marrone e il verde, giacca striminzita e spaiata, camicia a quadri e cappello in mano. Per un attimo, visto il periodo, pensò che si trattasse di un travestimento di carnevale, ma non era così.

«Allora, signor Dalmasso, mi racconti come sono andate le cose.»

L'uomo, sulla settantina avanzata, balbettò qualcosa, ma non riuscì a iniziare.

«Un attimo, un attimo. Vorrei esserci anch'io, perché il suo caso mi sembra molto serio. Piacere, sono Vittorio Actis, avvocato del Foro di Torino e patrocinante in Cassazione, e chissà che proprio non si debba arrivare fino alla Cassazione.»

Giacomo lanciò un'occhiataccia al suocero, ma non sortì alcun effetto: essendo più vecchio del malcapitato, Vittorio si sentiva in diritto di deriderlo, soprattutto perché, dalle poche spiegazioni che gli erano state date, si era fatto l'idea che il Dalmasso appartenesse a una delle categorie che lui più detestava, quella dei "furbi".

«Allora» riprese Giacomo, «ci dica come ha scoperto che il distributore funzionava anche senza denaro.»

«È capitato una sera. Ero quasi senza gasolio e mi sono fermato all'automatico; gli ho messo dentro dieci euro...»

«Dieci euro?» lo incalzò Vittorio. «Solo dieci euro? Ma lei che macchina ha?»

Giacomo pensò che se l'altro avesse risposto che aveva una 127 Rustica o una Panda 4x4 prima serie, suo suocero avrebbe deposto le armi, ma Dalmasso commise l'errore di dire la verità.

«Una Range Rover.»
«Di che anno?»
«Del 2016.»
Si era messo alla berlina con le sue stesse mani.
«Se è così devo chiamare anche la nostra esperta di automobili, perché la possibile pena cambia in base al modello utilizzato per l'appropriazione del bottino. Giulia, ci raggiunga qui!»
«Ma quale bottino! Io ho solo fatto il pieno.»
«Ha ragione, signor Dalmasso, l'avvocato Actis ha la tendenza a esagerare un po'. Ci stava dicendo che ha messo dieci euro nel distributore automatico. E poi cos'è successo?»
«Ho infilato la pistola nel serbatoio e ho aspettato che finisse di versare, invece quella continuava. Ho fatto il pieno con dieci euro. Però non ho rubato niente. La pompa andava avanti e io non ci ho fatto caso. Non mi possono accusare di furto.»
Nel frattempo Giulia era arrivata e, dopo un primo istante di smarrimento, aveva capito il ruolo che avrebbe dovuto interpretare in quella farsa: quello della segretaria severissima.
«E non sapeva che la stazione di servizio era piena di telecamere di sicurezza? Hanno ripreso lei, la targa della sua macchina e tutto il resto.»
«Sì, però non mi possono dire che ho rubato. Io ho solo fatto il pieno.»
«Diciamo che il gestore avrebbe anche chiuso un occhio sul primo rifornimento a costo zero, o quasi. Il problema è che, stando alle videoregistrazioni, lei è tornato dopo venti minuti con suo fratello e suo cognato:

loro hanno riempito i serbatoi delle loro auto, ma lei si è presentato lì nientemeno che con il trattore.»

«Sì, ma col trattore piccolo, col SAME, mica con il John Deere...»

Vittorio Actis intuì che quello era il momento per la scena madre. «Me lo faccia dire, signor Dalmasso, lei non è solo un pacu, lei è anche un piciu. Ma come si fa a essere così piciu?»

Se anche Giacomo non avesse avuto contezza del significato di quel termine, il contesto lo avrebbe chiarito senza possibilità di errore; ma Giacomo il significato lo conosceva: "coglione", "imbecille" e altre parole simili esprimevano perfettamente il concetto di piciu.

Pronunciata la sua inappellabile sentenza, l'avvocato Actis se ne andò sdegnato portandosi appresso Giulia, prima che la ragazza fosse colta da un malore nel tentativo di reprimere le risate.

E a Giacomo toccò il compito di ridare un minimo di speranza al povero signor Dalmasso, che in vita sua non aveva mai visto un giudice e non voleva vederlo proprio ora, da vecchio. Gli disse che nei giorni successivi avrebbe steso una bozza di accordo per il risarcimento del gestore e che con meno di cinquemila euro il suo onore sarebbe stato salvo. L'esborso e il piciu ricevuto in faccia sarebbero sicuramente serviti da deterrente per il futuro.

Malgrado l'imbarazzo procuratogli dal suocero, Giacomo tornò a casa di buon umore e, come sempre capitava, raccontò a Rossana la sua giornata, partendo proprio dalla scenetta di Dalmasso col trattore.

Anche lei rise della più classica delle situazioni da novella medievale, quella dell'arrogante scornato, ma, sapendo quale fosse il caso più importante in quei giorni, chiese al marito della vicenda di Corbini. Lui la ragguagliò e, al termine, Rossana tornò su un particolare.

«Mi hai detto che Corbini si è ricordato che Vallardi, prima di essere arrestato per l'omicidio, aveva picchiato un taxista, vero?»

«Sì, dice di averlo letto su un giornale qualche anno fa. Ho chiesto a Giulia di procurarsi eventuali sentenze anche su questa vicenda, ma pare che non ce ne siano; con tutta probabilità il taxista non lo ha querelato: rimane da stabilire se non lo ha fatto per paura o perché è riuscito a strappargli qualche centinaio di euro.»

«Secondo me potresti chiedere informazioni a Nando. Ogni tanto, parliamo del suo lavoro e lui mi racconta che i taxisti, magari tra loro si odiano, ma di fronte ai nemici esterni fanno comunità. Se qualcuno aggredisce uno di loro, quel qualcuno rimane un sorvegliato speciale e, prima o poi, gliela fanno pagare. Chiedi a Nando e vedrai.»

Ma cosa mancava a quella donna per essere perfetta? Le gambe, avrebbe detto qualcuno; Giacomo non lo avrebbe detto mai.

11

28 febbraio 2018. Ore 11.30

Giacomo si chiedeva spesso come vivesse la professione quella fetta non piccola di suoi colleghi che aveva l'avvocatura nel sangue da generazioni. Provavano l'orgoglio di essere avvocati oppure per loro era un fatto scontato, un'inevitabile conseguenza? Era una domanda banale, lo sapeva. Banale e inconsistente, come ogni generalizzazione. Nel vasto gruppo degli avvocati per tradizione familiare c'erano colleghi oscenamente ricchi e colleghi che avevano dissipato il patrimonio dei padri, c'erano principi del foro e civilisti dagli studi scalcagnati che salivavano di piacere anche di fronte a una lite tra cugini per questioni di eredità, c'erano galantuomini e farabutti. C'erano quelli che avevano seguito il cammino della dinastia e quelli che avevano tralignato passando dalla categoria dei galantuomini a quella dei farabutti oppure, in misura decisamente minore, facendo il percorso in senso inverso. C'era, com'è ovvio, una varia umanità che interpretava il proprio ruolo nei modi più disparati. Se però quella domanda l'avessero posta a lui, non avrebbe avuto esitazioni: Giacomo la professione la viveva con orgoglio.

L'orgoglio del parvenu, certo; l'orgoglio di chi è partito dalle retrovie, ma pur sempre l'orgoglio di essere avvocato. E c'era un luogo, nello studio, dove quel sentimento prendeva una forma quasi fisica: la biblioteca.

Come la cassettina della carta da minuta, come il bancone di noce, anche la biblioteca era un'istituzione dello studio che ora portava anche il suo nome. Nessuno, nel corso dei decenni, si era mai sognato di cambiare destinazione a quella stanza dalle pareti tappezzate di scaffali e di libri. Anche se le sentenze, i codici e la Gazzetta Ufficiale si consultavano ormai in Rete, Giacomo non aveva perso l'abitudine di chiudersi in biblioteca e di sedersi su una delle due poltrone di cuoio, a occhi chiusi, per ripassare mentalmente i documenti, per elaborare le strategie difensive o, semplicemente, per riflettere.

E fu in biblioteca che la telefonata di Nando lo raggiunse.

«Buongiorno, avvocato. Credo di averci le informazioni che le servono. Non è granché, però ho fatto quello che mi ha detto e qualche risultato l'ho ottenuto.»

«Le posso offrire il pranzo, così ne parliamo?»

«Certo, con piacere. Io stacco a mezzogiorno preciso in piazza Vittorio; se per lei non è troppo presto mangiare a quell'ora...»

«Andrà benissimo. Facciamo al Porto di Savona?»

«È perfetto, avvoca'. Alle dodici.»

Giacomo chiuse la conversazione e rifletté sul consiglio di Rossana: "Potresti chiedere informazioni a Nando. Sai come sono i taxisti, magari tra loro si odiano, ma di fronte ai nemici esterni fanno comunità. Se qualcuno aggredisce uno di loro, quel qualcuno rimane un sorvegliato speciale". Quel consiglio lui lo aveva seguito e, a quanto pareva, aveva fatto bene. Ma cosa si aspettava esattamente dalle informazioni di Nando? La sentenza Vallardi l'aveva letta e non aveva potuto fare a meno di dare ragione a quella carogna di Mario Rossi: un processo indiziario e con pochi indizi, per di più. L'asse portante dell'accusa erano le confessioni di un balordo che, strafatto e ubriaco, si vantava di essere uno stupratore e un assassino. A governare i giochi, ne era convinto, era stato l'insano desiderio di avere un colpevole a ogni costo, era stata la stessa caccia al mostro che ora era ripartita in un'altra direzione, quella del suo cliente. Dal tam-tam dei taxisti si aspettava allora un filo di speranza, un piccolo gancio al quale ancorarsi per continuare a credere che Mario Rossi si sbagliava, che la condanna di Vallardi era ben motivata e che Corbini poteva essere tirato fuori dalla casa circondariale Lorusso e Cutugno e restituito penalmente vergine a quell'altra galera che era la sua vita.

A un tratto, i suoi pensieri furono disturbati da un rumore, anzi, dall'assenza di un rumore consueto, quello della pendola. Si alzò di scatto e andò a controllare l'orologio posato sulla mensola in marmo del camino: era fermo. Il cuore di antica fabbricazione svizzera che aveva pulsato nello studio fin dalla sua fondazione si era arrestato: lo interpretò come un annuncio di sciagura. Scosse delicatamente l'orologio: nessun segno di vita. Posò l'orecchio sulla cassa di legno dorato: niente.

«Non ti resta che fargli il massaggio cardiaco.»

La voce era quella di Giulia, ed era allegra.
«Non posso credere che si sia rotto.»
«E se fosse solo scarico?»
«Da quando sono qui, Clelia non ha mai dimenticato una sola volta di caricarlo.»
Giulia prese la pendola tra le mani, cercò la chiavetta e iniziò a girarla: quando l'operazione fu terminata, il ticchettio consueto riempì di nuovo la biblioteca.
«Ecco. Hai visto? È ripartito.»
«Allora è Clelia a perdere i colpi.»
«Né per me né per lei dimenticarsi di dare la corda all'orologio può essere fonte di gravidanze indesiderate, quindi sì, la cosa può sfuggire di mente.»
«Scusa, ma non capisco il legame tra la pendola e le gravidanze indesiderate...»
«Chiedi a Rossana di farti un corso accelerato. Nel frattempo dimmi l'ora esatta così lo metto a posto.»
«Sono le undici e quarantadue...»
Non aggiunse altro e corse fuori.

«Buongiorno, avvocato. Puntuale come un orologio svizzero!»
«Lascia stare gli orologi svizzeri, entriamo che è meglio.»
Il Porto di Savona era uno dei ristoranti storici della città; stava lì, nello stesso posto, dal Settecento, quando era una locanda con stallaggio che accoglieva i vetturini delle diligenze che giungevano a Torino dal porto di Savona, appunto. Sulle pareti, a guardare i commensali, c'erano decine e decine di fotografie di ospiti più o meno illustri, e chiunque volesse portare un visitato-

re straniero a degustare un autentico menu piemontese prima o poi passava da quel posto.

Al loro ingresso, un cameriere salutò Nando con grande familiarità e gli indicò la scala che conduceva alle sale del primo piano.

«Ti ho riservato il tavolino nell'angolo, quello che mi avevi chiesto.»

A Nando era riuscito il miracolo che a Giacomo non riusciva mai: farsi trattare bene. Ma il più importante parcheggio di taxi del centro era proprio davanti al ristorante e Nando era un taxista, mentre Giacomo era solo un avvocato.

«È un tavolo appartato» sottolineò l'autista, «così possiamo parlare lontano da orecchie indiscrete.»

Giacomo sorrise tra sé: bastava chiedergli una semplice informazione e l'altro assumeva pose da agente segreto.

Anche la velocità con cui vennero a raccogliere le ordinazioni fu sorprendente. Scelsero entrambi un piatto di ravioli "del plin" e Nando, senza abbandonare la sua aria da cospiratore, cominciò, parole sue, a vuotare il sacco.

«Quel Vallardi, se mi posso esprimere liberamente, è un gran figlio di buona donna. Da dove inizio? Da quando lo hanno arrestato o da quando ha preso a botte il mio collega?»

«Direi dall'aggressione al suo collega; in che anno è avvenuta?»

«Nel luglio 2014. Per fortuna qui a Torino non ci sono spesso violenze sui taxisti, così, quando capita, ce ne ricordiamo.»

«Com'è successo?»

«Una notte, potevano essere le due, al mio collega arriva dalla centrale una chiamata per il Club84.»

«La discoteca al Valentino?»

«Sì quella. Lui arriva e trova le due ragazze che avevano fatto la chiamata. Quelle cercano di salire subito in macchina, ma un ubriaco sulla cinquantina ne prende una per un braccio e dice che non può andarsene così. Allora il mio collega scende e cerca di fare allontanare il tipo, ma quello si incazza e comincia a prenderlo a pugni fino a che dal locale non arriva la security e lo blocca.»

«E il tipo era Vallardi vero?»

«E certo che era lui: grandissimo bastardo. Gli ha spaccato il setto nasale, al mio collega.»

Ecco la risposta che Giacomo cercava! Vallardi violento, Vallardi che infastidisce le donne: bastava fare uno più uno.

«E hanno chiamato la polizia?»

«Il mio collega voleva chiamarla, ma poi è arrivato un amico di Vallardi che gli ha chiesto scusa e gli ha rifilato tremila euro perché lasciasse correre.»

«Tremila euro in contanti?»

«Sissignore. Trenta biglietti da cento, tirati fuori così, uno sull'altro, da un rotolo dove alla fine ne sono rimasti ancora.»

Le ipotesi su un accomodamento erano dunque fondate. Per un attimo si chiese come, in mancanza di un intervento della pubblica sicurezza, il fatto avesse potuto uscire sui giornali e finire sotto gli occhi di Corbini, ma subito si rispose che nell'era degli smartphone e del *citizen journalism*, dove qualunque cretino si sente un reporter d'assalto, era assai probabile che la notizia fosse stata venduta ai giornali per pochi euro da qualcuno che aveva assistito alla zuffa e che conosceva Vallardi, magari un buttafuori del Club84.

«Neppure le ragazze hanno voluto sporgere denuncia?»

«No. Loro se ne sono andate prima ancora che la scazzottata finisse.»

Peccato, se avesse potuto rintracciarle avrebbe avuto qualche elemento in più per abbozzare un ritratto che, almeno, non facesse apparire il Vallardi una povera vittima del sistema giudiziario.

Stava per chiedergli qualcos'altro quando arrivò il cameriere e posò sul tavolo i due piatti, dai quali saliva intenso il profumo del sugo d'arrosto. Per un po' mangiarono in silenzio, poi, Giacomo, che aveva letteralmente divorato la sua porzione, cercò di ricordare la domanda che prima non aveva potuto porre, ma non ci riuscì, così passò a ciò che gli parve più importante.

«Mi scusi, Nando, ma prima mi ha detto che aveva notizie anche dell'arresto: c'entra un taxista anche in quel caso?»

«Avvocato, si vede che lei va a letto presto! Se succede un fattaccio di notte, c'è sempre una puttana o un taxista che ha visto tutto, ma più spesso un taxista. Chi è che se ne sta in giro per le strade mentre tutti dormono? Noi. E io, per fortuna, facendo il servizio disabili mi tengo fuori dai turni più massacranti. Però le informazioni su quello che capita la notte le trovo comunque: a stare fermi in parcheggio si chiacchiera.»

«E com'è che lo hanno arrestato?»

«La scena non è stata molto diversa da quella che le ho già raccontato. Il locale però era un pub di Borgo San Paolo che nel sotterraneo nascondeva una specie di bordello.»

«Quindi c'erano sia il taxista che la puttana» scherzò Giacomo.

«Esatto: il taxista era lì proprio per accompagnare a casa le signorine dopo il lavoro. E anche stavolta Vallardi era ubriaco marcio e infastidiva le ragazze. Uno della sicurezza, che poi era un magnaccia, ha cercato di farlo smettere, ma lui ha dato di matto e ha detto di lasciarlo stare perché poteva diventare pericoloso e che da giovane aveva anche ammazzato una sua compagna di scuola che non gliela voleva dare. Se volevano farsi sotto ammazzava anche loro, albanesi di merda.»

Il seguito, Giacomo lo sapeva già: mescolato ai magnaccia c'era un giovane ispettore di polizia di origine albanese che stava indagando sul giro di prostituzione. Gli aveva fatto la classica mossa del braccio piegato dietro la schiena e se l'era portato fuori senza troppi problemi, riuscendo persino a non far saltare la copertura. Poi lo aveva sbattuto in macchina, lo aveva dichiarato in arresto per rissa e gli aveva fatto smaltire la sbornia in commissariato. Il mattino dopo, il PM Deborah Venezia si era presentata a Vallardi con un fascicolo che parlava di una ragazza stuprata e uccisa durante una cena con i compagni di classe e tra quei compagni, guarda caso, c'era anche lui. Svaniti gli effetti dell'alcol, il coglione non si ricordava neanche più di essersi vantato dell'omicidio, ma la testimonianza di un ispettore di polizia non era cosa che si potesse ignorare. E così, Vallardi di galera non era più uscito. Fino a quel momento, almeno.

Il racconto di Nando, sebbene frutto di un passaparola piuttosto articolato, coincideva quasi perfettamente con quanto era riportato nella sentenza di condanna, ma proprio chiudendo la narrazione l'autista buttò lì una frase che, da sola, ebbe il potere di spazzare via ogni carta che Giacomo aveva creduto di poter giocare a favore del proprio cliente.

«... quando il mio collega ha letto che avevano condannato Vallardi per omicidio non riusciva a crederci. Secondo lui tutti quei discorsi sull'uccisione della sua compagna di classe erano sbruffonate, balle tirate fuori solo per fare impressione sui protettori delle ragazze. Diceva che condannare uno solo perché aveva sparato cazzate da sbronzo serviva unicamente alla carriera ai giudici.»

Grosso modo era la teoria di Mario Rossi.

12

28 febbraio 2018. Ore 18.30

«Grazie per aver accettato.»

«Se il mio migliore amico mi ringrazia per aver accettato di prendere un aperitivo con lui è perché l'aperitivo è solo un pretesto, ma ti avviso: dall'ultima volta che ci siamo visti, cioè una settimana fa, sull'incidente di Rossana non è emerso niente di nuovo e se mi chiedi se ho messo sotto torchio dei generali per farmi dire chi guidasse l'Alfa 156 quel giorno, ti dico subito che non l'ho fatto.»

Antonio Nicolosi gli aveva parlato con tono scherzoso, ma sul fondo rimaneva una certa durezza, e in essa Giacomo ravvisò l'avvertimento di sempre: non lasciare che quel pensiero ti divori.

«Tranquillo, stavolta non è di Bin Laden che voglio parlarti, però è sempre una questione di lavoro.»

«Va bene» sospirò accostando le labbra a un bicchiere di Gin Tonic nel quale il barista, dimenticandosi che il Bombay avrebbe dovuto costituire almeno un terzo della miscela, aveva versato un mare di acqua tonica, sul quale galleggiavano cubetti di ghiaccio grandi come iceberg.

«La questione è questa. Oggi, assieme alla mia praticante, ho riletto l'ordinanza di custodia cautelare emessa nei confronti di un mio cliente e c'è un passaggio che già mi aveva colpito nei giorni scorsi e che oggi mi è parso talmente inconcepibile da farmi pensare a un vizio di procedura.»

«Più inconcepibile di un Gin Tonic senza gin?»

«Sì. Ma comunque è una cosa che ha a che vedere con l'alcol. Il mio cliente viene fermato da una pattuglia dei carabinieri. Tardo pomeriggio, a Grugliasco. Lui sta rispettando i limiti e non sta commettendo alcuna infrazione, ma lo fanno comunque soffiare nell'etilometro. Secondo l'apparecchio, il mio cliente dovrebbe praticamente essere in coma etilico, ma i due militi vedono che è perfettamente lucido e allora gli propongono di fare subito ulteriori accertamenti in ospedale. Ti sembra normale?»

«Forse normale no, ma è possibile. Ti accorgi che l'etilometro ha perso la taratura, ma hai comunque ragione di credere che vi sia guida in stato di ebbrezza e approfondisci.»

«D'accordo. Sei fuori da una discoteca alle tre di notte e vedi un ragazzino che sale in macchina barcollando, che imballa il motore e sbanda: questo per me è un sospetto di guida in stato di ebbrezza. Un cinquantenne che torna dal lavoro alle sei di sera e va dritto per la sua strada ai quaranta all'ora non mi sembra debba destare particolari sospetti. Ma ammettiamo che i tuoi colleghi vogliano essere particolarmente scrupolosi. Lo portano in ospedale e i risultati degli esami sono chiarissimi: niente alcol nel sangue. Perché il giorno dopo gli fanno il test del DNA?»

Antonio Nicolosi, il colonnello Antonio Nicolosi, si bloccò con il bicchiere a mezz'aria e gli occhi fissi dentro quelli dell'amico. E in quello sguardo Giacomo lesse un imbarazzo insostenibile, tanto che si pentì di aver intavolato quel discorso. Capiva che l'amico stava rapidamente soppesando le alternative che aveva a disposizione: buttare lì una risposta qualunque, come se si trattasse di un caso puramente teorico, e dunque mentire fingendo di non sapere nulla, trincerarsi dietro al segreto investigativo, oppure violare quello stesso segreto in nome di un'amicizia che non poteva essere tradita. Antonio scelse l'ultima opzione.

«Mi stai dicendo che la difesa di Riccardo Corbini è capitata proprio a te?»

«Allora conosci la storia.»

«Purtroppo sì, e se fosse dipeso da me la storia non ci sarebbe stata.»

«Cos'è successo?»

«È inutile che ti dica che...»

«Sì, è inutile. Quello che stai per rivelarmi non esce di qui.»

«Quella di Corbini è un'operazione poco chiara. Era tutto combinato: la pattuglia stradale, l'etilometro rotto, l'accertamento in ospedale... Tutto orchestrato dal PM per arrivare al test del DNA.»

In bocca a Giacomo, il gusto dello spumante Alta Langa, che fino a un attimo prima gli era parso delizioso, girò in aceto.

«Scusami, ti devo fare un'altra domanda, ma se non puoi rispondermi non mi offendo. Non voglio metterti nei guai.»

«Nessun problema. Non lo faccio solo per amicizia. La verità è che intorno a questa vicenda c'è davvero puzza di marcio: se te ne parlo è perché anch'io vorrei togliermi un po' di dubbi.»

«Tu sai se il test del DNA è stato fatto anche ad altri o il trattamento era riservato a Corbini?»

«Altri chi?»

«L'omicidio di cui è accusato Corbini è avvenuto durante una cena di classe ed è stato preceduto da uno stupro, quindi le compagne di classe della vittima sono state escluse dal novero dei sospettati. I maschi, però, dovrebbero essere messi tutti nel mirino. Per questo ti chiedo se ci sono stati altri prelievi di DNA.»

«Che io sappia quello di Corbini è stato il solo. Però è possibile che gli altri si siano prestati volontariamente al test e che non sia stato necessario organizzare tutta quella messa in scena.»

«Allora sono andati a colpo sicuro perché sapevano già che i due DNA erano compatibili...»

«Spiegati meglio.»

«Sulla scena del crimine è stato ritrovato un fazzolettino di carta. Qualcuno si è soffiato il naso e poi lo ha buttato proprio lì dove è stata uccisa la ragazza. Quando l'omicidio è avvenuto il test del DNA non esisteva ancora, ma quando hanno arrestato Bruno Vallardi quel kleenex è tornato fuori. Solo che, stando alle carte del processo, il DNA rilevato lì sopra non coincide con quello di Vallardi.»

«E lo hanno condannato ugualmente?»

«Certo. Non cadere anche tu nella trappola dei telefilm americani: si può condannare anche se non c'è la prova del DNA. La questione è che il materiale organico sul fazzoletto appartiene al mio cliente. Ed è proprio qui che l'operazione dei tuoi colleghi si fa ambigua: se hanno puntato solo su Corbini è perché il suo DNA ce l'avevano già e sapevano che era uguale a quello del fazzolettino, ma...»

«Ma hanno avuto bisogno di un nuovo riscontro ufficiale, perché il loro primo prelievo di DNA era avvenuto in maniera illegale: è questo che vuoi dire?»

«Esattamente. Il che significa che qualcuno, dopo l'arresto di Vallardi, ha svolto delle indagini parallele e magari ha inquinato le prove.»

«Forse è meglio se ci fermiamo qui. Dire che sono incazzato è dire poco, però voglio ancora credere che i colleghi si siano limitati a qualche scorrettezza procedurale: se mi parli di inquinamento delle prove iniziamo un discorso che non si può affrontare al bar.»

«Hai ragione. Se no finisce che non accetti più i miei inviti. E, a proposito di inviti, te ne faccio uno subito: cena a casa nostra questa sera?»

«Niente da fare. Ho appuntamento con un maresciallo.»

«Lavori fino a tardi?»

«Il maresciallo si chiama Claudia.»

13

1° marzo 2018. Ore 6.30

«Di nuovo lo stesso incubo?»

«Non è mai lo stesso: ogni volta è diverso.»

«Però c'è sempre Bin Laden, vero?»

«Certo, sempre lui.»

«E che faccia ha?»

«Non lo so. Non lo vedo mai in faccia: è questo il vero incubo, essere lì, a un passo da lui, e non sapere chi è.»

«Cosa ti ha impedito stavolta di vederlo?»

«Un riflesso. Un lampo di sole sul lunotto dell'auto blu. Lui era seduto sul sedile posteriore, si girava verso di me e mi guardava, ma io, accecato dal riflesso, scorgevo solo una sagoma. Poi la macchina andava via sgommando, io abbassavo gli occhi e ti vedevo, lì, sull'asfalto: sembravi morta.»

Rossana, sdraiata accanto a lui nel letto, gli accarezzò una guancia.

«Guarda che anch'io sono d'accordo con Antonio: non devi lasciarti divorare da questa ossessione. Se mai dovessimo trovare il nostro Bin Laden, io non riacquisterei magicamente l'uso delle gambe. La nostra salvezza è affrontare insieme il domani, non trovare Bin

Laden. E, a proposito, se la smettessimo di chiamarlo così? Chi ci sente non sa se contattare l'antiterrorismo o il repartino psichiatrico.»

«Ma come vuoi chiamarlo uno che ti ha rovinato la vita proprio l'11 settembre 2001?»

Rossana non rispose. Gliel'aveva detto mille volte di non usare quell'espressione, di non parlare di vita "rovinata". La sua vita non era una rovina, almeno fino a quando non erano gli altri a descriverla così. Poteva sopportare tutto: gli scalini da superare, le auto parcheggiate sulle strisce pedonali, i dolori che talvolta sembravano morsi di cani impazziti, ma non gli sguardi pietosi. Lo sguardo che gli altri posavano sulla sua vita quando pronunciavano la parola "rovinata" era intollerabile.

Giacomo lesse ogni sfumatura di quel silenzio e disse la sola cosa che si potesse adattare alla situazione: «Scusa».

«Smettila di scusarti, piagnucolone. Hai solo due modi per farti perdonare, ma il primo mi farebbe arrivare tardi a scuola, quindi vai con il secondo: alzati e inizia a spalmare marmellata come se dovessi battere il record del mondo.»

Giacomo obbedì, ma qualche istante dopo la moglie lo raggiunse nella zona cucina.

«Levati di tra i piedi, cialtrone, ché questo è il mio regno.»

«Citazione dal *Morgante*?»

«No, dal *Trono di spade*.»

E la tensione di poco prima fu definitivamente dissipata.

La cucina era davvero il regno di Rossana e gli stereotipi di genere non c'entravano nulla, anzi, la scoperta della gioia di cucinare era una delle tante rivincite che lei si era presa dopo l'incidente, quando tutti le parlavano di quanti fossero i pericoli per una persona nella sua condizione: mobili troppo alti, pentole d'acqua bollente pronte a rovesciarsi, angoli inaccessibili. Chiedendo a un paio di amici, Giacomo aveva scovato una falegnameria che costruiva arredi adattivi e ciò che ai più pareva impossibile era diventato praticabile: nella loro cucina, i pensili scendevano al livello del piano di lavoro e poi risalivano al loro posto premendo un semplice telecomando e, allo stesso modo, l'isola centrale variava la propria altezza per permettere alla cuoca di lavorarci con la carrozzina. Tutto era stato studiato per garantire la sua completa indipendenza e tutto, naturalmente, era stato possibile grazie agli assegni di papà Actis: anche nella disabilità, la stratificazione sociale aveva un certo peso e Rossana si trovava nella scomoda posizione di privilegiata tra gli svantaggiati.

«Posso sedermi al suo desco, Sire?»

Giacomo si era rasato e spandeva nell'aria profumo di dopobarba.

«Vedo che vi siete agghindato per la festa; avete in programma un incontro galante?»

«Come vi dissi iersera, oggi, un poco prima del mezzodì, insieme al vostro illustre padre, farò la conoscenza d'una signora della buona società.»

«Già, me l'ero dimenticato» fece Rossana abbandonando il tono e le pose regali. «Oggi vai a parlare con Abigail Levi.»

«Lo dici come se la cosa ti disturbasse.»

«In famiglia quel nome era bandito dai discorsi: in un paio di occasioni mia madre si era lasciata sfuggire il sospetto che tra lei e mio padre ci fosse qualcosa di più di una vecchia amicizia.»

«Ed era vero?»

«Chissà. Mi dico che, se fosse stato vero, alla morte di mia madre loro due avrebbero potuto portare la loro relazione alla luce del sole, visto che Abigail è divorziata da una vita. Se non l'hanno fatto è perché la loro era soltanto un'amicizia o perché hanno preferito continuare a giocare agli amanti clandestini.»

«In ogni caso non credo che sarà questo l'argomento della nostra conversazione di oggi. Tuo padre si è ricordato che la nipote di Abigail, la figlia di sua sorella, ha studiato Ingegneria e ha la stessa età di Corbini: magari lo ha conosciuto al Politecnico e ci dà qualche spunto.»

«Cosa vi aspettate?»

«Tuo padre dice che continuo a ragionare da carabiniere, ma per me sapere se il mio cliente è un assassino oppure no è importante anche come avvocato, mi serve per difenderlo meglio.»

«E pensi che la nipote di Abigail te lo possa dire?»

«Non lo so. Tuo papà è stato piuttosto vago con la sua amica. Però, se davvero lo ha conosciuto al primo anno di università, lo ha incontrato pochi mesi dopo l'omicidio e può dirci se era turbato o tranquillo. Adesso, a più di trent'anni dai fatti, Corbini potrebbe aver metabolizzato anche un assassinio, ma all'epoca magari lasciava trasparire qualcosa.»

«Secondo me ti illudi.»

«Grazie per l'incoraggiamento.»

Nella luce morbida di un piccolo anticipo di primavera, le strade della collina torinese parevano aver smarrito ogni legame con la grande città, con ciò che rimaneva delle fabbriche, con le ciminiere dei termovalorizzatori, con l'odore dei diesel e con le polveri sottili. Nell'ingannevole sole di marzo, i prati verdi e le ville patrizie che si intuivano in fondo a lunghi viali alberati facevano pensare a un altro tempo e a un altro luogo, alla campagna inglese di inizio Novecento o alla Borgogna. La Lancia Fulvia Coupé di Vittorio Actis, rossa e perfetta come quando suo padre l'aveva acquistata nel 1967, risaliva gli stretti tornanti con un rombo discreto, da vecchia signora avvezza a dominare con eleganza. Quando si arrestarono davanti a una cancellata bianca, Giacomo ebbe l'impressione di aver compiuto un lungo viaggio: invece non erano passati più di venti minuti. Dietro al cancello non si vedeva nulla se non una stradina di ghiaia che proseguiva in salita, come se quello non fosse l'ingresso di una casa ma di una vasta tenuta.

Suo suocero estrasse il cellulare dalla tasca della giacca e chiamò un numero dalla rubrica; sbirciando, Giacomo notò che era affiancato dalla stellina dei "Preferiti".

«Ciao Abigail, noi siamo qui fuori.»

«Vi apro.»

I battenti del cancello si mossero senza stridii, senza

rumore, in perfetta sintonia con lo stile del luogo. E in perfetta sintonia era anche l'abbigliamento con il quale Abigail Levi si presentò a loro: stivali di gomma, grembiale cerato, guanti da giardiniere e cesoie in mano. Una gentildonna di campagna sa che la vera eleganza consiste nell'indossare il capo giusto al momento giusto; se si fosse fatta trovare in pieno giorno con un abito griffato sarebbe stata un'imperdonabile mancanza di gusto.

«Stavo provando dei nuovi innesti per i nostri progetti di collaborazione con l'Africa.»

Lo disse in funzione di saluto, mentre Vittorio la baciava sulle guance e Giacomo le tendeva la mano.

«Accomodiamoci nell'orangerie.»

«Se preferisci, con il sole di oggi possiamo anche stare fuori.»

«Non farti ingannare e non dimenticarti che qui siamo a più di seicento metri di quota: il primo di marzo non è ancora estate e neanche primavera. L'orangerie andrà benissimo.»

In effetti, al riparo della vetrata liberty c'era un tepore avvolgente.

«Martini rosso per tutti?»

E mentre poneva la domanda, già digitava sullo smartphone un messaggio destinato a produrre un tintinnio da qualche parte nella villa.

«Allora, vi ascolto.»

«Se non mi sbaglio, la figlia di tua sorella Sara ha frequentato Ingegneria negli anni Ottanta. È giusto?»

«Fammi fare due calcoli: lei è del '65, quindi direi che ha iniziato il Poli nel 1984 e lo ha finito cinque anni più tardi. Si è laureata in Ingegneria meccanica.»

«Mi rendo conto che gli studenti di Ingegneria erano parecchi, ma secondo te è possibile che ricordi i suoi vecchi compagni?»

«Di sicuro loro si ricordano di lei, visto che di donne a Ingegneria ce n'erano pochine all'epoca. Comunque appena si sveglia possiamo telefonare a Rebecca e chiederglielo personalmente.»

«Dorme ancora?»

«Spero proprio di sì. Visto che in questo momento è a Pasadena e lì è ancora notte. Starà lì ancora per un mese come visiting professor al Caltech. Si è portata dietro anche il marito e i marmocchi.»

Un cameriere filippino entrò così silenziosamente che Giacomo ebbe l'impressione che non fosse arrivato camminando, ma si fosse materializzato lì in virtù di qualche sortilegio. Posò sul tavolino di ferro bianco i Martini accompagnati da piccole strisce di focaccia evidentemente fatta in casa e scomparve con una sorta di dissolvenza.

«Però, Vittorio, a prescindere dal fatto che Rebecca ricordi o meno i suoi compagni, mi faresti la cortesia di dirmi per quale ragione ti interessa la vita universitaria di mia nipote?»

L'avvocato Actis decise che era giunto il momento di liberare il genero dallo scomodo ruolo di convitato di pietra e passò a lui l'onere della spiegazione.

«Un mio cliente è stato accusato di aver commesso uno stupro seguito da omicidio nel giugno del 1984. Io avrei bisogno di tracciare un profilo psicologico del mio cliente da giovane e, siccome anche lui ha fatto Ingegneria meccanica in quegli anni, mi chiedevo se sua nipote lo avesse conosciuto e se ne avesse qualche ricordo.»

«*A portrait of the engineer as a young man*, molto joyciano come progetto. Immagino di non essere troppo indiscreta se le chiedo il nome di questo suo cliente: dirlo a me o a mia nipote cambierebbe poco.»

«Si chiama Corbini...»

Abigail Levi lo interruppe portandosi entrambe le mani alla faccia in un gesto che era di orrore e stupore al tempo stesso.

«Ma non scherziamo neppure: Riccardo un assassino? Devono proprio aver sbagliato persona.»

«Lo conosce anche lei?»

«Certo. Era uno dei pochi compagni di università che Rebecca portava a casa. Studiavano spesso insieme e per un certo periodo ho pensato che ci fosse anche una piccola "simpatia", come si diceva ipocritamente ai miei tempi quando due scopavano credendo che non se ne accorgesse nessuno. Non sapevo se rallegrarmi o dispiacermi. Per me, che sono sterile come Rachele nella Genesi, Rebecca è sempre stata come una figlia e per i figli desideri l'avvenire migliore: era difficile dire se Riccardo glielo avrebbe garantito. Era un bel ragazzo e soprattutto era dolcissimo, però era introverso o forse addirittura patologicamente timido: due cose che non lasciano prefigurare grandi successi.»

Giacomo provò a mettere insieme le immagini che possedeva, quella di una brillante ricercatrice internazionale cresciuta in una lussuosa villa in cima alla collina, con l'aperitivo servito nell'orangerie, e quella del figlio del barbiere che, dopo essersi rotto la testa e il culo sui libri, arriva a lavorare in una fabbrica di macchinari per pasticcerie. A metterle una a fianco all'altra, quelle due carte così diverse, quell'asso di fiori e quel due di picche, non si otteneva certo una coppia vincente, in nessun gioco.

«Però, e sono convinta che Rebecca lo confermerà, l'ultima persona che posso immaginarmi nei panni dello stupratore e dell'assassino è Riccardo Corbini. Era la materializzazione della gentilezza. Se mi avesse detto che era accusato solo di omicidio avrei forse potuto avere dei dubbi: anche il giusto pecca sette volte al giorno, e qualche volta il peccato può diventare davvero grave. Per ammazzare qualcuno basta un attimo, ma lo stupro è un'altra cosa. Per lo stupro si deve essere tagliati, bisogna avere il pelo sullo stomaco, e vi posso assicurare che lui quel pelo non ce l'aveva.»

«Lei sarebbe disposta a ripetere queste cose in tribunale?»

«Certo, ma credo che la testimonianza di Rebecca sarebbe molto più efficace: le mie sono solo impressioni di seconda mano, mentre lei lo ha conosciuto molto bene. Sono sicura che, se la chiamerete, lei verrà.»

«Certo, la chiameremo.»

Vittorio Actis lo guardò interrogativo e Giacomo capì immediatamente l'origine di quella perplessità: non è possibile chiedere ai testimoni di esprimersi su sensazioni o su opinioni. Non si può chiedere a qualcuno se crede o non crede che l'imputato sia un assassino. Nondimeno... Un ruolo per Rebecca, pensò, lo avrebbe trovato, anche a costo di barare un poco.

«E adesso che abbiamo preso l'aperitivo e chiarito

il motivo della vostra visita, se volete vi faccio vedere le serre e giuro che non vi tedio con i nomi botanici e le tecniche di innesto. Vi dico solo che l'idea generale è quella di creare piante più forti per le coltivazioni alimentari in alcuni Paesi dell'Africa che hanno un potenziale notevole, ma una scarsa attenzione alla salute delle piante.»

Giacomo la osservò mentre si alzava per condurli, senza ammettere repliche, lungo quell'elegantissimo tour. Era affascinante. Doveva avere qualche anno meno di Vittorio e, per banale che fosse la locuzione, doveva essere stata "una gran bella donna". Gelosia ben spesa, quella della defunta signora Actis.

14

1° marzo 2018. Ore 16

Consiglio di guerra allo studio Actis. Era l'ora delle grandi decisioni.

«Quindi non abbiamo neppure l'intenzione di tentare l'appello al tribunale del riesame?»

Giulia era davvero sorpresa e, all'apparenza, persino un po' indignata: le sembrava un segno di resa anticipata, una scorrettezza nei confronti del cliente.

Giacomo rispose leggermente piccato: «Non ho intenzione di tentare il tribunale del riesame perché non ho intenzione di perdere in quella sede. Con le prove che hanno in mano, pensare che annullino il provvedimento di custodia cautelare è una mera illusione».

«Ma tentare non costa nulla.»

«È qui che ti sbagli: alle orecchie dei giudici in Corte d'assise, il parere negativo del tribunale del riesame suonerà come una condanna. Avere un giudizio precedente significa rischiare che quel giudizio condizioni i successivi. Far assolvere Corbini sarà un'impresa quasi impossibile, ma farlo assolvere ribaltando un altro giudizio, per quanto non necessariamente relativo al merito, ti obbliga a togliere quel "quasi". E io una possibilità di vincere voglio lasciarmela.»

Una possibilità e nulla più. Dopo la conversazione con l'ipotetica amante di suo suocero, Giacomo si era convinto dell'innocenza del suo cliente, ma la sua convinzione era davvero poca cosa contro la prova del DNA. Certo, non era materiale organico ritrovato sul cadavere, e questo un poco alleggeriva la posizione di Corbini, ma sapeva che spesso i giudici popolari si formavano un'opinione sul caso unendo i puntini, come in quel gioco sulla "Settimana enigmistica", e a numerare i puntini perché dessero luogo a una figura piuttosto che a un'altra era il pubblico ministero: la prova del DNA univa inequivocabilmente il puntino "Corbini" a quello chiamato "fazzoletto", e se il PM diceva che quest'ultimo doveva essere unito al puntino "omicidio", il disegno che si formava nella testa dei giudici diventava un cappio al collo dell'imputato.

«E a proposito del rito abbreviato... cosa facciamo?»

Questa volta a parlare era stato Vittorio.

«Niente rito abbreviato. Ho il sospetto che il fascicolo dell'accusa sia troppo solido per rischiare il giudizio abbreviato. Certo, le nostre controindagini potrebbero ribaltare la situazione, ma, allo stato attuale, non ho alcun motivo per essere così ottimista.»

«Sono d'accordo con te. Il rischio è enorme e i benefici sono minimi. Se lo condannano per stupro e omicidio, di sicuro si arriva all'ergastolo: con il giudizio abbreviato, in un caso del genere, al massimo si passa dal carcere a vita ai trent'anni di reclusione. Per uno che di anni ne ha più di cinquanta, la differenza non è molta.»

«Infatti, meglio andare a dibattimento. Lì qualche carta in più possiamo giocarcela.»

«Anche se il PM chiede il giudizio immediato?»

Di nuovo si era inserita Giulia.

«Sì. Dobbiamo fare in fretta a raccogliere quanti più elementi a discarico possiamo, ma l'unica strada rimane quella del dibattimento in aula.»

Nella biblioteca dello studio Actis, il ticchettio della pendola, tornata in vita, sembrava una mitragliata tanto profondo era il silenzio dentro il quale la stanza era precipitata. In quel silenzio, Giacomo cercava le parole con le quali avrebbe chiesto a Riccardo Corbini il suo consenso per la rinuncia al rito abbreviato, la sua autorizzazione per dire "o la va, o la spacca". In quel silenzio Vittorio pensava a tutte le scelte difficili della sua carriera. E in quel silenzio Giulia si chiedeva se davvero aveva voglia di passare la sua vita così, come le Parche, a tenere in mano il filo del destino altrui.

Finalmente, tra le pareti coperte di libri, risuonò di nuovo la voce dell'avvocato Meroni.

«Quello che non riesco a spiegarmi è come facesse quel bastardo di Mario Rossi a sapere che il DNA sul fazzolettino era quello di Corbini. O meglio, me lo spiego, ma non mi capacito di come i carabinieri abbiano potuto servirsi di un sotterfugio illegale per ottenere un campione da analizzare.»

«Perché parli di sotterfugio illegale?»

«Perché il PM aveva già confrontato il DNA sul fazzoletto con quello di Corbini, altrimenti non si sarebbe concentrato solo su di lui. Anche Antonio è di quest'idea. Ma se il DNA di Corbini fosse stato prelevato in maniera corretta non avrebbero avuto bisogno di organizzare tutta la buffonata dell'etilometro guasto per avere un campione regolare da utilizzare in giudizio.»

«D'accordo» intervenne Vittorio, «però anche i campioni ottenuti con un sotterfugio possono essere legali. Ricordi il caso di Donato Bilancia?»

«Il serial killer dei treni?»

«Sì. In quel caso la procura, che su Bilancia aveva un bel po' di sospetti, incaricò tre agenti in borghese di impossessarsi con ogni mezzo di qualsiasi oggetto potesse contenere delle tracce biologiche. Quelli lo seguirono al bar e rubarono la tazzina nella quale lui aveva appena bevuto il caffè: fu così che lo incastrarono.»

«Ragioniamo» fece Giacomo cercando di collegare le parole del suocero con quanto stava vorticando nella sua mente. «Se il DNA prelevato da una tazzina sottratta con l'inganno da agenti incaricati dalla procura ha potuto essere utilizzato come prova nel processo Bilancia, questo fa necessariamente giurisprudenza e significa che se anche nel nostro caso la procura si fosse accaparrata con l'inganno una prova, quella prova sarebbe stata comunque ammissibile e loro non avrebbero dovuto ricorrere al controllo stradale e al prelievo di sangue in ospedale.»

«Fammi capire. Mi stai dicendo che il primo campione arrivato nelle mani del PM non poteva essere utilizzato perché non era stato prelevato su ordine della procura?»

«Proprio così, chi ha preso in modo fraudolento il DNA di Corbini non era incaricato dalla procura e non apparteneva alle forze dell'ordine, ma, nonostante questo, aveva interesse ad agire contro lo stesso Corbini e a vantaggio di Vallardi.»

«O forse a vantaggio della parte civile. Magari questa ipotetica inchiesta parallela è stata condotta su incarico della famiglia della vittima.»

«Ma perché proprio adesso? L'esame del DNA esiste da almeno venticinque anni e se i familiari di Antonella avevano dei sospetti su Corbini potevano agire prima.»

«Non lo so perché. Magari hanno ricevuto un'eredità e si sono pagati un investigatore privato che prima non potevano permettersi. O magari hanno visto un telefilm e gli è venuta l'ispirazione. Il fatto è che tu sei convinto che Corbini sia innocente e che qualcuno voglia incastrarlo, mentre io contemplo anche l'ipotesi che sia colpevole.»

La pendola tornò a essere la padrona assoluta della biblioteca.

15

2 marzo 2018. Ore 16

Ogni tanto qualcuno lanciava uno sguardo incuriosito allo strano oggetto legato con cinghie elastiche al tettuccio del SUV sul quale viaggiavano Giacomo e Rossana. Il Tessier Scarver era motivo di interesse da parte dei passanti, specie quando l'auto era ferma al semaforo e lì, in corso Francia, i semafori formavano una specie di infinita luminaria che dal cuore della città giungeva fino alla base del castello di Rivoli e poi, idealmente, fino alla Francia appunto. Il giorno successivo, il nuovo guscio avrebbe dovuto affrontare la sua prima gara, a Briançon: "La plus haute ville d'Europe", come precisava un cartello posto poco dopo il colle del Monginevro. In realtà, sulle brochure turistiche i cugini transalpini erano costretti a precisare che, con i suoi 1326 metri d'altitudine e i suoi undicimila abitanti, Briançon era sì la più alta città d'Europa, ma se si escludeva Davos, più elevata di oltre duecento metri, ma colpevolmente svizzera e, come tutti sanno, la Confederazione Elvetica è Europa, sì, ma solo fino a un certo punto.

Prima di imboccare l'autostrada della Valle di Susa, Giacomo doveva però sciogliere un dubbio che lo tormentava dal giorno precedente, da quando il suocero aveva ricordato la vicenda di Donato Bilancia.

«Ti dispiace se ci fermiamo un attimo dalla madre di Corbini?»

«Figurati, nessun problema» gli aveva risposto Rossana appena uscita da scuola.

Lui aveva chiamato la donna e aveva concordato un appuntamento di lì a un quarto d'ora.

Quando arrivarono davanti al portone, la vedova Corbini li stava già attendendo, dritta e secca come una betulla a novembre.

Giacomo parcheggiò sulla banchina del controviale, scese e si avvicinò alla madre del suo cliente.

«Buongiorno, signora...»

«Ci sono novità?»

"Non buone" avrebbe dovuto risponderle, invece finse di non aver colto e recitò la parte che si era preparato.

«Ho l'impressione che, nell'inchiesta che vede coinvolto suo figlio, ci sia qualche vizio procedurale, ma ho bisogno di fare qualche accertamento. Per questo volevo chiederle se Riccardo frequentava abitualmente qualche bar.»

«Sta dicendo che pensa che Riccardo sia un alcolista?»

«No, assolutamente no. Le sto chiedendo se magari era solito prendere il caffè in un bar fuori dall'ufficio o...»

«Quello che faceva quando era al lavoro non lo so, ma posso dirle che fin dai tempi dell'università ha preso la brutta abitudine di fare colazione fuori casa. Io glielo dicevo che erano soldi buttati, ma lui niente, lui doveva prendere il cappuccino al bar la mattina, appena uscito. Dopo un po' ho smesso di arrabbiarmi e l'ho lasciato fare: era l'unico vizio che aveva.»

Già nei giorni precedenti Giacomo aveva ipotizzato che ci fosse, ma in quel momento ebbe la netta impressione di avere davanti a sé la replica di Norma Spool, la madre dell'assassino in *Psyco*. Dovette fare un piccolo sforzo per continuare il colloquio con lucidità.

«Immagino allora che facesse colazione in un bar qui vicino.»

«Quello che vede là.» E indicò un locale dall'altra parte del corso, sulla cui insegna spiccava una sola parola: Mocambo.

Alla memoria di Giacomo affiorarono immediatamente i versi di una canzone di Paolo Conte, quella in cui il bar Mocambo e il suo proprietario diventavano l'emblema del fallimento e dell'impossibilità, per un uomo ignorante, di vivere con una donna colta. Era tanto che non la canticchiava, dai tempi in cui lui e Rossana erano ancora fidanzati e lui si fingeva un carabiniere da barzelletta al cospetto della professoressa di Lettere.

«Ogni tanto ci va anche lei?»

«Mai messo piede, lì dentro. Non ho bisogno del cappuccino: il caffelatte mi basta e avanza.»

Con una malignità del tutto fuori luogo, Giacomo pensò che, se non ci fosse stato in gioco l'ergastolo, forse Corbini avrebbe persino gradito una piccola condanna che lo tenesse per un po' lontano dalla mamma. Ed era un peccato che la donna non conoscesse i proprietari del bar. Sarebbe stato utile presentarsi a loro accompagnato da lei, avrebbe evitato reazioni diffidenti.

«La ringrazio, signora Corbini, mi è stata di grande aiuto.»

Lei gli porse la mano e girò letteralmente sui tacchi, senza preoccuparsi di chiedergli in che modo la storia del cappuccino al bar potesse agevolare l'uscita di suo figlio di prigione.

Giacomo tornò in macchina e Rossana gli lesse in volto il disappunto.

«Quale rospo devi ingoiare?»

«Devo entrare in quel bar e farmi dire se nelle scorse settimane qualcuno ha portato via una tazza appena usata da Corbini. Ovviamente non posso essere così diretto, ma comunque la rivolti è una domanda che insospettisce. E io non ho nessun titolo per pretendere una risposta. Se fossi ancora carabiniere poserei il tesserino sul bancone e mi farei una chiacchierata con il barista, ma siccome sono un avvocato, quelli hanno tutto il diritto di invitarmi a farmi una mezza tonnellata di fatti miei.»

«D'accordo, non sei più un carabiniere. Però non hai perso né lo stile né la tecnica. Quando indagavi sotto copertura mica sbattevi il tesserino in faccia alle persone, però le informazioni le ottenevi lo stesso. Eri bravo a inventare storie che inducevano la gente a parlare senza neanche accorgersene.»

«Hai ragione, ma ho l'impressione che tutti stiano diventando più diffidenti.»

«Ma tu hai l'arma segreta: la paralitica. A una povera paralitica non si rifiuta nulla, non è politicamente corretto.»

«Vuoi di nuovo giocare a fare *Ironside*, come nel processo Vezzi?»

«Be', quella volta ha funzionato e le molestie sul luogo di lavoro sono state provate. Perché non dovrebbe funzionare anche adesso?»

«Va bene, tentiamo: io una storia in mente ce l'ho. Sta in piedi solo fino a che i giornali non danno la notizia dell'arresto di Corbini, ma per il momento la procura è riuscita a non far uscire nulla.»

Parlottarono per una decina di minuti, poi, recuperata la carrozzina nel bagagliaio, si avviarono verso il bar.

«Buongiorno. Un espresso e un decaffeinato. Intanto vorrei approfittare della toilette: avete quella per noi disabili?»

«Certo, signora. In fondo al corridoio. Il bagno è nuovissimo e perfettamente attrezzato per...»

Benissimo. Fallo sentire straordinariamente buono solo perché ha obbedito a un obbligo di legge, ma mettilo anche un po' a disagio; costringilo a ripensare a tutte le volte che, nella mente, ha contato tutti i soldi buttati via per 'sti cazzo di handicappati, che se ne stessero a casa loro. Era chiaro che Rossana non sapeva minimamente se davvero il barista la guardasse con pietismo ipocrita o se fosse l'uomo più sincero e di buon cuore che la città conoscesse; fingersi vulnerabile e discriminata faceva parte di una strategia di sopravvivenza che metteva in atto solo in casi estremi, quelli in cui era in ballo il destino di una persona o quelli in cui c'era da mortificare un grande stronzo. E i secondi erano molto più numerosi dei primi.

«Ecco il suo caffè, signora. Per prepararglielo ho aspettato che tornasse, così lo beve caldo caldo.»

Ottimo. L'uomo era ben disposto.

«Avrei anche un favore da chiederle.»

«Tutto quello che vuole, signora.»

«Sono Rossana Actis. Studio legale Actis e Meroni...»

Non "dello studio legale", ma semplicemente "studio legale"; l'omissione della preposizione rendeva inattaccabile, almeno sotto il profilo semantico, l'esordio di Rossana: non c'era nulla di rigorosamente falso in esso. Al contrario, in tutto ciò che seguiva non c'era niente di vero.

«Siamo stati incaricati dalla madre del signor Corbini di tutelare i suoi interessi nella vicenda dell'incidente stradale...»

«L'ingegnere ha avuto un incidente?»

«Non l'ha saputo? È successo una decina di giorni fa. Purtroppo l'ingegner Corbini è ancora in coma e nessuno può dire se e quando si riprenderà.»

«Madonna mia! Per questo non lo vedevo più. L'ho pure detto al mio socio: è un po' di giorni che l'ingegnere non viene a fare colazione. Ma com'è successo?»

«Andando al lavoro. Uno con una Porsche non si è fermato al semaforo rosso e lo ha centrato in pieno.»

Il particolare della Porsche era un aspetto sul quale Giacomo, concordando poco prima i dettagli della recita di Rossana, aveva molto insistito: un pirata della strada alla guida di un'auto di lusso suscita più sdegno di uno su una Panda.

«E dopo averlo ridotto in fin di vita, quello della Porsche pretende pure di avere ragione e dice che l'ingegner Corbini guidava ubriaco.»

«Ma figuriamoci! E non gli hanno fatto l'esame del sangue?»

«Certo, ma quello là deve aver corrotto qualcuno, perché dal test è risultato che il nostro cliente aveva in corpo parecchio alcol.»

Il ricco assassino e manipolatore: un nemico senza pari.

«In più ha trovato dei testimoni pronti a giurare che l'ingegnere veniva qui tutte le mattine a farsi un paio di cognac, così, a stomaco vuoto.»

«Che bastardi! Mi perdoni se uso una parolaccia, ma sono proprio dei bastardi.»

Rossana sorrise dentro di sé: nella visione del barista i disabili erano particolarmente sensibili al turpiloquio.

«Lei ha idea di chi possano essere queste persone?»

«Chiunque siano, raccontano balle: l'ingegnere, qui da noi, non ha mai preso altro che cappuccino e brioche. Croissant con la marmellata all'albicocca, mai cambiato. Altro che cognac.»

«Ok, ma è possibile che ci fosse qualcuno che lo teneva d'occhio? Non so, qualche cliente abituale.»

Qui il discorso perdeva di coerenza, perché non si capiva come mai qualcuno avrebbe dovuto tenere d'occhio Corbini in vista di un incidente stradale, ma a quel punto il barista era ormai troppo coinvolto nella vicenda per rendersene conto: le domande importanti stavano per arrivare.

«Sui clienti abituali posso metterci la mano sul fuoco: nessuno di loro testimonierebbe il falso.»

«E per quanto riguarda i clienti occasionali... ha notato qualcosa di strano? Qualcuno che spiava l'ingegnere... qualcuno che si avvicinava a lui o alla sua tazza...»

Senza tutto il lavoro preparatorio, una domanda del

genere avrebbe fatto scattare un campanello d'allarme in qualsiasi persona di buon senso, ma la dolorosa vicenda dell'incidente stradale e di quel ricco farabutto che voleva incastrare l'ingegnere avevano completamente ubriacato il gestore.

«Io non ho visto niente del genere, ma dovrei chiedere anche al mio socio, perché al mattino facciamo i turni.»

«Quando possiamo trovarlo il suo socio?»

«In questi giorni non c'è. È in vacanza. E non è neanche raggiungibile al telefono. Lui è un patito di moto e sta facendo una traversata del deserto in Tunisia.»

"Ma porca vacca" pensò Giacomo, "la ricca Rebecca è in California e il barista in Tunisia. Possibile che tutti i nostri testimoni siano sparsi ai quattro angoli del mondo?" Ma poi si disse che quelli non erano neppure dei testimoni, erano solo delle ipotesi di testimoni.

«Però appena lo sento gli chiedo e vi faccio sapere. Se mi dà un bigliettino da visita...»

«Ecco, le lascio il mio. Io sono l'avvocato Meroni, dello studio Actis e Meroni.»

E quella era la sola battuta che il copione prevedesse per lui.

A Briançon avevano scelto lo stesso albergo dell'anno prima; un ottimo quattro stelle con una splendida Spa e un ristorante rinomatissimo che, forti dell'esperienza precedente, evitarono accuratamente per evitare di farsi svuotare la carta di credito senza neppure essersi riempiti lo stomaco. D'altro canto, la città più alta d'Europa offriva, nel suo centro storico fortificato, un'immensa varietà di locali. Percorrendo la Grande Rue non si aveva minimamente l'impressione di trovarsi in una stazione sciistica e, in effetti, gli impianti di risalita, estrema propaggine del comprensorio di Serre-Chevalier, non erano che una componente marginale del panorama. Si sentiva piuttosto la storia, il passaggio degli eserciti. Scelsero una crêperie, mangiarono con moderazione, risero di *Ironside* e andarono a letto presto: la sveglia era impostata per le sei del mattino.

La maggior parte della gente, quando pensa a una gara di sci pensa ad Alberto Tomba, alla coppa del mondo, alle Olimpiadi, e si immagina che gli spettatori possano seguirla integralmente, con le telecamere che riprendono ogni parte del percorso e le trasmettono sui grandi schermi all'arrivo. Ma se si scende dall'Olimpo, assistere a uno slalom o a una discesa libera può essere un inferno, specie se l'atleta in pista è la persona che ami. Innanzitutto devi scegliere se vuoi vederlo partire, se vuoi vederlo arrivare o se vuoi piazzarti in quel punto specifico del tracciato dove, lo sai, incontrerà maggiori difficoltà.

Quel giorno, per quello slalom gigante, Giacomo aveva scelto l'arrivo; aveva deciso di tormentarsi con il cronometro e i risultati. Perché una gara di sci è un equilibrio delicato di tempi infinitesimi e di attese infinite. I due minuti della tua discesa non sono che un frammento; gli altri novanta, o cento o centoventi, a seconda di quanti sono quelli che devono scendere, sono ancora un tempo di gara: un tempo in cui in ogni istante si mette in discussione il tuo risultato, ma nel quale tu non puoi fare niente se non sperare e soffrire. Nel calcio, nel basket, nel rugby puoi giocarti l'esito fino alla fine, puoi tentare di rimediare ai tuoi errori, puoi ostacolare l'avversario fino all'ultimo secondo; nello sci, il tuo gesto si consuma in pochi secondi, il resto è attesa.

Rossana partì come sesta e fermò il tempo su 2.58.32: primo posto. Peccato che rimanessero ancora dodici concorrenti: dodici possibilità di perdere la prima posizione.

Giacomo la raggiunse nel parterre e assieme a lei incollò gli occhi al cronometro e al tabellone.

L'atleta successiva fece 3.12.24, tempo da ultima in classifica. Una di meno. Poi fu la volta di Hilda Ernst: 2.59.40. Secondo posto: due di meno.

Quando gli altoparlanti annunciarono la partenza di Sophie Peyard, Rossana abbassò il capo in segno di resa: il suo primato non poteva resistere alla Peyard, era troppo giovane, troppo in forma. Certo, nel mondo dello sport paralimpico gli anni avevano un peso diverso e ogni volta che Rossana diceva di sentirsi troppo vecchia trovava qualcuno che le ricordava che Stephani Victor era ancora in coppa del mondo e di anni ne aveva quarantanove, sette più di lei. Però era innegabile che la Peyard, classe 1994, fosse un ostacolo difficile da superare. Guardarono le cifre digitali rosse scorrere velocissime, attendendo la comparsa della favorita sul muro che precedeva il traguardo, ma quando il numero più a sinistra passò da 2 a 3 realizzarono, ancor prima che gli altoparlanti lo annunciassero, che l'esuberanza giovanile aveva tradito la Peyard: salto di porta, gara finita. Tre di meno.

Poi quattro di meno. Cinque di meno. Sei di meno. Sette. Qualcuna scivolava in fondo alla classifica, qualcun'altra scivolava e basta e finiva contro le reti di protezione, ma alcune arrivavano così vicino al suo tempo da farla sussultare: 2.58.48, 2.58.40. Il 2.58.32 però resisteva e il nome Actis rimaneva fisso sulla prima riga.

Dieci di meno. Il podio era assicurato.

Poi toccò a Serena Baume. E Serena arrivò terza. Per non pensare che ora in pista c'era l'ultima atleta che avrebbe potuto rubare lo scettro a sua moglie, Giacomo provò a ricordare le battute di un comico televisivo che, nei panni di un professore argentino nemico di ogni sport, proclamava la sua mortale avversione per una disciplina, lo sci alpino, dove tra il primo classificato, che impazziva di gioia, e l'ultimo, che si faceva cogliere dalla più cupa disperazione, non c'era che un quarto di secondo, non c'era neppure il tempo per la passeggiata di un microbo.

E non basta dire che quattro centesimi di secondo non sono un tempo commensurabile per gli esseri umani, che quattro centesimi di secondo sono più brevi del pensiero che li concepisce. Non basta, perché senza quei quattro centesimi di secondo Rossana avrebbe vinto la gara.

«Come si è comportato il nuovo Tessier?»

«Lui bene e io pure. Un distacco di quattro centesimi fa incazzare, ma ci sta. Io, per parte mia, sono soddisfatta. E adesso direi di fare qualche discesa, così anche tu ti godi un po' la giornata.»

Giacomo era interdetto. Durante la premiazione, mentre Rossana saliva sul secondo gradino del podio, aveva elaborato progetti consolatori che andavano dalle incursioni in pasticceria fino alla triste riflessione che, di fronte ai grandi mali dell'umanità, un secondo posto poteva essere accettato con rassegnazione. Invece lei lo stava spiazzando. Fu solo quando furono seduti sulla seggiovia che il quadro si fece più chiaro; sul cellulare che Rossana teneva in mano, un messaggio inviato dall'allenatore della squadra azzurra recitava: "Nella gelida sera di Pyeongchang, il tuo risultato ha scaldato tutti. Se continui così, l'anno prossimo sei in Coppa Europa".

Sciarono fino alle quattro, senza l'assillo di tempi e risultati, con il piacere del sole che cominciava a bruciare i volti. Poi rientrarono in albergo e, secondo i piani, puntarono dritto verso la Spa.

L'anno prima, vedendo la carrozzina di Rossana bloccata dai quattro gradini che conducevano alla zona benessere, il direttore dell'hotel si era detto "désolé" e aveva promesso che, appena terminata la stagione invernale, avrebbe fatto installare un montascale. Quel pomeriggio, a Rossana che gli chiedeva se il famoso montascale fosse in funzione, rispose "désolé".

E Giacomo la prese in braccio, come la sposa nei film americani, e la adagiò sulle panche bollenti della sauna, godendo del contatto con il suo corpo nudo.

«Cosa succede adesso a Corbini?» domandò Rossana dopo un po' che entrambi se ne stavano a occhi chiusi.

«Rimane in carcere, ovviamente. Tra poco arriverà il decreto che dispone il giudizio immediato. Tra quello e l'inizio del processo passerà circa un mese.»

«E nel frattempo?»

«Nel frattempo c'è solo il lavoro di preparazione. La prima cosa è accertare se vi siano stati vizi procedurali, ma temo che l'accusa sia stata molto attenta e che su quel fronte ci sia poco da fare. La cosa migliore sarebbe trovare qualcuno che testimoni che Corbini si trovava lontano dal luogo della festa nel momento in cui è avvenuto l'omicidio, ma dopo tutto questo tempo chi vuoi che si ricordi di averlo visto in un certo posto a una certa ora? Tanto più che lui dice di essere rimasto a casa, quindi zero alibi.»

«Però il tempo è passato anche per quelli che hanno partecipato alla festa.»

«È diverso. Loro sono stati coprotagonisti di un fatto che non si può dimenticare. Fin dalla notizia del ritrovamento del cadavere di Antonella, per loro ogni particolare di quella sera è rimasto congelato, scolpito.»

«Ma se qualcuno ha visto Corbini perché non lo ha detto in questi trent'anni?»

«Perché le indagini non lo hanno mai collegato all'omicidio. Intendiamoci, se uno dei compagni di scuola lo avesse visto bene, sicuramente lo avrebbe già detto, ma metti il caso che qualcuno abbia notato un particolare a cui non ha dato peso, una maglia, un cappello: se oggi il PM gli mette davanti una foto di Corbini da giovane con indosso quella maglia o quel cappello, il particolare riaffiora. Ma soprattutto c'è il fazzolettino con sopra il DNA.»

«Che però non è necessariamente legato a quella sera.»

«Ma neanche necessariamente slegato. Sarà su quello che si giocherà buona parte del verdetto: per alcuni giurati il fazzolettino sarà, al di là di ogni ragionevole dubbio, la prova della presenza del mio cliente sulla scena del crimine, e non solo nel luogo dove poi il crimine è stato commesso; per altri il dubbio invece prevarrà. Tutto sta nel vedere quanti saranno gli uni e quanti saranno gli altri.»

«Ti vedo più preoccupato del solito.»

«Sono pessimista. Pensa che l'altro giorno si è fermata la pendola della biblioteca e io ho avuto un attimo di smarrimento. Mi sembrava il segno di un destino funesto. Per fortuna che poi è arrivata Giulia a mostrarmi che era solo da caricare.» Rimase un attimo in silenzio, poi si ricordò dello strano discorso che la ragazza gli aveva fatto. «A proposito. Mentre caricava la pendola, Giulia mi ha detto che né lei né Clelia davano troppo peso alla carica dell'orologio perché non rischiavano gravidanze indesiderate. Le ho chiesto di spiegarsi meglio e lei mi ha suggerito di chiedere a te.»

Rossana rise. «È l'inizio del *Tristram Shandy* di Sterne. Per tutto il libro il narratore, che poi è Tristram stesso, si diverte a tenere in sospeso il lettore su un aneddoto che riguarda il suo concepimento. Alla fine scopriamo che lui è venuto al mondo perché, mentre i suoi genitori facevano l'amore, sua madre aveva chiesto a suo padre se si fosse ricordato di dare la corda alla pendola. La domanda era arrivata proprio nel momento che precedeva l'orgasmo di lui e il padre, colto alla sprovvista, non era riuscito a interrompere il coito come faceva d'abitudine. Così sai perché dimenticarsi di caricare l'orologio può dare luogo a gravidanze indesiderate. E capisci anche perché Clelia, in menopausa dagli anni Novanta, e Giulia, che preferisce le ragazze, non corrono rischi anche se si dimenticano di caricare la pendola della biblioteca.»

«La prossima volta che scelgo una praticante mi assicuro che detesti gli indovinelli.»

16

5 marzo 2018. Ore 11

Se c'era un'espressione che l'avvocato Meroni detestava era "guardacaso". Pronunciata così, tutta d'un fiato, come fosse un'unica parola. Una parola che lo irritava come uomo, ma soprattutto come avvocato, quando a pronunciarla era un PM spocchioso che le conferiva una sfumatura di irrisione, di scherno: "Guardacaso l'imputato si sarebbe trovato proprio in un punto dove il suo amico poteva vederlo e fornirgli un alibi". Oppure in bocca a un collega: "Guardacaso il mio cliente, che vive circondato da donne bellissime, avrebbe preteso favori sessuali da una cameriera di non particolare avvenenza". Lo irritava per la venatura di disprezzo che la locuzione portava con sé, ma ancor di più per l'arbitraria negazione della legge che regola la realtà: il caso appunto. Dire "guardacaso" significava stupirsi della casualità, e questo era tanto assurdo quanto sorprendersi per la forza di gravità o per il mutare delle stagioni. Il caso ci domina: Giacomo ne era convinto e aveva le prove. Era stato un caso se suo padre, il 13 aprile del 1987, si era trovato sulla traiettoria delle pallottole: non doveva essere in servizio quella notte, ma un collega che aveva la moglie in procinto di partorire gli aveva chiesto un cambio turno. Era stato un caso se Rossana l'11 settembre 2001 aveva attraversato corso Unione Sovietica: era il suo primo giorno di supplenza in una scuola lì vicino. D'altro canto, anche quelli che lavoravano nelle Torri Gemelle erano morti per caso, come quelli che viaggiavano sugli aerei.

Ed era per caso che Giacomo ora si trovava davanti a quella fotografia che portava anch'essa la data dell'11 settembre 2001, data e ora: 11.32. Senza dubbio l'apparecchio che l'aveva scattata era ancora analogico e il sistema di sovrimpressione della data era di quelli che bruciavano un po' la pellicola intorno alle cifre. D'altra parte nel 2001 erano davvero pochi quelli che disponevano di una fotocamera digitale, e difficilmente lavoravano per il carcere minorile Ferrante Aporti. Sì, perché era lì, nel salone del riformatorio, che l'immagine stava catturando lo sguardo e l'attenzione di Giacomo. E pensare che lui, quel mattino, aveva cercato di scendere a patti con il senso del dovere e di evitarsi l'inaugurazione della mostra *Al Ferrante le storie sono tante*. L'ingenuità del titolo gli diceva già molto su ciò che avrebbe visto: una serie di collage fatti dagli educatori per raccontare vicende di delitto e castigo, di caduta e redenzione più o meno convenzionali. Ma poiché con alcuni di quegli educatori aveva stretto, negli anni, una qualche forma di amicizia, ad avere la meglio era stato il senso del dovere. Se almeno avesse potuto trincerarsi dietro urgenze lavorative lo avrebbe fatto, ma la pratica Corbini segnava il passo: bisognava aspettare che giungesse il decreto di giudizio immediato. Così aveva preso la bicicletta, aveva attraversato la città e, come sempre quando passava di lì, si era fermato a osservare l'incrocio dove Rossana era stata investita. Poi aveva ricominciato a pedalare per i duecento metri che ancora lo separavano dal Ferrante Aporti.

Già, a duecento metri dal luogo dell'incidente e venti minuti dopo il fatto, qualcuno scattava l'istantanea che lui stava guardando adesso, quella che ritraeva un carabiniere in divisa nell'atto di stringere la mano a uno dei giovani ospiti del carcere. La fotografia era stata incollata su un foglio di cartoncino Bristol e, sotto, qualcuno aveva scritto: "Il luogotenente Lucio Ferretti incontra i ragazzi del Ferrante".

Guardacaso un sottufficiale dei carabinieri si trovava nella stessa zona in cui un'Alfa 156 blu con targa CC aveva travolto una giovane donna, lasciandola a terra e fuggendo. Anche al caso, si disse Giacomo, qualche limite bisogna porlo.

Giacomo attraversò la mostra come si attraversa in apnea una piscina: dapprima senza pensare a nulla, e poi con un solo pensiero per la testa, quello di uscire. Appena fuori dal carcere minorile afferrò il cellulare e, spinto da un'ansia irrazionale, chiamò Antonio.

Uno squillo, due squilli, tre squilli. Chiamata rifiutata. Messaggio di risposta: "Non posso parlare. Scrivi".

E lui scrisse. Sintetico, quasi criptico.

"Lucio Ferretti. Nel 2001 era luogotenente."

Nella tasca il telefono vibrò dopo neanche cinque minuti, il tempo di una rapida ricerca nel database dell'Arma.

"Lucio Ferretti. 1997-2002: Comando Legione. 2002:

1° battaglione - Moncalieri. Nel 2005 cessazione dal servizio permanente causa non idoneità agli uffici del grado. Ma non ti fare illusioni."

In pratica un "congedo con disonore", il metodo più semplice per lavare in casa i panni sporchi.

Chissà se la sua strada e quella di Ferretti si erano mai incrociate nel periodo in cui erano entrambi nell'Arma. Aveva bisogno di sapere qualcosa di più sul luogotenente che dispensava strette di mano ai giovani detenuti, ma disturbare di nuovo Antonio era fuori discussione. Però con quel breve WhatsApp lui gli aveva aperto un orizzonte: Moncalieri. Nel 1° battaglione "Piemonte", di stanza al castello di Moncalieri, aveva prestato servizio Salvatore Cosimato, quello che suo padre considerava il proprio allievo. Giacomo se lo ricordava il giorno del funerale. Gli era parso un uomo distrutto dal dolore e spezzato dalla vecchiaia, ma quella era l'impressione di un ventenne: Salvatore, a quell'epoca, doveva avere poco meno di quarant'anni. Questo significava che, prima di andare in pensione, aveva forse fatto in tempo a lavorare con Ferretti.

Guardò l'ora: mancavano dieci minuti a mezzogiorno. Poteva ancora chiamarlo. Posto che dall'ultima volta che lo aveva sentito, una quindicina di anni prima, non avesse cambiato numero. Posto che anche lui non fosse in vacanza, magari su qualche spiaggia caraibica. Posto che fosse ancora vivo.

Al secondo squillo Giacomo ebbe la conferma che, guardacaso, tutte e tre le condizioni si erano verificate. Seguì, com'era inevitabile, una lunga sequenza di convenevoli, di "come stai?", di "che cosa fai?", di "penso spesso a tuo padre", di "ho saputo di tua madre", di "mi dispiace". Maledisse, quando alcune nuvole velarono il sole e lui iniziò a rabbrividire, la smania che gli aveva impedito di attendere il pomeriggio per effettuare quella chiamata e che adesso lo costringeva lì, su una panchina di corso Cosenza, a fare esercizio di pazienza prima di poter porre la questione che davvero gli stava a cuore. Ma quando il tempo arrivò, si disse che ne era valsa la pena.

«Mi chiedi se conoscevo a Ferretti? E certo che lo conoscevo a quello là. Grandissimo ruffiano e scansafatiche. Era riuscito a inserirsi in una di quelle fesserie che chiamavano "Piani di riabilitazione e prevenzione delle recidive", così non faceva una beneamata minchia e passava il tempo a girare da una prigione all'altra a portare saluti e a tenere discorsetti ufficiali.»

«Aveva in dotazione un'Alfa 156?»

«In dotazione no. Avrebbe dovuto muoversi con la Punto, ma trovava sempre il modo di farsi assegnare una macchina più grande, e ogni tanto gli toccava pure la 156: dipendeva se gli ufficiali la usavano o meno.»

«Però a un certo punto lo hanno fatto fuori.»

«Te l'ho detto che era un ruffiano, ma anche i ruffiani, a volte, tirano troppo la corda. La cessazione dal servizio era il minimo che potesse succedergli e proprio perché era un ruffiano e aveva le conoscenze giuste si è salvato il culo. A un altro sarebbe andata peggio.»

«Quindi tu sai cos'ha combinato.»

«Lo sanno in tanti, però tu che sei avvocato mi insegni che, fino a che non c'è una condanna definitiva, non puoi dire a un cristiano che è un delinquente.»

«Neanche in privato?»

«A Giacomo! Non siamo in privato, stiamo al telefono. Però, se vuoi fare uno più uno, io di cose te ne ho dette. Che poi un giorno mi spieghi anche perché all'improvviso ti è venuto tutto questo interesse per il luogotenente Lucio Ferretti. Adesso però ti devo lasciare che la mia signora mi reclama per il pranzo. Mi ha fatto piacere sentirti.»

«Grazie Salvatore, buon appetito.»

Lasciò la panchina e, intirizzito, riprese la bici. E cominciò a pensare, come solo in bicicletta riusciva a fare, incurante di tutto, persino del traffico, con la fortuna dei matti ad aiutarlo per non farsi investire. Quando posò la Bianchi sulla rastrelliera nel cortile dello studio, un'ipotesi piuttosto credibile si era scavata una tana nella sua testa. Un'ipotesi semplice, tutto sommato. Perché se sei un carabiniere disonesto che frequenta abitualmente le carceri, quello che devi fare è creare una porosità nel sistema, una serie di buchi nella recinzione. Buchi metaforici, ovviamente, piccoli canali di comunicazione tra il mondo di dentro e quello di fuori. E attraverso quei canali far passare informazioni, telefonini e... droga. "E se io fossi un carabiniere che sta portando droga dentro un carcere minorile, forse non mi fermerei dopo aver investito una donna sulle strisce pedonali."

Nella sua testa si disegnava già un intero quadro, o meglio, un mosaico, dove ogni tessera trovava il suo posto, dove ogni domanda trovava risposta, dove le gambe inerti di Rossana trovavano qualcuno da accusare. Ma gli venne in mente anche l'ultima frase del messaggio di Antonio: "Non ti fare illusioni". Nei diciassette anni che erano trascorsi dall'incidente, di quadri come quello che aveva appena costruito se n'erano succeduti sei o sette. Ogni volta aveva portato avanti l'indagine, ogni volta aveva trovato il nome di un collega al quale attribuire la colpa, ogni volta era stato, a suo avviso, sul punto di afferrare Bin Laden. E ogni volta si era trovato sulla pista sbagliata.

Ma adesso era diverso, se lo sentiva.

17

9 marzo 2018. Ore 10

Il decreto di giudizio immediato era giunto il giorno prima e Giulia, stringendo tra le mani quei fogli, aveva sorpreso Giacomo con una domanda: «Ma quali sono, esattamente, le condizioni che fanno scattare il giudizio immediato?».

La questione era certo pertinente, ma Giacomo, se glielo avessero chiesto, avrebbe dato sicuramente per scontato che la ragazza, su passaggi di quel tipo, non avesse la minima incertezza. Invece aveva dovuto constatare, una volta di più, che la formazione di un avvocato è un percorso lungo, fatto di accelerazioni e di frenate, di sicurezze via via accumulate e di dubbi pronti a spazzarle via. Ma, come in ogni mestiere della conoscenza, anche in quello del legale i dubbi erano garanzia di impegno e antidoto contro gli errori più grossolani. Quindi, assumendo persino un tono un po' professorale, prese a spiegare: «Il pubblico ministero può richiedere il giudizio immediato quando la prova appare evidente. Vai a rivederti il libro VI del codice di procedura penale sui procedimenti speciali. Io personalmente abolirei tutte le alternative al vero processo, cioè al dibattimento. Solo nel dibattimento c'è la vera essenza del giusto processo contemplato nell'art. 111 della Costituzione, e solo nel giusto processo vengono davvero garantiti i diritti dell'imputato». Si arrestò un attimo per verificare se lei lo stesse seguendo, poi riprese con più foga: «Senza contare che per l'avvocato è davvero sminuente dover accedere a riti alternativi solo per cercare di ridurre la pena in caso di condanna. Per non parlare del patteggiamento: lì, più che un avvocato serve un ragioniere, uno che faccia i calcoli giusti per formulare un'istanza di applicazione della pena che passi il vaglio del giudice. Il giudice, per parte sua, si trasforma in un insegnante con la matita rossa e blu che corregge gli errori di aritmetica dell'avvocato e del pubblico ministero».

Giulia annuì e Giacomo comprese che ciò che le stava a cuore non era l'aspetto tecnico dei riti alternativi, ma quello emotivo, e intuì l'interrogativo che l'aveva assillata qualche giorno prima.

«Ma il vero motivo per cui abolirei i riti alternativi è che ti costringono, come avvocato, a prendere delle decisioni che segneranno per sempre la vita del tuo assistito. In quei momenti ti senti solo come un cane; tu, e solo tu puoi scegliere la strada migliore. Se credi di poter scaricare una parte del peso sul tuo assistito peggiori solo le cose: lui ti risponderà che è nelle tue mani. Meno che mai puoi chiedere consiglio a un collega che non conosce le carte processuali: in quel momento c'è soltanto la tua coscienza a darti risposte. Per Corbini, come sai, accettiamo l'immediato e andiamo a dibattimento: niente abbreviato. In questo caso la decisione è stata più facile di altre volte, vista l'età dell'imputato e la modesta riduzione di pena in gioco, però non è sempre così. Quando il tuo cliente ha venticinque anni e devi scegliere tra una difficile assoluzione e un ergastolo, prima di escludere la via dell'abbreviato ci pensi mille volte, e quel pensiero non ti fa dormire la notte.»

Da brava praticante Giulia aveva preso appunti e aveva aperto il codice di rito, dalla classica copertina verde, all'art. 449; poi aveva chiesto: «E ora cosa facciamo?».

«Domani andiamo in tribunale e consultiamo il fascicolo.»

E adesso erano proprio al palazzo di giustizia, in una giornata dalla luce opaca che sembrava voler ricordare a tutti che l'inverno non era finito.

Davanti all'ingresso, nel punto dove spiccava netta l'intitolazione dell'edificio a Bruno Caccia, Giacomo si sentì nuovamente chiamato a un'azione pedagogica.

«Lo sai chi era Bruno Caccia, vero?»

«Un'altra vittima del terrorismo.»

Lo stomaco gli si chiuse in una morsa: anche Giulia, la precisa, efficiente, scrupolosa Giulia era caduta nel tranello della semplificazione o, peggio, dell'approssimazione.

«Appena arriviamo su, ancor prima di mettere gli occhi sul fascicolo Corbini, tu apri il tuo tablet e cerchi "Bruno Caccia" su qualche giornale del dicembre 2015.»

«È morto da così poco e gli hanno già intitolato il tribunale?»

«Taci. Non aggravare la tua situazione.»

Entrarono, raggiunsero la scala D e salirono al sesto piano, dove, come da circolare giunta la settimana prima dall'ordine degli avvocati, era stata allestita la sala con le postazioni informatiche destinate all'uso del sistema TIAP, il Trattamento Informatizzato Atti Processuali, una sorta di enorme database.

Appena seduto davanti al computer, Giacomo dovette riconoscere d'aver perso l'elasticità mentale di un tempo: l'interfaccia del nuovo applicativo gli appariva ostile e pensò che il vecchio Sistema Informativo Dibattimentale Penale fosse molto più friendly, proprio come qualche anno prima, quando era stato introdotto il SIDIP, aveva pensato che la vecchia consultazione cartacea fosse molto più pratica. Se almeno la digitalizzazione avesse segnato la fine di vecchi balzelli da burocrazia zarista! Invece, esattamente come avveniva quando a fare le fotocopie delle sommarie informazioni testimoniali e delle perizie tecniche era l'usciere, per vedere nella propria casella mail un banale file pdf estratto da quegli atti si continuavano a pagare quei diritti di copia che già nel nome evocavano schiere di impiegati regi, con le mezzemaniche, intenti a ricopiare documenti intingendo nel calamaio il cannello con il pennino in acciaio. Procedure ottocentesche rese più complicate dalle tecnologie del XXI secolo; questa, almeno, era la sua sintesi. Certo, avrebbe potuto chiamare in soccorso la sua aiutante che, per il fatto di essere più giovane e di avere una fidanzata che lavorava nel campo dell'informatica, sicuramente si sarebbe trovata a proprio agio, ma non voleva cedere alla pigrizia. E poi a lei aveva dato un compito e, mentre cercava di riempire nel modo più opportuno i campi del modulo di accesso al fascicolo, sbirciava sullo schermo del tablet della ragazza.

«Ecco, leggi quello» le fece a un certo punto.

Era un articolo comparso sul "Mattino" di Napoli il 23 dicembre 2015. Giacomo non poté fare a meno di guardarlo assieme a lei.

Ci piace la serie *Cold Case*, ci piace vedere che, almeno nel magnifico universo del poliziesco televisivo, la giustizia arriva sempre; con lentezza, ma arriva. Poi, quando spegniamo il televisore e torniamo nel mondo reale, l'idea che i casi irrisolti trovino inesorabilmente una soluzione ci appare consolatoria quanto una bella fiaba natalizia. Ma questa volta non è così, questa volta, nel mondo reale, il *cold case* dell'omicidio del procuratore Bruno Caccia è stato chiuso con successo, dopo trentadue anni.

A Torino, nel decennio che va dal 1974 al 1984, se volevi morire di morte violenta non avevi che l'imbarazzo della scelta. Potevi morire di politica, perché ai giovani fascisti non piaceva il tuo eskimo. Potevi morire di sfortuna, bruciato vivo in un bar dove eri entrato per caso, senza sapere che l'estrema sinistra aveva deciso che quello era un posto da fascisti e doveva essere distrutto con le molotov. Potevi morire d'indecisione, perché, rientrando da scuola, non eri stato abbastanza rapido nel gettarti a terra quando il commando di Prima Linea aveva cominciato a sparare. Il procuratore Bruno Caccia scelse di morire d'ostinazione e di lungimiranza. A ucciderlo fu l'ostinazione di portare avanti le indagini sulla 'ndrangheta con la stessa efficacia con cui aveva condotto quelle sulle Brigate Rosse. A ucciderlo fu la lungimiranza di capire, quando ancora di 'ndrangheta si parlava poco, che la criminalità organizzata calabrese avrebbe avuto un ruolo di primo piano nella deriva mafiosa dell'Italia settentrionale. A ucciderlo, a sparargli il colpo di grazia la sera del 26 giugno 1983, fu Rocco Schirripa: questo è ciò che oggi, dopo trentadue anni, finalmente ci dicono gli investigatori, quelli che, con la stessa ostinazione di Caccia, hanno riaperto le indagini e hanno combattuto una battaglia contro il silenzio. Il silenzio del boss Domenico Belfiore, condannato all'ergastolo nel 1992 come mandante dell'omicidio: dalla sua bocca, in ossequio alle odiose regole del codice mafioso, il nome di chi aveva premuto il grilletto non era mai uscito. E il silenzio di tutto il clan Ursini-Belfiore, impegnato a nascondere non solo le colpe del passato, ma anche i nuovi e fiorenti traffici criminali. Ma se il silenzio è il nemico, la parola è l'alleato. Perché una parola, anche una sola, scappa sempre. Così i magistrati, sotto la guida di Ilda Boccassini, hanno fatto in modo che quelle parole, così a lungo trattenute, finalmente scappassero. Hanno preso un foglio pieno di parole, l'articolo che riferiva dell'omicidio, e sopra ne hanno scritte altre due: Rocco Schirripa. Poi lo hanno fotocopiato e lo hanno inviato ai membri della "famiglia": tante lettere anonime per scatenare il panico. C'è qualcosa di meravigliosamente romanzesco in tutto questo, qualcosa che ci fa dire che sono la fantasia, il genio e la passione a fare la differenza tra un caso irrisolto e uno risolto. La trappola, il tranello del detective: sembravano vecchi cliché del genere poliziesco, invece si rivelano armi essenziali. E un po' romanzeschi sono anche i sistemi tecnologici per catturare le parole che gli 'ndranghetisti, ormai confusi dalla paura, non riuscivano più a controllare. Virus informatici nel tablet di Belfiore ("provvidenzialmente" ai domiciliari per malattia), dispositivi di captazione negli smartphone di Schirripa e degli al-

> tri affiliati: un arsenale elettronico da film di spionaggio. Quella che si è conclusa ieri con l'arresto di Schirripa è un'inchiesta che riconcilia l'immaginazione con la realtà, il presente con il passato, i metodi d'indagine tradizionali con quelli scientifici; che concilia la determinazione di Ilda Boccassini con la sua commozione nel ricordare, in conferenza stampa, il collega ucciso.

L'articolo continuava ancora per un po', sottolineando il ruolo della memoria.

> E a Bruno Caccia è intitolato anche il palazzo di giustizia di Torino; si trova nel punto esatto in cui via Paolo Borsellino diventa via Giovanni Falcone: la toponomastica riunisce tre giudici, tre destini identici, che però, nel pantheon dei morti per mafia, occupano posti molto diversi. Ma non è di graduatorie e classifiche che si nutre la memoria; la memoria si nutre di impegno, e forse, da ieri, è un po' più forte.

«Ecco. Adesso capisci perché ti ho fatto leggere un pezzo recente e non uno del periodo in cui è stato ucciso. In primo luogo perché capissi che non è stato vittima del terrorismo, ma della criminalità organizzata. Se un autore ambientasse una serie televisiva sulla mafia qui al Nord, nessuno la guarderebbe, perché apparirebbe fuori dai cliché; ma ciò che continua a rendere forti le mafie è proprio la capacità di uscire dagli stereotipi, di fingersi irrilevanti. Hai capito?»

«Sì. Praticamente, siccome nessuno può più dire "la mafia non esiste", loro fanno in modo che la gente dica: "La mafia c'è, ma da un'altra parte".»

«Esatto.»
«E la seconda?»
«La seconda cosa?»
«La seconda ragione per cui mi hai fatto leggere l'articolo su Bruno Caccia.»
«Ah, già. Te l'ho fatto leggere perché anche in quel caso ci troviamo di fronte a una giustizia che arriva tardi, ma arriva. Proprio come per il nostro assistito.»
«Ma se la metti così, lo vedi già come un colpevole!»
«Hai ragione. Diciamo allora che per Corbini, dopo più di trent'anni, è arrivata la Legge. Fare in modo che Legge e Giustizia coincidano è anche compito nostro.»
E così dicendo tornò al monitor, dove il famigerato TIAP aveva finalmente visualizzato il fascicolo, e cominciò a prendere appunti sul quaderno con il pappagallo. Giulia lo guardava in silenzio e, a mano a mano che le righe scorrevano sullo schermo, vedeva le dita di lui serrarsi con sempre più forza intorno alla penna, vedeva il tratto farsi nervoso, irregolare, e vedeva le sue labbra assottigliarsi e stirarsi in una smorfia di rabbia sempre più evidente.

«Ma porca puttana. Allora è proprio uno stronzo, un pezzo di merda.»
Solo avendo una forte propensione all'uso dell'eufemismo si poteva dire che, una volta salito in macchina, l'avvocato Meroni avesse "perso le staffe". Quell'esplosione verbale era ben più di un semplice scatto di nervi; era ciò che accadeva ogni volta che si sentiva tradito. E ogni volta che si sentiva tradito aveva voglia di abbandonare anche questo mestiere per dedi-

carsi, amava ripetere, all'allevamento di capre nelle valli di Lanzo.

«Una sola cosa avevo chiesto a 'sto stronzo, di essere sincero, di dirmi la verità. Non me ne fregava un cazzo se era colpevole: semplicemente, io dovevo saperlo.»

Il flusso era inarrestabile. A vederli da fuori, lui seduto sul sedile di guida del SUV parcheggiato che gesticolava inferocito, lei muta al suo fianco, si sarebbe potuto pensare che fossero una di quelle coppie male assortite in cui la donna, molto più giovane, decide all'improvviso di chiudere e lui, che con la fine di quella storia vede sparire ogni illusione di giovinezza, non si arrende e inveisce e supplica e minaccia. Ed era già tanto se i passanti non chiamavano la polizia per scongiurare l'ennesimo femminicidio.

«Si credono furbi, si credono invincibili. Pensano che raccontare balle al loro avvocato sia una specie di esercizio per quando affronteranno la Corte e sono certi che, di balla in balla, arriveranno all'assoluzione. I clienti così sono dei coglioni, dovrebbero essere condannati anche solo per la loro coglioneria.»

Giulia, che vedendo il suo capo rabbuiarsi non aveva osato sbirciare più di tanto sul monitor del TIAP, cercò di mettere fine al soliloquio.

«Cosa c'era nel fascicolo per farti incazzare così?»

«Una cosa da nulla» replicò sarcastico. «Solo il fatto che nel fazzolettino di carta sul quale hanno rilevato il DNA non c'era muco, ma sperma.»

«E Corbini ti aveva detto che ci si era soffiato il naso?»

Giacomo rimase un attimo sovrappensiero. No, non gli aveva parlato dell'uso che aveva fatto di quel fazzolettino, anzi, pareva che quell'oggetto, così banale e così compromettente, non trovasse un vero posto nella sua memoria. "Ed è in quell'occasione che potrebbe aver perso il fazzoletto?" gli aveva chiesto riferendosi alla festa in cui avevano giocato al gioco della bottiglia. "Non ne vedo altre" gli aveva risposto lapidario il cliente. Era quella noncuranza, quell'aria di sufficienza che gli aveva fatto scegliere l'interpretazione più ovvia: con un kleenex ci si soffia il naso. A trarlo in inganno era poi stata un'altra affermazione di Corbini che Giacomo aveva trascritto sul quaderno: "Quella sera Veronica Gambino se ne andò via con le mie cinque dita stampate sulla guancia". Se giocando alla bottiglia le compagne si rifiutavano persino di baciarlo, perché mai qualcuna avrebbe dovuto offrirgli il motivo per asciugarsi le parti intime con un kleenex?

«In effetti Corbini non mi ha detto nulla. Sono io che ho pensato... Però lui ha fatto riferimento a un episodio che, di per sé, non lasciava immaginare che le tracce biologiche consistessero in sperma. Ha parlato di un gioco di società: tu hai mai fatto un gioco di società che preveda del sesso?»

Giulia sorrise. «Non farmi domande troppo intime, perché potresti avere delle sorprese. Però, prima di capire che preferivo le donne ho avuto un ragazzo che, quando facevamo l'amore, mi riempiva la macchina di fazzolettini e se ne andava senza raccoglierli.»

«Facevate sesso sulla tua auto e non sulla sua?»

«Da quando cavalchi gli stereotipi di genere? Per forza deve essere *lui* che guida? Per forza la macchina deve essere dell'*uomo*? Comunque scopavamo sulla mia Panda perché lui era minorenne.»

«Ti piacevano giovani, eh?»

«Per scopare su una Panda, essere giovani è un requisito essenziale. Già dai venticinque anni in poi certe acrobazie il giorno dopo si pagano.»

Giacomo prese un'aria fintamente severa e, con un misto di nostalgia e intenerimento, rivide la sua Renault 4 con il cambio e il freno a mano sulla plancia, anziché tra i sedili: una vera alcova su ruote. E lui, che prima di diventare "un bell'uomo" era stato un "gran bel ragazzo", quell'alcova l'aveva utilizzata con una certa frequenza e con una non trascurabile soddisfazione.

«In ogni caso» riprese Giulia distraendolo dalle sue inutili rimembranze «non ti ha mentito. Magari non si è ricordato che alla cascina era successo anche quello.»

Per replicare attinse nuovamente ai suoi ricordi giovanili. «Ascoltami. Lo so che oggi le cose sono molto diverse, ma a diciott'anni, per noi maschietti degli anni Sessanta, ogni incontro che avesse un epilogo sessuale era un episodio da scolpire nella memoria. Immagina poi che il lieto fine abbia luogo nel fienile dove qualche mese dopo trovano uccisa una tua compagna di classe: non credi che dovrebbe essere la prima cosa che ti viene in mente? Se poi vuoi dirmi che l'omissione non è comparabile alla menzogna, possiamo stare a disquisire per giorni, ma ti posso assicurare che un avvocato non va tanto per il sottile: la verità è sempre "tutta la verità"; se te ne raccontano solo una parte ti prendono in giro.»

«Allora cosa intendi fare?»

«Che ore sono?»
«Le undici e venti.»
«Vado in carcere a parlare con il nostro amico: vediamo se riesco a convincerlo a dire "tutta" la verità.»
«Questa volta mi porti con te?»
«Pensi che la presenza di una giovane donna indurrebbe un ingegnere di mezza età a essere più esplicito sul modo in cui trent'anni prima si è asciugato il pisello dopo aver fatto sesso?»
«No» ammise lei a denti stretti.
«Allora tu prendi un taxi e torni in studio.»
«Ci vado a piedi. Camminare una mezz'oretta mi farà bene ai nervi e al cervello.»
«Va bene, ma non prendertela con me e, soprattutto, ricorda che stasera tu e Marcella siete a cena da noi: non tenermi il muso fino ad allora.»

Nel tragitto che conduceva al carcere, Giacomo aveva pianificato la strategia da adottare con il suo cliente e aveva scelto una tattica di destabilizzazione messa a punto nella sua vita precedente, quella da carabiniere. Lo avrebbe confuso con domande apparentemente fuori contesto e poi lo avrebbe inchiodato con una domanda secca, alla quale l'altro non avrebbe potuto sfuggire se non passando dalla reticenza al falso vero e proprio o, questo era ciò che si aspettava, alla verità.
Quando Riccardo Corbini entrò nella saletta dei colloqui trovò il suo avvocato seduto al tavolo con la testa china su un mucchio di carte che aveva tutta l'aria di studiare con attenzione. Giacomo non alzò il capo, né lo salutò fino a che la guardia non fu uscita. E an-

che dopo fece trascorrere almeno due minuti di assoluto silenzio prima di attaccare a bruciapelo: «Le feste della sua classe dovevano essere molto più animate di quelle della mia».

«Perché?»

Ignorò la domanda. «Quando noi giocavamo alla bottiglia, la posta in gioco era, al massimo, un bacio con la lingua. O, come lei stesso ricordava, al posto del bacio si poteva barattare uno schiaffo.»

«Non capisco.»

Lo ignorò ancora. «Nelle vostre feste invece si poteva andare molto oltre, da quanto ho capito. Roba del tipo che se tu giravi la bottiglia e quella puntava una ragazza, tu te la scopavi lì, seduta stante. Magari davanti agli altri.»

«Ma cosa sta dicendo? È impazzito?»

«Vuole forse dirmi che le feste alla cascina non erano delle mezze orge?»

«Ma certo che no. Eravamo dei ragazzi.»

«E allora perché c'era dello sperma sul fazzoletto di carta che è stato ritrovato in prossimità del corpo? E, soprattutto, perché quello sperma era il suo? Lei, in quel fienile, non c'era stato solo una volta per giocare a un gioco di società?»

Il silenzio scese di nuovo sui due uomini, seduti l'uno di fronte all'altro, separati dal tavolo e da un muro di ostilità. Giacomo lasciò che la bolla di silenzio gonfiasse per un tempo difficile da determinare; poi, come previsto dal suo copione, cominciò a infilare i fogli nella cartella di pelle e si alzò per uscire. Solo allora Corbini si decise a parlare.

«Quella volta, quella della festa intendo, si è davvero messo a piovere e davvero abbiamo fatto quel gioco nel fienile. Ma poi il temporale è finito e sono usciti tutti. Tutti tranne me e Sabrina Frassati. E abbiamo fatto sesso.»

Giacomo lo guardò, cercando di vedere se, dietro all'immagine di sfigato che gli si parava davanti agli occhi, riusciva a scorgere quella del ragazzo malinconico e affascinante che gli era stata tratteggiata da Abigail Levi.

«Come si diceva allora, stavate insieme?»

«No. Però forse ha ragione lei: a quella festa c'era un'atmosfera un po'...» Cercò la parola giusta, ma non la trovò e rimase sul vago: «Un'atmosfera strana. E non è vero che alla fine del gioco sono usciti tutti. Il fienile era molto grande e diviso in due da una parete di mattoni. Uscendo, io e Sabrina siamo dovuti passare dall'altra parte del muro e abbiamo sorpreso Bruno Vallardi e Roberta Stroppoli che scopavano: erano così impegnati che non si sono neppure accorti di noi. Ce ne siamo andati subito, ma c'era qualcun altro che li guardava, qualcuno nascosto nell'ombra, non saprei dire chi. Era come se, per festeggiare quel compleanno, tutti volessero trasgredire, fare una cosa che poi, fuori da lì, avrebbero rinnegato. Ha presente lo slogan che ripetono nei film? "Quello che succede a Las Vegas resta a Las Vegas." Ecco, per noi la cascina era un po' Las Vegas».

«Quindi lei ha avuto un rapporto sessuale con questa Sabrina Frassati, nel fienile, e poi si è pulito con il fazzoletto che è stato ritrovato.»

«Sì, mi sono pulito. E mi stupisce che abbiano trovato solo il mio, di fazzoletto. Da quanto dicevano gli altri, tanto il fienile quanto il gazebo del giardino sul retro erano luoghi piuttosto frequentati.»

Aveva riacquisito la sua solita sicurezza.

«Ma quello che succede a Las Vegas non dovrebbe restare a Las Vegas? Com'è che se ne parlava anche fuori?»

La risposta la sapeva benissimo. Per i maschi, un amplesso consumato era un manifesto da affiggere sui muri dello spogliatoio nell'ora di ginnastica, sui muri dei corridoi durante la ricreazione e su qualsiasi muro avesse permesso di reclamizzare la propria virilità.

«In realtà, dopo quella volta, tra me e Sabrina è iniziata una relazione che è durata fino a settembre.»

Questa l'avvocato Meroni non se l'aspettava, ma, almeno potenzialmente, era una buona notizia: la ragazza avrebbe potuto fornire non solo chiarimenti sulla presenza di quel reperto nel fienile, ma anche un profilo più gradevole dell'imputato.

«Ha ancora un recapito di questa Sabrina?»

«È morta molti anni fa. Cancro.»

Mai sperare, se poi non vuoi prenderti subito una doccia fredda.

«Quindi nessuno può testimoniare quello che lei mi ha appena detto.»

Era a metà tra una domanda e una constatazione.

«No.»

«Nessuno che vi abbia visto, come voi avevate visto gli altri due?»

«Non che io sappia. E credo che se qualcuno ci avesse beccati, la notizia si sarebbe diffusa, se non altro per scherno: non ero molto popolare nella classe.»

Questo lo aveva già detto, ed era un'affermazione sulla cui veridicità era difficile dubitare.

«Si rende conto che adesso la sua posizione è ancora più compromessa?»

«Perché? Se il fazzolettino l'ho abbandonato in un'altra occasione, cosa cambia se mi ci sono pulito il naso o qualcos'altro?»

«Cambia l'impressione che questa prova fa sui giurati. Nella loro mente è ben chiaro un reato: stupro seguito da omicidio. Quel reato ha un imputato e quell'imputato è lei. Il liquido seminale è ciò che lega lei allo stupro. Non importa se quello sperma non è stato ritrovato sul corpo della vittima e se, come lei mi dice, non è neanche stato prodotto lo stesso giorno: quello sperma, con tutto il portato di sordido e sporco che vi è associato, rappresenta il legame tra Riccardo Corbini e la violenza subita da Antonella Bettini.»

Tempo prima, su un libro di psicologia forense, aveva letto quanto il senso di ripulsa suscitato da alcune secrezioni umane influisse sulla costruzione mentale che i giurati si facevano del crimine: lo sperma era più "schifoso" dell'urina o della saliva, parlare dello sperma di un uomo significava rendere quell'uomo più sgradevole e, per indebita associazione, più spregevole. E a nulla valeva il pensiero che proprio dallo sperma cominciava la vita.

«Allora, avvocato, com'è la mia situazione?»

«In tutta sincerità devo dirle che è grave. Forse se non mi avesse mentito non avrei perso tempo a seguire una linea difensiva che adesso non è più sostenibile.»

Non era vero, la tesi era sempre la stessa: Corbini

quella sera non era sul luogo dell'omicidio, e questo non cambiava se sul fazzoletto c'era muco, sperma o lacrime amare d'amore perduto. Però il fatto che lui gli avesse mentito qualcosa cambiava, rendeva sempre più difficile fidarsi di lui.

«Non so perché non le ho detto di Sabrina. Il fatto è che parlare di donne mi imbarazza.»

E su di lui aleggiò di nuovo il fantasma di una madre invadente e possessiva. Giacomo si sentì all'improvviso in una migliore disposizione d'animo.

«La capisco, ma, come le ho detto più volte, non posso difenderla senza conoscere come sono andate realmente le cose.»

«D'accordo, avvocato. D'ora in poi per lei sarò un libro aperto.»

Ed era un'altra delle espressioni che Giacomo detestava.

Per fortuna il risentimento di Giulia verso di lui si era dissolto e quando Giacomo aprì la porta di casa si trovò di fronte a due volti sorridenti e a una bottiglia di Erpacrife Dosaggio Zero ancora alla giusta temperatura e tutta imperlata. Gli accordi erano quelli: Giulia e Marcella portavano il vino di apertura, e i coniugi Meroni pensavano al resto. Ovviamente il contributo di Giacomo non era andato oltre le tapas per l'aperitivo, ma il fritto misto alla piemontese cucinato da Rossana nella nuova friggitrice senza olio aveva compensato la scarsa perizia culinaria di lui. E, come le altre volte, la cena fu un momento di leggerezza in cui a tener banco fu soprattutto Marcella. Da quando aveva cominciato il dottorato di ricerca in Informatica e aveva iniziato a lavorare sugli assistenti vocali, i suoi racconti sugli equivoci generati dall'interpretazione automatica del linguaggio sembravano non esaurirsi mai: ordinazioni di carne piccante che davano luogo all'apertura di pagine piene di immagini pornografiche, richieste sintatticamente complesse che l'intelligenza artificiale interpretava come insulti e tutta una vasta gamma di piccoli incidenti che la domotica comandata dalla voce prometteva di moltiplicare.

«Mi viene in mente la casa ipertecnologica che Jacques Tati mette in scena in *Mon Oncle*» disse a un certo punto Rossana. Ma poiché, oltre a lei, solo Giacomo aveva visto quel film e lo aveva visto in dvd, seduto sul divano e con la testa ciondolante, il momento di cinefilia lasciò rapidamente il posto ad altri discorsi.

18

12 marzo 2018. Ore 9

Nella biblioteca dello studio Actis e Meroni la pendola ticchettava regolarmente, ma quel rumore rassicurante non bastava a calmare Giacomo. Ciò che aveva previsto e temuto si era verificato: Bruno Vallardi aveva lasciato il carcere con tante scuse da parte dell'autorità giudiziaria e i giornali già gridavano allo scandalo. In questi casi Giacomo si trovava sospeso tra le sue due esistenze: da avvocato avrebbe dovuto unirsi alle voci sdegnate che definivano "inammissibile" l'ipotesi che qualcuno scontasse tre anni di prigione per un reato che non aveva commesso; da carabiniere si diceva invece che, per un farabutto come Vallardi, quegli anni ingiustamente scontati in galera compensavano a malapena quelli che si era scampato per altri reati. E poi, in fondo, anche da avvocato quella scarcerazione e quel coro di indignazione lo mettevano in difficoltà: come aveva detto a Rossana qualche tempo prima, l'ondata di simpatia che si sarebbe presto riversata su Vallardi, ennesima vittima della giustizia, avrebbe trascinato nella sua risacca Corbini e lo avrebbe fatto apparire ancora più viscido e spregevole.

Più Giulia gli leggeva ad alta voce gli articoli che le

testate cittadine dedicavano al caso, più lui vedeva assottigliarsi le possibilità di un successo. Per i giudici e i giurati, il suo cliente era colpevole ancor prima di varcare le soglie dell'aula e, forse, lo era anche per lui: per essere convinti della sua innocenza ci voleva una fiducia che lui non nutriva. L'unico elemento positivo di quella rassegna stampa improvvisata era che nessun quotidiano aveva dato notizia dell'arresto di Corbini: la liberazione di Vallardi veniva genericamente attribuita alla valutazione di non meglio precisati "nuovi elementi" che avrebbero fatto cambiare direzione alle indagini. Mario Rossi era stato bravo a mantenere il silenzio stampa e, escludendo a priori che un PM come lui si fosse fatto scrupolo di tutelare la rispettabilità dell'imputato, la ragione di tanta cura poteva essere una sola: aveva bisogno di effettuare ancora degli accertamenti senza che l'inchiesta venisse contaminata da voci e indiscrezioni. Non tutto era ancora compromesso. Al pari del pubblico ministero, anche Giacomo avrebbe potuto continuare le sue ricerche senza dover per forza parlare della carcerazione del suo assistito.

«Guarda» gli fece a un certo punto la praticante mettendogli il tablet sotto il naso. «Questo qui si lancia in un vero esercizio di giornalismo narrativo.»

Aveva ragione. Sulla home page di un giornale online che non faceva nulla per nascondere la propria vocazione scandalistica campeggiava un titolo piuttosto chiaro: *Cronaca di un delitto dimenticato. Le storie di quelli che hanno vissuto il dramma e lo hanno rimosso.*

L'immagine posta subito sotto il titolo, cioè la foto di classe della V liceo linguistico 1983-84, non lasciava dubbi su quali fossero, secondo l'ambizioso giornalista, i responsabili dell'oblio.

«Hai voglia di leggermi l'intero pezzo? Il tablet mi affatica la vista.»

«Guarda che i caratteri si possono ingrandire.»

«Ti ringrazio per aver centrato perfettamente il problema, per aver notato che non ho sul naso gli occhiali da lettura e, sostanzialmente, per avermi ribadito che sono vecchio e presbite. Tutto questo conferma, anziché negarla, la necessità che tu tiri fuori la tua bella vocina e mi faccia ascoltare il contenuto dell'articolo, a meno che gli assistenti vocali messi a punto da Marcella non siano in grado di farlo per te; nel qual caso potrei anche contemplare l'ipotesi di sostituire la praticante con un assistente vocale.»

«Siamo irritabili, oggi?»

«No, ma ogni tanto mi piace dedicarmi a biasimevoli e disgustosi esercizi di potere. Leggi!»

«"Come cambia la tua vita quando la morte colpisce proprio vicino a te? Rimani segnato per sempre o il tuo futuro è uguale a quello di chiunque altro? All'indomani della scarcerazione di Bruno Vallardi, compagno di scuola della vittima, Antonella Bettini, e, fino a ieri, presunto assassino, proviamo a ricostruire le storie degli altri compagni e degli insegnanti, le storie di coloro che accompagnarono la povera Antonella nei suoi ultimi giorni di vita."»

«Mi sembra di sentire la prosa di Nick Petrosino. Vuoi dirmi che è riuscito ad avere notizie su tutta la classe?»

Giulia fece scorrere un dito sullo schermo del tablet e rassicurò il suo capo: «Per fortuna no. Mi pare che si sia limitato a quattro o cinque persone. Vado avanti?».

«Certo.»

«"Partiamo da quelli che non ci sono più. A parte, ovviamente, Antonella Bettini, sono tre le persone decedute: Sabrina Frassati, scomparsa prematuramente per un tumore nel 1991, e due insegnanti, Franca Mazzeo e Daniele Bagetto, già alle soglie della pensione nel 1984 e non presenti alla tragica cena. Nella foto di classe vediamo invece la professoressa di matematica, Marina Suardi, che all'epoca aveva trent'anni. La professoressa Suardi abbandona l'insegnamento nel 1985 per affiancare il marito Giorgio Lavagnino, erede di una dinastia di imprenditori del settore tessile, nella conduzione dell'azienda di famiglia."»

«Posso dire che questo articolo è una porcheria? Ma come si fa a scrivere in questo modo? Un pezzo giornalistico non dovrebbe essere guidato dal principio della rilevanza della notizia? A chi può interessare cos'ha fatto o chi ha sposato la professoressa tal dei tali?»

«A giudicare dal numero di like su questo articolo direi che interessa a parecchie persone: la gente è curiosa, ha bisogno di ficcare il naso nell'esistenza degli altri. Per questo esistono i social e i giornali di pettegolezzi. E poi, secondo me, sulla Suardi ha fatto più ricerche perché era ed è una gran gnocca: guarda.»

Giacomo si decise a tirare fuori gli occhiali dalla tasca della giacca e posò lo sguardo sulle due immagini accostate che la ragazza gli mostrava. Quella di sinistra era il semplice ingrandimento della foto di classe. Seppure fosse un po' sgranata, si vedeva una giovane donna dai capelli castano chiaro che indossava, sulla pelle nuda, un blazer nero, di taglio quasi maschile. A destra c'era invece un ritratto recente della stessa donna, preso probabilmente dal profilo Facebook: gli anni non avevano fatto altro che aggiungere fascino.

«Concordo sulla gran gnocca, ma passiamo oltre.»

«"Il successo è arriso a Gloria Pasqua, titolare di una nota agenzia immobiliare specializzata in ville e edifici di lusso, e a Monica Andruetto, stilista presso una prestigiosa maison parigina. Ma soprattutto è arriso a Flavio Porchet che, forte anche della sua doppia nazionalità italo-elvetica, ha dato nuovo impulso all'azienda di famiglia, creando a Lugano un piccolo impero finanziario."»

«Alla fine è una sorta di copia e incolla dai social. Va avanti ancora per molto?»

«No. Ti risparmio le vicende di quelle che sono diventate agenti di viaggio, titolari di farmacie e casalinghe. Se vuoi le leggi tu: ti ho mandato il link all'articolo. L'unica storia che mi sembra interessante è quella di Davide Soffiantino. Prima militare di carriera, ha partecipato a varie missioni di pace in Africa e poi, guardacaso, ha creato una rete di export di auto usate verso i Paesi dell'Africa subsahariana.»

«Perché "guardacaso"?»

«In che senso?»

«Nel senso che non mi piace come espressione e nel senso che a volte il caso esiste. Ma tu volevi sottintendere qualcos'altro.»

«Sì, volevo dire che un ex militare che ha potuto istituire rapporti privilegiati con i capi di Stato Maggiore africani forse non si limita a esportare vecchie BMW o Mercedes scassate; o, se lo fa, riempie i bagagliai di armi.»

«Non eri tu quella che mi metteva in guardia contro i luoghi comuni?»

«Ma anche i luoghi comuni hanno un fondo di verità.»

«Quando ti fa comodo.»

«Volevo solo dire che, se ci serve un indiziato alternativo a Corbini e a Vallardi, dovendo escludere tutta la componente femminile e tutto il corpo insegnante, Soffiantino mi sembra il più papabile.»

«Solo perché un militare ha una certa dimestichezza con la violenza?»

«Anche. Ma soprattutto perché non abbiamo niente di meglio.»

Giacomo stava per obiettare che a Porchet non avevano pensato, ma poi gli venne in mente la questione della disfunzione erettile e lasciò perdere.

«Allora, se ti va di fare qualche ricerca su Soffiantino, fai pure. Io cerco di capire se ha senso chiamare qualcuno di loro come testimone. Seguo le orme del nostro insigne giornalista e saccheggio i profili social della V liceo linguistico 1983-84. Non è che speri di trovare chissà che, ma mi sembra l'unica via da seguire.» E si chiese se la scelta di rinunciare al rito abbreviato fosse stata quella giusta.

Tornato nel suo ufficio, aprì il link che Giulia gli aveva mandato. Gli avevano sempre fatto tenerezza le foto di fine anno; erano la misura concreta del tempo: gli anni passavano, l'alternarsi delle mode rendeva ridicolo ciò che prima era desiderabile, i ragazzi e le ragazze diventavano uomini e donne, poi vecchi. Alla fine morivano. E loro, le foto, rimanevano lì, a mostrare la distanza. Ingrandì l'immagine per quanto poté e si mise a cercare il suo cliente: eccolo. Abigail Levi aveva ragione, da giovane era bello, d'una bellezza un po' languida, femminea. Accanto, riconobbe Bruno Vallardi. I suoi tratti erano più irregolari, più grossolani, ma trasudava virilità e l'innegabile fascino del bad boy.

Riprese il file degli atti processuali e stampò l'elenco degli studenti della V linguistico, poi, a uno a uno, cercò i loro nomi in Rete. Tutti, a parte Corbini, avevano un profilo Facebook e più della metà di loro era anche su Instagram. Da anni l'analisi della presenza social di imputati, vittime e testimoni occupava un posto importante tanto nell'attività investigativa quanto nel dibattimento in aula, e Giacomo era ormai stufo di ribadire in ogni sede possibile che non era affatto sano considerare la vita in Rete alla stregua di quella che si svolgeva nel mondo fisico, che essere amici su Facebook non implicava necessariamente che tra i due individui ci fosse una reale conoscenza. Purtroppo molti magistrati e molti colleghi avevano imboccato la comoda strada della semplificazione per formulare ipotesi accusatorie o difese appassionate su azioni che non erano azioni, ma simulacri di azioni destinati a riempire l'universo vuoto dei social. E tuttavia, quel giorno, non poté fare a meno di constatare come il numero delle persone che interagivano in Rete con i componenti di quella maledetta classe fosse tragicamente basso: nessuno di loro parlava con qualcuno e di loro non parlava nessuno: come poteva scavare nelle loro vite se le loro vite, almeno stando ai social, non esistevano? Appena ebbe dato forma a questa domanda si disse che era una fesseria: le vite delle persone esistono a prescindere dal numero di amici, di like, di follower e di post; meglio ricordarselo. Però il problema di avere informazioni sui suoi possibili testimoni rimaneva.

Partì dal profilo di Roberta Stroppoli, quella che il suo cliente aveva detto di aver visto appartata con Vallardi, e si accorse subito che la sua valutazione sulle dinamiche social era stata alquanto superficiale: era vero che la Stroppoli aveva pochi amici in Rete, ma, associata al suo profilo, c'era una pagina che invece pareva riscuotere un enorme successo. Era quella della discoteca Il Matto di Sestriere: Roberta Stroppoli ne era la proprietaria e l'animatrice. Di lei, la pagina offriva parecchie fotografie e Giacomo se ne ricordò. Non che le serate in discoteca fossero il passatempo che lui e Rossana preferivano, né prima né tantomeno dopo l'incidente, però al Matto di Sestriere ogni tanto organizzavano le feste di premiazione delle gare, perché era uno dei pochi locali completamente accessibili ai disabili. La ricordava sempre elegante, spigliata, a suo agio anche con gli atleti in sedia a rotelle. Una bella persona, insomma, anche se non aveva la minima idea di quale avrebbe potuto essere il suo contributo come testimone.

Passò al profilo di Lara Vitali, un'altra compagna di classe: immagini di vacanze a Senigallia, fotografie di piatti appoggiati sulle tovaglie di carta di una modesta trattoria e qualche condivisione di post sulla scarsa efficienza del trasporto pubblico nel comune di Trofarello. Le note biografiche, senza curarsi della privacy, rivelavano al mondo intero che Lara era divorziata e che aveva due figli e questo, assieme agli enormi girasoli stampati su un bikini troppo striminzito per la sua età, era tutto ciò che di notevole si poteva dire di lei.

Discorso analogo, se si eccettuava il costume da bagno, per altre due o tre ex ragazze della classe. In effetti i nomi citati nello strampalato articolo trovato da Giulia erano gli unici a portare con sé qualcosa di non scontato, posto che non fosse scontato il successo economico di uno che, come Flavio Porchet, aveva ereditato una società di brokeraggio con sede a Lugano e succursali in Italia, e più precisamente a Torino, in Liechtenstein, nelle Isole Vergini e a Dubai. Eppure, persino googlando il suo nome, i risultati significativi rimanevano scarsi. Un sito specializzato in biografie di uomini d'affari ne ricostruiva la giovinezza trascorsa a Torino, dove il padre era una delle tante stelle della galassia Fiat. Un giornale svizzero dedicava un lungo articolo alla cospicua donazione fatta da Porchet a un'associazione per la salvaguardia delle tradizioni ticinesi, mentre un altro quotidiano, cartaceo e online, che aveva la sua redazione a Sanremo, parlava di lui in un pezzo dal titolo: *Fanno l'amore su una barca ormeggiata: denunciati per atti osceni*. Intrigato dall'assurdità della notizia, Giacomo prese a leggere.

Ieri, verso le 14, le guardie in servizio di vigilanza presso il porto turistico di Imperia sono state protagoniste loro malgrado di un curioso episodio. Durante il consueto giro di ronda lungo i pontili, A.R. e G.L., guardie giurate della società L'intrepida, hanno notato la presenza di alcune persone a bordo di una barca a vela ormeggiata. Raggiunto il natante, un bialbero chiamato *Constance* di proprietà del noto finanziere Flavio Porchet, si sono trovati di fronte a una scena boccaccesca: due giovani, un ragazzo e una ragazza appena maggiorenni, completamente nudi malgrado il freddo pungente, stavano avendo un amplesso nel pozzetto della barca. I vigilanti hanno invitato i focosi amanti a rivestirsi e hanno chiamato la polizia, che li ha identificati e denunciati a piede libero per atti osceni in luogo pubblico.

Un'altra porcheria di articolo, e anche questo, al pari dell'altro, era firmato. Sotto la firma c'era la data: 12 gennaio 2017. Giacomo si disse che le testate online avevano ulteriormente abbassato il livello già non eccelso del giornalismo italiano: ma come poteva venirti in mente di scrivere di due ragazzi che scopano in una barca e come poteva venirti in mente di leggere una notizia del genere? Chissà com'era stato contento "il noto finanziere Flavio Porchet", il sovvenzionatore delle associazioni per la difesa delle tradizioni ticinesi, di vedere il proprio nome abbinato a quella situazione boccaccesca!

Archiviata con un sorriso anche la figura di Porchet, Giacomo continuò a cercare notizie sugli altri. Marta Grandi, stando alle fotografie, era ancora proprietaria della cascina in cui era avvenuto il delitto; Adele Ricca era diventata una bibliotecaria; Rita Arato, catechista presso la parrocchia Gesù Operaio a Torino. In generale si imbatté in donne le cui esistenze erano accomunate dal solo fatto di aver incrociato quella, breve, di Antonella Bettini e, forse, quella più lunga del suo assassino. Esistenze normali, per non dire banali. Tra loro c'era la testimone che avrebbe potuto cambiare il corso del processo? Difficile dirlo. Spegnendo il computer, Giacomo decise che avrebbe indicato quali testimoni tutti "i ragazzi della V linguistico".

19

15 marzo 2018. Ore 8

L'ospite indesiderato si era presentato all'alba, come al solito, intrufolandosi nell'ultimo sonno, in maniera da lasciare tracce di sé al risveglio. E, come al solito, l'interpretazione del sogno, o incubo che fosse, non richiedeva particolari studi freudiani. La toga era sempre quella, macchiata e rattoppata, e una voce chiedeva all'avvocato Meroni di assumere atteggiamenti più dignitosi, più consoni. La voce però non proveniva dallo scranno del giudice, ma da un altoparlante a tromba che ne distorceva il suono. D'altro canto non erano in un tribunale, ma in un luna park, e lui, malgrado fosse togato, era seduto sul seggiolino della giostra delle catene, quella che tutti chiamavano la "calcinculo". Quella girava forte e lui avvertiva una gran nausea, però doveva continuare fino a che non avesse afferrato la coda appesa a una corda sopra di lui e, visto che era da solo, la cosa non avrebbe dovuto essere difficile. Purtroppo però, come sempre accade al luna park, ogni volta che la sua mano sfiorava la finta coda di volpe un addetto tirava la corda e la preda schizzava via. L'addetto era vestito da carabiniere e aveva la faccia del luogotenente Lucio Ferretti. Sì, perché com'era già accaduto ogni volta che, nel mondo reale, i suoi sospetti si erano concentrati su qualcuno, l'ospite dello spazio onirico abbandonava il nome misterioso di Bin Laden e diventava riconoscibile.

Poi il telefonino-sveglia aveva diffuso nell'aria le note di *Petite fleur* nella versione originale di Sidney Bechet, quella che piaceva tanto a Rossana, e tutti e due avevano aperto gli occhi con una discreta dose di buonumore, malgrado la giornata riservasse a lei due ore di colloqui con i genitori degli allievi e a lui un tempo interminabile per riflettere sugli errori che aveva fatto nei processi passati e che avrebbe ripetuto nel caso Corbini.

Lo squillo del cellulare lo colse mentre affrontava la leggera salita di corso XI Febbraio, determinato a non attivare neanche per un istante il motore elettrico della sua Bianchi.

«Pronto.»

«L'avvocato Meroni?»

«Sì?»

«Buongiorno. Sono Vincenzo Bossoli, il barista del bar Mocambo.»

Gli ci volle un attimo per mettere a fuoco tanto il locale quanto il motivo per cui un barista lo chiamava alle otto di mattina.

«Il mio socio mi ha parlato di quello che è successo al povero signor Corbini. Dell'incidente, intendo. È uscito dal coma?»

Evidentemente il silenzio stampa reggeva e la balla dell'incidente stradale pure. Quando, di lì a poco, si fosse saputo che Corbini non era in ospedale vittima di un incidente ma in prigione con l'accusa di stupro e omicidio, la disponibilità a collaborare da parte dello staff del Mocambo si sarebbe azzerata. Meno male che il tizio dall'altra parte del telefono era rientrato per tempo dalla traversata del Sahara in moto.

«No, non è ancora uscito, e non uscirà a breve.»

Il che, seppure in un senso diverso, corrispondeva a verità.

«Il mio socio mi ha detto che lei voleva sapere se qualcuno aveva seguito il signor Corbini, giusto?»

«Esatto. Lei ha notato qualcuno che lo seguiva?»

«No, però un giorno è successa una cosa strana. L'ingegnere faceva sempre colazione al banco. Noi glielo dicevamo, di sedersi, ma lui rispondeva che gli piaceva di più così. Un giorno, poco dopo di lui è entrato uno che non avevo mai visto e che gli si è messo proprio vicino. Uno sui trentacinque anni, con un giubbotto da motociclista della Dainese. Ha chiesto un caffè, lo ha bevuto e poi è rimasto al banco a giocherellare col telefonino. Appena il signor Corbini è uscito, lui ha chiesto di pagare e, mentre battevo lo scontrino, ho visto con la coda dell'occhio che si infilava in tasca il cucchiaino che l'ingegnere aveva appena usato.»

Giacomo sentì un brivido: aveva ragione suo suocero, avevano agito come nel caso di Donato Bilancia. Cercò di dominare l'eccitazione e di proseguire con tono neutro: «Allora lei cos'ha fatto?».

«Be', tutto subito mi sono stupito: era un sacco di tempo che non vedevo rubare un cucchiaino. Una volta era all'ordine del giorno: ce li rubavano i tossici per sciogliercì la roba con l'accendino, ma era davvero tanto che non vedevo un drogato nel locale. E poi, i cucchiaini che usiamo noi sono delle palettine piatte, nate proprio per non poter essere usate dagli eroinomani.»

«Come ha reagito?»

«Sono stato molto educato e gli ho fatto notare che gli era scivolato in tasca un cucchiaino.»

«E lui?»

«Lui è stato prontissimo e mi ha detto: "No, non mi è scivolato in tasca, l'ho preso di proposito, ma volevo pagarglielo. Sono un collezionista di cucchiaini, e questo della Costadoro non lo avevo mai visto, forse dalle mie parti non c'è". Poi mi ha messo venti euro sul banco e mi ha chiesto se potevano bastare. Ovviamente gli ho detto di sì.»

«Mi tolga una curiosità: il signor Corbini il cucchiaino lo usava solo per girare lo zucchero o se lo infilava anche in bocca?»

«Lo infilava in bocca di sicuro. Ci raccoglieva la schiuma del cappuccino sul fondo della tazza e se lo infilava in bocca. Diceva sempre che uno dei motivi per cui faceva colazione al bar era proprio la schiuma e che sua madre non riusciva a capire la differenza tra un caffelatte e un cappuccino con una bella schiuma.»

Perfetto. Indubbiamente sul cucchiaino rubato c'era il DNA di Corbini. Difficile che a impadronirsi in maniera illegale del DNA di Corbini fosse stata la procura: ma, sicuramente, il risultato di quell'operazione, in un modo o nell'altro, era finito sulla scrivania di Mario Rossi. Certo, il successivo prelievo di sangue camuffato da alcoltest rendeva irrilevante quella prima procedura, ma lui sentiva che, se avesse potuto insinuare nei giurati il dubbio che dietro l'accusa ci fosse qualche losca macchinazione, forse sarebbe riuscito a minare progressivamente la loro fiducia nell'operato del pubblico ministero e dei carabinieri.

«L'ha più rivisto quell'uomo?»

«No. Non credo che fosse di Torino.»

«Come fa a dirlo?»

«Perché il giubbotto della Dainese che aveva addosso era di quelli molto cari, roba che si compra solo chi fa le corse o ha una moto molto veloce. Così, quando lui se n'è andato, mi sono messo sulla porta per capire che moto avesse e ho visto che era targata Aosta.»

«Ricorda anche il numero della targa?»

«No, quello no. Però di moto me ne intendo, e ho riconosciuto il modello: aveva una Bimota Tesi 3D Race Cafe del 2016. Non è roba che vedi tutti i giorni. Confesso che ho provato un po' di invidia.»

Anche Giacomo, in gioventù, aveva avuto la passione delle moto. Una passione distaccata, come quelle che si riservano alle cose che non ci si può permettere, che poi era del tutto scomparsa dopo l'incidente di Rossana.

«La ringrazio molto, signor Bossoli, mi è stato davvero d'aiuto.»

«Sono contento. Però non riesco a capire cosa c'entri questo con l'incidente dell'ingegnere.»

«Come dice? Non la sento bene. Mi sono spostato e forse qui non c'è campo. La richiamo più tardi, adesso sono in mezzo al traffico. Comunque grazie ancora.»

Mise il telefonino in modalità aereo, se lo infilò in tasca e attivò l'assistenza elettrica alla massima potenza:

doveva arrivare in studio il prima possibile per riportare sul quaderno col pappagallo i nuovi elementi di cui era venuto a conoscenza.

Aveva appena finito di annotarsi il modello della moto che Giulia entrò nel suo ufficio, come al solito senza bussare.

«Ho una novità» gli disse.

«Anch'io.»

«Chi parte per primo?»

«Tu.»

E non era galanteria, era curiosità.

«Ho raccolto un po' di informazioni su Davide Soffiantino» iniziò Giulia. «Ho subito controllato se quello che diceva l'articolo a proposito del suo lavoro era corretto. Tutto sbagliato: la società di export, secondo i documenti della camera di commercio, è chiusa da tre anni. Adesso lavora nel campo delle investigazioni.»

«Fa il detective privato?»

«In un certo senso. Però credo che non sia un tipo alla Pepe Carvalho, che non sia un "annusapatte", per intenderci. Da quanto ho capito si occupa di sicurezza per le imprese: reti telematiche, tutela del segreto industriale, sorveglianza degli impianti. La sua azienda è piuttosto affermata sul mercato, ha una quarantina di dipendenti.»

«In altri termini continua a fare l'ufficiale di carriera, ma con un suo esercito privato.»

Giulia sorrise. «E poi ero io quella che aveva pregiudizi sui militari!»

«Continua.»

«Sul versante professionale non c'è molto altro da rilevare. Ma è sul piano personale che troviamo le indicazioni più interessanti. Dal profilo Facebook ho visto che è divorziato...»

«Un altro!»

«Cioè?»

«Niente. Seguivo il corso dei miei pensieri e mi dicevo che è pieno di gente che mette gli affari propri in piazza sui social.»

«Guarda che essere divorziati non è mica una vergogna.»

«Divorziato, sposato, celibe, bigamo, non importa cosa sei. Io dico solo che, se avessi un profilo Facebook, per discrezione la casellina delle relazioni familiari la lascerei vuota.»

«Infatti tu non hai un profilo Facebook, né Instagram: risolvi il problema alla radice. Però la gente mette in piazza certe cose proprio perché vuole farle sapere. Parla a tutti del proprio divorzio per aumentare le probabilità di trasformare una conversazione in Rete in una relazione più intima. Secondo me Soffiantino ha anche un account su Tinder e su una decina di siti di appuntamenti, ma il punto non è questo; il punto è che sono andata a cercare la sentenza di divorzio.»

Si interruppe, per fare in modo che fosse Giacomo a invitarla a continuare ponendole la domanda più ovvia: «E cos'hai trovato».

«Prima del divorzio c'è stata una lunga serie di denunce per violenza coniugale. Denunce che, indovina un po'?»

«Che dopo un paio di giorni venivano ritirate dall'allora signora Soffiantino, che di punto in bianco dichiarava di aver esagerato, o di aver travisato le intenzioni del marito, o di aver scambiato un contatto accidentale per uno spintone.»

«Esatto. Finché la poveretta non ha più resistito. Assieme al figlio di quindici anni ha trovato posto in una casa protetta e ha chiesto e ottenuto il divorzio. La sentenza parla di affidamento esclusivo del figlio e le concede il permesso di stabilire la propria residenza anche fuori dall'Italia. Cosa che la donna, di nazionalità romena, deve aver prontamente fatto.»

Ciò che Giulia aveva trovato era tanto e poco al tempo stesso. Tanto, o, almeno, abbastanza per dire che in quella classe oltre a Vallardi c'era qualcun altro che avrebbe potuto usare violenza su una donna. Poco, troppo poco, per fare in modo che l'attenzione si spostasse su un possibile imputato diverso da Corbini. Era questo il paradosso della violenza sulle donne: gli uomini che picchiavano, molestavano e umiliavano le loro compagne erano così tanti che, se ognuno di loro fosse diventato automaticamente un indiziato di femminicidio, il lavoro dei tribunali sarebbe stato infinito. Però, sicuramente, la vicenda di Soffiantino costituiva un piccolo strappo nell'impianto accusatorio nel quale valeva la pena di infilare le dita per vedere se, allargandosi a poco a poco, si riusciva a lacerare completamente il tessuto.

«Brava, hai fatto un ottimo lavoro. Al contrario io, sul fronte degli altri compagni di scuola, non ho trovato assolutamente nulla di rilevante. Così penso di iscriverne un po' come testimoni, quasi a caso. Anche se, ti confesso, avevo persino ipotizzato di iscriverli tutti.»

«Chiami anche Soffiantino?»

«No. Lui no. Tanto sarà l'accusa a chiamarlo. Noi potremo interrogarlo e insinuare qualche dubbio nella giuria, sempre che, nel frattempo, non salti fuori qualcosa di più compromettente a suo carico. Tu continua a lavorarci.»

«Va benissimo. Però prima dicevi di avere anche tu una novità.»

«Certo, una novità bella grossa. Sappiamo che la procura ha giocato sporco e che il primo prelievo di DNA è avvenuto in mondo quantomeno ambiguo.»

Le raccontò quanto gli era stato riferito dal barista, omettendo soltanto il pietoso espediente con il quale aveva eluso l'ultima domanda.

«Questa» commentò Giulia «è la riprova che i carabinieri sono andati a colpo sicuro. Il tizio che ha rubato il cucchiaino potrebbe essere un carabiniere in borghese?»

Giacomo ci pensò un po', anzi, ci pensò a lungo:

«Sono sempre più convinto che il motociclista del bar non fosse né un carabiniere né un poliziotto.»

«Un finanziere?»

«Sì. E perché non un ispettore della guardia forestale o un sommozzatore della guardia costiera? Giulia, usa la fantasia. Quando dico che potrebbe non essere né un carabiniere né un poliziotto intendo che l'indagine potrebbe essere stata avviata al di fuori del quadro istituzionale.»

«Da chi?»

«Ad esempio dal PM Mario Rossi, per consumare una sua personalissima vendetta contro la collega Deborah Venezia. Secondo me tra i due c'è qualcosa di più di una semplice rivalità professionale: dimostrare che la Venezia aveva preso una cantonata con il processo Vallardi o, peggio, che aveva agito con dolo potrebbe essere il modo per farle pagare una colpa che noi non conosciamo.»

«Quindi avrebbe finanziato di tasca propria l'inizio dell'indagine per poi farla proseguire in forme più istituzionali dalla procura?»

«È un'ipotesi.»

«Ma perché puntare subito su Corbini? Dovremmo pensare che qualcuno sapesse come sono andate le cose e che abbia fatto una soffiata al PM.»

«Magari non ha preso in considerazione solo Corbini.»

Giulia lo vide chinarsi e scomparire dietro la scrivania; quando riapparve, nel rumore di un cassetto che si chiudeva, aveva in mano il fascicolo della sentenza Vallardi. Inforcò gli occhiali da lettura e, facendo scorrere il dito sulle righe, prese a leggerne il contenuto, con le labbra che si muovevano senza emettere suono.

«Ecco» esclamò finalmente a voce alta, «il punto è questo.»

Ma non disse quale e, per quasi un minuto, si immerse di nuovo nella lettura.

«Qui si parla già del fazzolettino di carta ritrovato sulla scena del crimine. Già allora era stato eseguito l'esame del DNA, ma poiché non combaciava con quello di Vallardi la prova era stata scartata.»

«Questo però potrebbe dimostrare l'esistenza di un teorema accusatorio volto a far condannare Vallardi a ogni costo: gli indizi a suo carico vengono considerati, mentre gli elementi a discolpa vengono accantonati.»

«Non cadere nel tranello del DNA a tutti i costi. Non è detto che per condannare un imputato ci debba per forza essere la prova genetica e, allo stesso modo, non è detto che se si trovano tracce di un altro codice genetico diverso da quello dell'imputato quest'ultimo sia automaticamente innocente.»

«Chiarisci meglio.»

«Ammettiamo che una persona venga uccisa con un colpo di pugnale al cuore e che non si trovi l'arma del delitto. È comunque possibile che gli indizi che conducono a un certo imputato siano talmente convincenti da determinare una condanna, anche se l'imputato non ha lasciato tracce dalle quali sia possibile risalire al DNA. Ammettiamo poi che l'arma venga ritrovata in qualche anfratto e su di essa si ritrovi un DNA non compatibile con quello dell'accusato. In questo secondo caso è lecito pensare che il pugnale sia stato usato da qualcun altro. Certo, questa seconda persona potrebbe aver lasciato delle tracce sul pugnale prima del delitto e poi l'imputato, afferrando l'arma con i guanti, l'abbia usata per commettere il delitto, ma l'impianto accusatorio si incrina. Però una cosa è un pugnale sporco del sangue della vittima e un'altra è un fazzolettino di carta che potrebbe non avere niente a che vedere col delitto. Secondo me la Venezia ha fatto bene a non far cadere le accuse contro Vallardi soltanto perché compariva un reperto con un DNA non suo.»

«Invece» ribatté Giulia «secondo me ha sbagliato, perché in un caso di stupro un fazzolettino con tracce di sperma è molto simile, dal punto di vista probatorio, all'arma del delitto.»

Aveva ragione. Quel maledetto, ributtante sperma.

«D'accordo. Ammettiamo pure che sia così. Però a noi adesso non interessa il processo Vallardi, ma quello che è successo dopo. Mario Rossi, immaginiamo che sia lui, si rende conto che quel kleenex archiviato, dal momento che scagiona Vallardi, potrebbe accusare qualcun altro. Gli altri possibili eiaculatori nella classe V linguistico sono solo due: Soffiantino e Corbini; tre, se per scrupolo vuoi includere anche Porchet, il quale però, data la sua disfunzione erettile, non potrebbe aver violentato la vittima nel modo in cui è avvenuto, secondo i referti medici, lo stupro.»

«Quindi secondo te il PM Mario Rossi ha fatto rubare il cucchiaino non solo a Corbini ma anche a Soffiantino e a Porchet. Il cucchiaino, o il pettine o qualsiasi altra cosa permettesse di rilevare il codice genetico.»

«Sì. L'ipotesi è proprio questa. Rossi aveva già un campione sequenziato e sapeva che il codice non coincideva con quello di Vallardi. Si è procurato come ha potuto altri due o tre campioni da confrontare e, poiché quello di Corbini era perfettamente sovrapponibile a quello del fazzolettino, ha fatto in modo che avvenisse un nuovo prelievo e che stavolta la procedura fosse inattaccabile.»

«Questo però significa che Corbini è colpevole.»

Giacomo alzò gli occhi al cielo e sbuffò. «No, significa solo che, come lui stesso ha dovuto ammettere, in un certo momento, non necessariamente in quello del delitto, Corbini era lì. Convengo con te però che farla passare come una semplice coincidenza è un po' difficile.»

Adesso era Giulia che meditava senza parlare, era lei a macinare pensieri, che dopo un po' presero forma di domanda: «Poco fa quando alludevi al fatto che le indagini potevano essere ripartite da qualcuno esterno alle forze dell'ordine, hai iniziato la frase con "Ad esempio". "Ad esempio dal PM Mario Rossi." Se Mario Rossi è solo un esempio, potrebbe esserci qualcun altro nella lista dei possibili responsabili della nuova inchiesta.»

Giacomo fu tentato di alzare nuovamente gli occhi al cielo: con quella ragazza bisognava pesare ogni parola; però, anche in questo caso, aveva ragione.

«Sì. Ad esempio, e dico "ad esempio", a prendere l'iniziativa potrebbe essere stato l'avvocato di Vallardi, per scagionare il proprio cliente. Però questa possibilità non mi convince. In primo luogo, se fosse stato furbo, l'avvocato di Vallardi avrebbe adottato questa strategia già durante il processo al suo cliente. Se vuoi giocare sporco avviando un'indagine difensiva ai limiti della legalità non aspetti che il tuo cliente venga condannato, ti muovi prima. Non è che il fazzolettino sia venuto fuori dopo la sentenza: era già lì, a sua disposizione. Il fatto è che l'avvocato di Vallardi è un imbecille e non sa nemmeno cosa sia un'indagine, sporca o pulita che sia.»

«Chi è?»

«Preferisco non pronunciarne neppure il nome. Se vuoi te lo leggi sul fascicolo. È una mezzafigura che ha sempre difeso tossici e papponi: per questo era il legale di fiducia di uno come Vallardi. Solo che lo sfruttamento della prostituzione e l'omicidio sono reati un po' diversi.»

«E se nel frattempo avesse cambiato avvocato?»

«In questo caso il nuovo legale avrebbe atteso il processo d'appello per giocarsi le sue carte. Più ci rifletto e più ci vedo dietro l'ombra di Mario Rossi.»

«Pensi di poter usare la cosa in tribunale?»

«Prima di poterla "usare", come dici tu, devo poterla dimostrare. Certo che, se riuscissi a stabilire che tra l'uomo che ruba i cucchiaini e il PM c'è un legame poco chiaro, potrei dare una svolta al processo.»

«"L'uomo che rubava i cucchiaini"... sembra il titolo di un libro.»

Lui sorrise, un po' amaramente. Bisognava dare un nome all'uomo che rubava i cucchiaini. Un nome e una storia. Bisognava capire chi fosse e cosa lo legasse a Mario Rossi. E tutto ciò che aveva per arrivare a quel risultato era una motocicletta targata Aosta.

Completando ad alta voce il percorso delle sue elucubrazioni sbottò: «Se avessimo il numero di targa sarebbe tutto semplicissimo: una bella visura al pubblico registro automobilistico ed eccoti servito il nome del proprietario. Invece abbiamo solo la sigla della provincia».

«È una moto molto diffusa?»

«Non credo. Il barista dice di aver provato invidia per il tizio che la guidava; quindi, siccome anche il barista è un motociclista, deve trattarsi di un modello di alta gamma. Adesso controllo.»

Aprì il quaderno, cercò il suo ultimo appunto e poi, riavviando con un movimento del mouse il computer che era andato in stand-by, digitò in Google "Bimota Tesi 3D Cafè Racer".

La ricerca produsse un certo numero di immagini e lui si affrettò a ingrandirle. La motocicletta che gli si presentò in quelle fotografie era diversa da tutte quelle che aveva visto in vita sua. Se non fosse stato per il fatto che il manubrio sta davanti e la sella sta dietro, gli sarebbe risultato difficile capire quale fosse la parte anteriore e quale quella posteriore; le due ruote, infatti, sembravano perfettamente identiche, dal momento che entrambe erano rette da forcelle orizzontali e che mancavano del tutto, sul davanti, i tipici ammortizzatori a tubo. Insomma, se la domanda era "ci sono tante moto come quella?" la risposta era "no", e questo portava a un'inevitabile conclusione: di Bimota Tesi 3D Race Cafe in provincia di Aosta dovevano essercene un paio al massimo.

Giulia ne convenne.

«Vuoi che chieda a Marcella di fare una ricerca sui database della motorizzazione?»

«Mi stai proponendo di promuovere un accesso abusivo a un sistema informatico o telematico, articolo 615 ter codice penale, effettuato attraverso un uso privato e fraudolento di attrezzature aziendali, nella fattispecie quelle di un'università statale? Non trovi il coraggio di lasciare Marcella e vuoi farla mettere in galera per un po' di anni?» Il tono era scherzoso, ma il tema era serio. «Non farti mai prendere dalla frenesia di ottenere risultati a tutti i costi.»

Giulia era mortificata.

«Questo non significa lasciarsi fermare. Tu sai chi sono i parafanghi?»

«Quelli che coprono le ruote.»

«Non ti ho chiesto "cosa" sono, ma "chi" sono.»

«Non capisco.»

«Vedi che hai ancora tanto da imparare? Nel nostro gergo i parafanghi o parafanghisti sono quegli avvocati che si dedicano prevalentemente ai sinistri stradali. Piccole controversie per risarcimento danni, denunce alle assicurazioni, talvolta truffe alle assicurazioni, il sottobosco, insomma. Prima che fosse introdotto il rimborso diretto da parte dell'assicurazione erano un esercito. Fatti raccontare da Vittorio con quale scherno venivano trattati. Poi però, quando andavi a sommare tutte le parcelle che facevano in un anno, la voglia di scherzare ti andava via. Ma soprattutto, se avevi bisogno di un'informazione su un veicolo dovevi passare da loro.»

«Qualcosa mi dice che qualche tuo amico continua a fare il "parafanghi".»

«Non lo definirei proprio un amico. Direi piuttosto un conoscente. Un ex compagno di corso di quando ho iniziato Giurisprudenza negli anni Ottanta.»

«E lui non accede abusivamente ai sistemi informatici?»

«I parafanghi accedevano a qualsiasi dato automobilistico prima ancora che i sistemi informatici venissero inventati. Nel labirinto della burocrazia, loro riescono sempre a trovare un percorso ai limiti della legge e, quando lo trovano, lo serbano nel segreto con una cura maniacale: è questa la loro forza.»

«E, nel caso in futuro dovessi occuparmi di questioni "stradali", mi daresti il nome di questo tuo conoscente?»

«Orfeo Gurgone. Ma se per caso devi andare nel suo studio ti consiglio di indossare una tuta da palombaro: la "Piovra" è solo uno dei suoi soprannomi, e non ha niente a che vedere con la mafia.»

Gli altri nomignoli erano "El Gordo", per il suo fisico non proprio atletico, "Chernobyl", per l'alito radioattivo, e "Rexona", in funzione antifrastica, per le grandi chiazze scure che si aprivano sotto le sue ascelle quando la temperatura ambientale superava i diciotto gradi centigradi. Per l'arredamento del suo studio aveva scelto lo stile minimalista delle agenzie di pratiche auto degli anni Settanta: classificatori in metallo, scaffali in metallo, cassettiere in metallo e scrivania pure quella in metallo, ma con il ripiano in Skai marrone. Orfeo Gurgone era uno di quelli che quando parlavano con un collega lo prendevano sottobraccio, come se quel colloquio fosse il preludio di una qualche cospirazione, e questo rendeva ancora più evidenti i piccoli difetti dai quali erano nati i suoi molti appellativi. L'ultima occasione in cui Giacomo Meroni aveva dovuto subire quella tortura era stata una cena organizzata da qualche Rotary o Lions alla quale lui aveva partecipato *obtorto collo* e nella quale El Gordo, perfettamente a suo agio, lo aveva voluto come compagno nel saccheggio del buffet. Era anche stata la volta in cui si erano scambiati i numeri di telefono.

Giacomo recuperò quello di Gurgone dalla rubrica del cellulare e schiacciò il tasto di avvio chiamata.

Uno squillo. Due squilli. Tre squilli.

«Meroni carissimo! È un vero piacere sentirti. A cosa devo l'onore di una tua chiamata?»

Frasi di circostanza e domande pleonastiche: i parafanghi sapevano benissimo cosa volevano da loro i colleghi quando, vincendo un'aristocratica e forse anche un po' spocchiosa ripugnanza, si decidevano a comporre il loro numero. Giacomo sapeva che non bisognava abboccare, che era necessario protrarre per un po' il rituale di corteggiamento.

«Ti sento benissimo, caro Gurgone, hai la voce di uno a cui gli affari vanno a gonfie vele.»

"A gonfie vele" ripeté mentalmente Giacomo. "A

gonfie vele", "col vento in poppa", "liscio come l'olio": quante altre frasi fatte avrebbe dovuto snocciolare prima di giungere al punto?

In effetti ne snocciolò parecchie, poi, quasi con noncuranza, buttò lì: «Secondo te quante Bimota Tesi 3D Race Cafe del 2016 ci sono in provincia di Aosta?».

L'altro, volgare e maneggione, ma per nulla stupido, non girò intorno alla questione: «Dammi un paio di giorni e ti mando il nome dei proprietari, anche se, secondo me, visto il tipo di moto, di proprietario ce n'è uno solo. Anzi, io avrei detto neanche uno, ma visto che mi chiedi questa informazione, almeno uno ci sarà».

«Grazie Orfeo, sei un amico.»

Lo aveva chiamato con il nome di battesimo e lo aveva definito "amico": un finale previsto dal copione.

«Figurati, Giacomo. Sono sempre a tua disposizione e spero che la cosa non sia reciproca, perché avere bisogno del penalista, tu m'insegni, non è proprio il massimo della vita.»

Il che, tradotto, significava: trova un modo per sdebitarti.

Quando la comunicazione si chiuse, Giulia, che era riuscita ad ascoltare la conversazione, fece una smorfia divertita.

«Forse con uno così non basta neppure lo scafandro.»

«Ma intanto sono certo che ci darà ciò che ci serve.»

«D'accordo. Ma quando scopriremo chi è stato a procurare al PM il DNA di Corbini, lui sarà meno colpevole?»

20

16 marzo 2018. Ore 9

Com'era inevitabile, il silenzio stampa fu rotto il giorno in cui la Corte d'assise fissò la data di inizio del processo: il 23 aprile, dunque dopo poco più di un mese. I prodigi del rito immediato: quando voleva, anche la Giustizia italiana abbandonava la sua andatura da tartaruga e si metteva al passo con Achille. Giacomo, scherzando assieme a Giulia mentre sgranocchiavano i biscotti di Clelia, immaginò il febbrile lavoro d'archivio nelle redazioni e gli estenuanti brainstorming per riuscire a trovare titoli di originalità assoluta quali: "Svolta nelle indagini sul delitto della cascina", "Colpo di scena nel processo per l'uccisione di Antonella Bettini" o, per le testate più sbrigative e forcaiole, "Dopo trent'anni, rinviato a giudizio l'assassino di Antonella Bettini" e "Ha finalmente un nome il mostro della cascina".

Non era quello il giorno per andare a leggere i quotidiani al bar Mocambo di corso Francia.

Insieme alla data del dibattimento era giunta in studio anche la lista dei giudici popolari.

Negli anni della sua adolescenza, Giacomo aveva sentito mille volte, per bocca di suo padre, il racconto delle scene di disperazione che si svolgevano nelle case quando il messo comunale consegnava a qualcuno l'atto nel quale si annunciava che la Signoria Vostra era stata estratta a sorte, tra mille e mille candidati, per fare da giudice a un processo contro le Brigate Rosse, contro i NAR o contro questa o quella banda di rapitori. Ricordava la paura che suo padre diceva di leggere sul volto di quelli che venivano chiamati a "svolgere l'alto ufficio di giudice popolare".

«Tu hai un'idea» chiese a un certo punto a Giulia «di quanta paura avessero i giudici popolari ai tempi del terrorismo?»

«Posso immaginarlo. Nel corso di Procedura penale, all'università, la professoressa ci ha parlato della svolta di Adelaide Aglietta...»

Giacomo non la lasciò terminare. Si alzò e dalla libreria prese un volume che mostrava tutti i segni dei suoi quarant'anni. La copertina recitava: *Diario di una giurata popolare al processo delle brigate rosse*, di Adelaide Aglietta. Saltò la prefazione, che era di Leonardo Sciascia, e prese a leggere ad alta voce il primo capitolo, intitolato "Il coraggio della paura".

«Dalla dichiarazione di Adelaide Aglietta, allora segretaria nazionale del Partito radicale, resa in data 4 marzo 1978: "Sono stata sorteggiata – almeno così pare – come giurata al processo di Torino. Penso che sia la prima volta che il massimo esponente di un partito si trovi di fronte a questa evenienza, non solamente nella nostra storia nazionale... Non ho quindi avuto esitazioni nel comprendere quel che dovevo fare. Come tutti, come donna, come madre, ho avuto e potrò avere momenti di dubbio e di paura per me, per le mie figlie, per i miei compagni, per gli altri. Penso che il coraggio consista nel superare la paura, non nel non provarla. Penso che il coraggio della paura sia meritevole e doveroso dinanzi alla morte che una società sempre più basata sull'equilibrio instabile del terrore militare e nucleare prepara e impone: come dinanzi ad ogni morte. Anche per questo per noi e per me la vita è sacra, a cominciare da quella degli altri, così come la libertà e la giustizia... Intendo dunque, da questo momento, comportarmi come possibile giurata del processo di Torino. Non intendo quindi esprimere opinioni in merito; anzi, per l'esattezza, se ne ho avute, non ne ho più. Ho radicato in me il dovere costituzionale e morale di presumere la non colpevolezza degli imputati, di contribuire ad assicurare loro la più piena possibilità di difesa, di ricercare processualmente la verità e, in coscienza, di giudicare. Mi sia consentito di rivolgere a tutti un appello contro la paura, contro la violenza, contro la rassegnazione a vivere la violenza assassina sia essa quella del potere o di chiunque altro. Rifiuto di ritenere in pericolo la mia vita e quella di chiunque altro per il solo fatto che si compia un dovere di coscienza".»

Richiuse il libro e guardò la praticante. «Capisci com'era il clima? Poteva capitare che fossero i cittadini a insegnare la giustizia a giudici e avvocati. Adesso i tempi sono cambiati, ma ogni penalista sa che per iniziare un processo col piede giusto bisogna cercare di farsi l'idea più precisa possibile di chi siano i giudici popolari. Devi capire le loro sensibilità, le loro passioni...»

«E anche i loro scheletri nell'armadio» lo interruppe lei.

«Questo, come al solito, capita nei film americani. In linea di massima noi non cerchiamo di mettere in difficoltà un giudice spiegando a tutti che ha fatto le corna alla moglie o che ha avuto un incidente stradale con colpa vent'anni prima. Diciamo che siamo un po' più sobri.»

«Ma allora a cosa ci serve conoscere i giudici popolari?»

«Ci serve per provare a parlare la loro lingua. Se una è della Lega antivivisezione, la impressioniamo con esempi sugli animali; se uno è un latinista cerchiamo, quantomeno, di non fare figuracce se citiamo Cicerone. Quindi...»

«Quindi mi prendo l'elenco dei giudici popolari e inizio a cercare informazioni su di loro.»

«E ritieniti fortunata: adesso lo puoi fare da casa tua, comodamente seduta davanti al tuo computer. Una volta...»

La praticante lo interruppe di nuovo, in una sorta di frenesia: «Una volta avrei dovuto fare l'annusapatte».

Da quando Rossana le aveva consigliato i romanzi di Manuel Vázquez Montalbán, Giulia aveva preso a esprimersi come un rapinatore catalano.

21

21 marzo 2018. Ore 8

Come primo giorno di primavera faceva abbastanza schifo: la temperatura era di poco sopra lo zero e l'umidità si condensava in goccioline, una pioggia sottile che gli bagnava il volto e i capelli. Maledetta ostinazione ecologica: quello non era tempo da bici. Arrivato in studio dovette asciugarsi come se fosse appena uscito dalla doccia, con Clelia che insisteva perché bevesse un latte caldo, col miele. Forse, con un po' di rum lo avrebbe accettato, anche alle otto del mattino, tanto per fare la colazione del vecchio marinaio, ma poiché il rum non c'era e il miele lo nauseava, assecondò le ansie dell'anziana segretaria prendendo un tè bollente.

Alle 8.30, puntuale come gli uffici della motorizzazione civile, il nome Orfeo Gurgone, il Parafango, si accese sul display del suo cellulare.

«Buongiorno Orfeo, grazie per avermi chiamato.»

«Figurati. È un piacere. Però trovare il proprietario della Bimota non è stato affatto facile.»

Avrebbe detto la stessa cosa anche se gli avesse chiesto a chi apparteneva la Papamobile: più complessa era la ricerca, più alto il debito.

«Allora ti ringrazio doppiamente» lo assecondò Giacomo.

«Si chiama Antonio Ferrari. Strada delle Volpi 5, Courmayeur. È nato il 28 agosto 1985 a Lavena Ponte Tresa, in provincia di Varese. Non chiedermi numeri di telefono o mail, perché quelli proprio non sono riuscito a procurarmeli.»

«Non te li chiedo. Però se hai il numero della targa me lo annoto volentieri.»

Il Parafango glielo diede e, dopo inutili promesse di vedersi, la conversazione si chiuse.

Antonio Ferrari. Porca di quella miseria ladra! Non poteva arrivargli una botta di fortuna? Non poteva capitargli uno di quei nomi che con una semplice ricerca su Google associ a una e una sola persona? Roba tipo Amilcare Digiuseppantoniomaria o Giangioachino Sturlese. Invece il ladro di cucchiaini aveva un nome comune quasi quanto quello del PM: cos'era? La congiura degli uomini qualunque? Anche se uno tanto qualunque questo Antonio Ferrari non doveva esserlo: moto da quarantamila euro e residenza a Courmayeur, non proprio roba alla portata di tutti. Uno così non ruba un cucchiaino: se proprio lo vuole per la sua collezione si compra l'azienda che lo fabbrica. E poi, pur sapendo che se Giulia lo avesse sorpreso a ragionare in quel modo lo avrebbe tacciato di machismo, collezionare cucchiaini è più un vezzo da vecchie signore che da motociclisti trentacinquenni.

Però, a pensarci bene, la fortuna non gli aveva voltato del tutto le spalle. Assegnato alla stazione dei carabinieri di Courmayeur c'era ancora un ex collega col quale aveva collaborato nel 1999 in un'operazione antidroga e che poi aveva rivisto in due o tre occasioni, quando le gare di Rossana lo portavano a sciare all'ombra del monte Bianco. Lo chiamò e, con spirito ben diverso da quello con cui aveva affrontato i convenevoli con l'avvocato Gurgone, dedicò i primi cinque minuti a saluti e scambi di informazioni su familiari e vecchi amici comuni.

«Devo chiederti un favore: conosci per caso uno che si chiama Antonio Ferrari e abita in Strada delle Volpi 5?»

«Sono sicuro al novantanove per cento che non è uno del paese.»

Aveva sposato una del posto, una bella donna, soda e robusta come una pastora d'altri tempi, una che di cognome faceva Ottoz, o Pechoz o Villermoz; in sostanza una che poteva recitare a memoria il dizionario biografico di chiunque fosse vissuto stabilmente a Courmayeur dal 1928: se Ferrari fosse stato tra quelli, lei lo avrebbe saputo, e il marito anche.

«Sicuramente è uno di fuori. Non sai quanti prendono la residenza qui per non pagare le tasse sulla seconda casa. Si sono addirittura attrezzati per spedirsi la corrispondenza l'uno con l'altro. Fanno dei gruppi e se uno viene su raccoglie la posta nelle cassette degli altri, butta via le pubblicità e rispedisce al vero domicilio le lettere che contano. Per le raccomandate si fanno le procure e le ritirano all'ufficio postale. Perché ti serve questo tizio?»

Non era il caso di essere evasivi, ma neanche del tutto sinceri. Meglio non ventilare l'ipotesi che avesse aiutato un PM in un'inchiesta illegale.

«Vorrei chiamarlo a testimoniare, ma prima vorrei capire che tipo è.»

«Io un giro a casa sua lo faccio, ma non ti garantisco niente.»

«Grazie. E chissà che prima della chiusura impianti non veniamo dalle tue parti.»

«Io e Corinne vi aspettiamo.»

Chiuse la telefonata e uscì dal suo ufficio per dirigersi al bagno, ma giunto al bancone dell'ingresso dovette arrestarsi per assistere, tra il divertito e l'intenerito, a una scena sorprendente: Giulia, la ribelle e indomabile Giulia, sedeva su una poltroncina girevole con una tazza fumante in mano, mentre Clelia, armata di un telo-spugna conservato chissà dove e chissà perché, le asciugava i capelli e il collo come avrebbe fatto con una scolaretta.

«Buon inizio di primavera. È toccata anche a me» la salutò Giacomo.

Giulia si voltò interrogativa verso la segretaria.

«Esageruma nen» proruppe Clelia in piemontese. «All'avvocato ci ho solo dato una tazza di tè, mica l'ho asciugato. È grande e grosso, lui!»

«Intendevo che è toccata anche a me la lavata. Io però ero in bici, tu almeno avresti potuto ripararti sotto un ombrello.»

Lei gli regalò uno sguardo eloquente: l'ombrello è roba da vecchi.

«Passa da me tra dieci minuti. Ci sono sviluppi.»

«Hai trovato il proprietario della moto?» gli chiese Giulia sedendosi davanti a lui.

«Il "parafanghi" mi ha consegnato un nome e poco

più: Antonio Ferrari. È nato il 28 agosto 1985 a Lavena Ponte Tresa e ha la residenza a Courmayeur, ma probabilmente quella di Courmayeur è solo la seconda casa. Ho chiesto a un mio ex collega di fare qualche ricerca in loco, ma non mi aspetto niente di particolarmente significativo.»

«In internet si trova qualcosa?»

«Digitando "Antonio Ferrari Courmayeur"?»

«Ad esempio.»

Giacomo si tolse lo sfizio di farlo. Un secondo dopo aveva la risposta: «Più di trecentomila risultati. Ci sono quelli che ti affittano una Ferrari per andare a fare il figo a Courmayeur, quelli che hanno bevuto dello spumante Ferrari in un ristorante sulle piste, quelli che...».

«Basta, ho capito.»

«Sono convinto che il nostro Antonio Ferrari sia il "braccio armato" di Mario Rossi, ma non è che combinando i due nomi in Google otteniamo qualcosa. Prova invece a fare qualche ricerca incrociando Ferrari e Soffiantino.»

«Ti sei convinto che il nostro ex militare, nonché picchiatore di mogli, possa essere una buona pista?»

«No. Ma non voglio lasciare niente di intentato.»

In quel momento il telefonino di Giacomo squillò. Il numero non era in rubrica, ma iniziava con il prefisso 0165.

La chiamata durò pochissimo: da Courmayeur nessuna indicazione. L'appartamento di Antonio Ferrari era chiuso, nessuno rispondeva al citofono e, tra i pochi vicini presenti nel palazzo, nessuno ricordava di averlo visto. Di tanto in tanto, aveva detto uno di loro, là dove avrebbe dovuto abitare Ferrari si vedevano dei turisti inglesi che probabilmente affittavano via internet.

«Cosa facciamo?» gli chiese la praticante.

«In teoria non possiamo fare niente. Uno ha tutto il diritto di non essere in casa, di essere all'estero per lavoro o di essere ospite di un'amante. Non puoi mica chiedere alla polizia di rintracciare qualcuno perché ha tentato di rubare un cucchiaino e poi lo ha pagato venti euro!»

«Un vicolo cieco?»

«Non del tutto. Posso convocarlo come testimone, a condizione che anche il barista accetti di testimoniare. Il fatto è che, se non riesco a collegare Ferrari a qualcuno che sia implicato in questa faccenda, tutto ciò che posso ricavare dal confronto in aula col barista è, ancora una volta, un tentato furto di cucchiaino. Non so bene come muovermi.»

«Ti lascio pensare e vado di là a vedere se tra gli amici Facebook di Soffiantino c'è questo Antonio Ferrari.»

Giacomo avrebbe voluto replicare e ripeterle che la vita e i social sono due cose diverse, ma, in tutta onestà, dovette ammettere con se stesso che in mano non avevano altro.

Meditò a lungo sulla convocazione dei testimoni. Quella di Ferrari avrebbe richiesto solo qualche passaggio burocratico. Con il barista, la situazione si faceva più complicata. Il delizioso siparietto con Rossana aveva funzionato, così come aveva funzionato la balla dell'incidente stradale, ma ora quella messinscena doveva finire e Giacomo non aveva nessuna voglia di andare al bar Mocambo e dire ai titolari "Scusate, vi ho preso per il culo".

Non aveva voglia, ma doveva farlo, così, trincerandosi ipocritamente dietro la scusa della pioggia che gli impediva di muoversi in bicicletta, riprese il telefono e chiamò l'uomo che una settimana prima gli aveva raccontato l'episodio del cucchiaino.

«Buongiorno signor Bossoli, sono l'avvocato Meroni. Si ricorda di me? Ci siamo sentiti a proposito dell'ingegner Corbini.»

Fece una pausa, pronto a ricevere un fiume di improperi, invece dall'altra parte giunsero parole di autentica preoccupazione: «Non mi dirà mica che il povero ingegnere è morto?».

«Perché dovrebbe essere morto?»

«Per l'incidente. Mi ha detto lei che era in coma.»

Beata ignoranza! Beata gente che non leggeva i giornali e non ascoltava i notiziari!

«Ha ragione, signor Bossoli, ma le cose non stanno esattamente così. Ho dovuto raccontarle quella storia perché non potevo violare il segreto istruttorio, ma...»

E introdusse una nuova pausa per assicurarsi che la misteriosa formula "segreto istruttorio", usata del tutto a sproposito, sortisse il suo effetto e lo facesse apparire, agli occhi del barista, come una specie di agente speciale, non quel maldestro mistificatore che era.

«Capisco» rispose l'altro. E Giacomo, rassicurato da tanta ingenuità, riassunse per sommi capi la vicenda. Quando il barista, dopo averlo ascoltato per cinque minuti buoni, si lasciò sfuggire un "non è possibile", lui ebbe la conferma di aver trovato il testimone giusto.

«Riceverà una raccomandata» gli spiegò con tono amichevole, «nella quale io le chiedo di recarsi presso il mio ufficio per indagini difensive. Lei verrà qui e verbalizzeremo le sue dichiarazioni nei modi previsti dal codice di procedura penale. Poi verrà chiamato a deporre anche in tribunale.»

«Certo, non c'è problema. Se tutto questo serve a scagionare il povero ingegnere, lo faccio volentieri.»

Incidente o non incidente, coma o non coma, per Vincenzo Bossoli, barista del bar Mocambo di corso Francia, Corbini rimaneva sempre il "povero" ingegnere. Forse, si disse Giacomo, anche lui avrebbe dovuto vederlo così, come un povero Cristo stritolato dalla vita, un innocente incastrato dai malvagi. Ma non ci riusciva.

22

23 aprile 2018. Ore 9

Una delle tante cose alle quali Giacomo non riusciva ad abituarsi, malgrado gli anni di professione fossero ormai molti, era l'inizio di un processo importante. Ogni volta era come se lo chiamassero di nuovo a passare l'esame da procuratore legale, ogni volta era come se ci fosse in gioco la sua reputazione. Invidiava i colleghi che trascorrevano la vigilia della prima udienza come una sera qualsiasi, che magari giocavano a tennis con gli amici o portavano al cinema la famiglia. Lui la viveva con lo stomaco chiuso, con un senso di nausea che lo obbligava a mangiare solo lo stretto indispensabile per non crollare. Aveva avuto reazioni simili anche da carabiniere, nell'attesa che scattasse qualche operazione pianificata da lungo tempo, ma l'angoscia del prima era compensata dall'eccitazione del dopo, dall'azione, da quella che tutti ormai, con locuzione abusata, chiamavano "la scarica di adrenalina". O forse la differenza stava solo nel fatto che, in un'operazione da carabiniere, la vita in gioco era la sua; nel processo invece era il cliente a essere in pericolo: lui, in un modo o in un altro, ne sarebbe sempre venuto fuori, e questa certezza, paradossalmente, lo caricava di angoscia.

Fu dunque un Giacomo Meroni malmostoso e cupo quello che si presentò in aula nel primo giorno del processo contro Riccardo Corbini. Aveva trascorso l'ultimo mese a rivedere le carte, a spulciare tra i suoi appunti, a porsi domande e a darsi risposte che un minuto dopo gli sembravano inconsistenti. Al contrario, pareva che quel mattino il pubblico ministero Mario Rossi fosse stato invitato a una festa e dispensava sorrisi a distanza ai giornalisti che rumoreggiavano nelle ultime file. Sembrava voler dire: "Ce la sbrighiamo in fretta e poi andiamo tutti a bere un aperitivo, offro io".

D'improvviso tutti fecero silenzio; un silenzio di rispetto, ma anche di curiosità, un silenzio attento. Nel corridoio centrale, preceduti dall'avvocato di parte civile, sfilarono Livio Bettini e Rosalba Turri in Bettini, i genitori di Antonella. Gli sguardi dei presenti li accompagnarono fino a che non si sedettero nei posti loro assegnati. Sul soffitto dell'aula si addensò un'invisibile nuvola di pietà e di compassione, una nuvola temporalesca che un attimo dopo, all'ingresso dell'imputato, esplose in un tuono sordo e rimbombante, in un suono tetro di condanna. Corbini prese posto vicino a Giacomo e lui sentì che gli sguardi che prima avevano accarezzato i due anziani genitori della vittima adesso erano puntati sulle loro schiene, sulla sua, su quella del suo cliente e su quella di Giulia, e non erano più carezze, ma stilettate: l'opinione pubblica, alla cui pancia i quotidiani cittadini avevano parlato parecchio nelle ultime settimane, aveva già emesso la propria sentenza e i suoi strali non facevano troppe distinzioni tra l'imputato e il suo difensore.

Preceduta dal suono di una campanella elettrica che a Giacomo ricordava sempre quella della scuola, per ultima entrò la Corte. E fu come se un piccolo gregge avesse fatto irruzione in uno spazio ignoto. I sei giudici popolari guardarono l'aula con smarrimento e, al tempo stesso, con la consapevolezza che quello smarrimento era fuori luogo: loro erano i giudici e i giudici sanno sempre cosa fare. In realtà gli unici a sapere davvero cosa fare erano i magistrati togati: il presidente si accomodò dietro al lungo banco della giuria, nella posizione centrale, e accanto a lui, inevitabilmente, il giudice a latere. Il cancelliere invece attese un istante prima di mettersi a sedere e, con benevolenza, riportò l'ordine tra le pecorelle smarrite, indicando a ciascuna il suo posto dietro al banco. Infine anche lui si sistemò e a quel punto il quadro fu completo: un'ultima cena leonardesca, ma in formato *tableau vivant*. Un'ultima cena in cui la differenza di rango tra i convitati era chiara fin dal primo sguardo: i tre più importanti indossavano la toga nera, con i cordoni e quel buffo bavaglino che, in gergo, chissà perché, si chiamava "pazienza"; gli altri avevano una fascia tricolore, come tanti sindaci in un convegno sulle amministrazioni locali.

Quando la Corte si fu seduta, l'aula poté imitarla e, lentamente, pachidermicamente, il processo prese avvio con la costituzione di parte civile da parte della sorella e dei genitori di Antonella Bettini, e proseguì con le richieste di prova.

L'ingresso del primo testimone ebbe sul pubblico lo stesso effetto che, all'Opera, ha l'entrata in scena, dopo una lunga ouverture dell'orchestra, se non proprio del tenore, almeno di un baritono in funzione di comprimario.

Il colonnello Livolsi, dei Ris di Parma, salì sul banco dei testimoni con la sicurezza che si confaceva al suo grado e con la disinvoltura di chi compie un gesto abituale.

Il pubblico ministero si alzò in piedi, e contemporaneamente, sul grande schermo alle spalle del presidente apparve l'immagine di un fazzolettino di carta appallottolato e custodito dentro una busta di plastica trasparente sul cui bordo erano riportate alcune sigle per la classificazione della prova.

«Signor colonnello, sebbene i risultati delle analisi dei Ris siano già note alle parti, le chiederei di riassumere brevemente in questa sede il tipo di esami che sono stati condotti su questo reperto e quali esiti essi hanno fornito.»

L'altro, con vezzo attoriale, si schiarì la voce e cominciò: «Siamo partiti dalle risultanze delle analisi condotte nel 1984, durante le prime indagini sull'uccisione di Antonella Bettini. Dette analisi avevano rilevato la presenza, nel fazzolettino, di liquido seminale e di alcuni peli pubici. All'epoca le conoscenze nel campo della genetica non consentivano di collegare questi elementi a una qualsivoglia identità. Fortunatamente il reperto si è mantenuto in ottimo stato di conservazione e abbiamo potuto procedere all'esame del DNA tanto sul fluido spermatico quanto sui peli, e il risultato è stato identico».

«Una volta ottenuto il codice genetico della persona che aveva utilizzato il fazzoletto lo avete comparato con quello di Riccardo Corbini, che qui compare in veste di imputato. Lo conferma?»

«Esatto. E i risultati mostrano che il DNA ricavato dal reperto rinvenuto sulla scena del delitto e quello ottenuto dal campione ematico fornito dal Corbini durante un controllo di polizia coincidono al di là di ogni ragionevole dubbio.»

«Al di là di ogni ragionevole dubbio» ripeté Mario Rossi. La mimica era quella di chi riflette tra sé, ma il tono della voce, forte e sicuro, era studiato perché quelle parole si imprimessero in profondità nella mente dei giurati. Poi, dopo aver pronunciato quella frase ancora un paio di volte, aggiunse che non aveva niente da aggiungere. Il messaggio che lanciava era chiaro: se non c'è niente da aggiungere è perché la colpevolezza dell'imputato non è in discussione.

Quando il presidente passò la parola a Giacomo, lui, utilizzando lo stesso edificio retorico del suo avversario, partì proprio dalla frase finale del teste.

«Al di là di ogni ragionevole dubbio si situa la coincidenza dei codici genetici, non certo la colpevolezza del mio cliente, e neppure la sua stessa presenza sulla scena del delitto. Mi perdoni, colonnello, se potrò apparirle pedante, ma lei ha detto che il reperto, cioè il fazzolettino, è stato rinvenuto, cito le sue parole, "sulla scena del delitto". Ora, noi tutti sappiamo che la scena del delitto e il luogo del delitto sono due concetti ben distinti. Possiamo dire, ad esempio, che largo di Torre Argentina a Roma, dove un tempo si trovava la Curia di Pompeo, è il luogo in cui è stato ucciso Giulio Cesare, ma non possiamo dire che quella è una scena del crimine. Lo è stata, ma adesso non lo è più. Una scena del crimine non è solo uno spazio delimitato, ma anche un tempo circoscritto. Mi perdoni per questo lungo preambolo, ma la domanda è semplice: è sicuro che il fazzolettino è stato utilizzato dal mio cliente, ma è altrettanto sicuro, al di là di ogni ragionevole dubbio, che l'utilizzo è avvenuto quella stessa sera? Che è avvenuto nell'esatta circostanza dello stupro e dell'uccisione della povera Antonella Bettini?»

Il colonnello Livolsi soppesò la risposta, poi ammise: «No, non ci sono prove che attestino il collegamento diretto del reperto con il delitto».

Un mormorio strisciò per l'aula e raggiunse persino gli scranni dei giudici popolari.

Giacomo incassò il breve successo e proseguì: «Non vorrei peccare di superbia dicendo di immaginare cosa passa ora nella mente dei giudici, ma credo che molti di loro stiano pensando che la presenza casuale di un fazzolettino sporco di sperma nel luogo dove è stato commesso uno stupro sarebbe una coincidenza davvero eccezionale».

Pausa. Giacomo alzò lo sguardo sui giurati: alcuni di loro, quasi inconsciamente, annuivano.

«Posso però rassicurare tutti: il fatto che quel fazzolettino fosse là non è certo un caso. Il fienile dove la vittima è stata barbaramente uccisa era già stato utilizzato più volte, durante altre feste tenute in quella stessa cascina, come luogo di intimità per le coppiette.»

«Avvocato Meroni» intervenne il presidente, «non è ancora il momento della sua arringa: se deve porre delle domande al teste lo faccia, altrimenti lasciamo il colonnello ai suoi doveri di servizio e passiamo al teste successivo.»

«Mi scusi, presidente, pongo subito una domanda. Colonnello, quali elementi avrebbero dovuto esserci per permetterci di affermare che il reperto era in relazione tanto con il mio cliente quanto con il delitto?»

«Se, ad esempio, si fossero trovati fluidi organici o cellule epiteliali o una qualunque traccia di DNA della vittima, il collegamento sarebbe stato certo.»

«Ed è stata trovata una qualunque traccia di DNA di Antonella Bettini?»

«No.»

«Se io dico che il mio cliente ha avuto un rapporto sessuale in quello stesso fienile, ma con un'altra donna e in una data precedente a quella del delitto e che ha abbandonato il fazzolettino in quell'occasione, esistono delle prove scientifiche che possono smentirmi?»

«No.»

«E se mi spingessi a ipotizzare che qualcun altro potrebbe aver messo quel reperto in bell'evidenza per farlo ritrovare proprio dopo il delitto e depistare così le indagini? Se, per ipotesi, l'assassino avesse visto quel fazzoletto a terra e lo avesse fatto ritrovare?»

Il volto del colonnello Livolsi si aprì in un sorriso che, senza essere apertamente beffardo, non nascondeva un certo compiacimento.

«Avvocato, si ricordi che stiamo parlando degli anni Ottanta. La gente non sapeva neppure cos'era il DNA. Per depistare le indagini si mettevano a bella posta mozziconi di sigarette con impronte labiali, oggetti con sopra stampate le impronte digitali delle persone che si volevano incastrare, non certo dei fazzolettini di carta sporchi: come vede lei stesso, ci sono voluti più di trent'anni per risalire alla persona che aveva utilizzato quel fazzoletto.»

Un autogol, un maledetto autogol. Come gli era saltato in testa di ventilare l'ipotesi del depistaggio? Doveva fermarsi prima. Un attimo prima e il principale testimone dell'accusa sarebbe uscito di scena circondato da un alone di incertezza, così invece usciva trionfante. Si diede del coglione un'infinità di volte e, ad alta voce, disse che non aveva altre domande da porre.

Il colonnello uscì e fu la volta dei compagni di scuola. Ad aprire la lista redatta dal pubblico ministero fu Marta Grandi, la proprietaria della cascina.

Giacomo ricordò che Corbini l'aveva definita "una persona gentile" e notò che quella gentilezza era emersa da ognuno dei movimenti che la donna aveva fatto per avvicinarsi e sedersi sulla sedia riservata ai testimoni, così come traspariva dal sorriso mesto e misurato che le illuminava il volto; una gentilezza che non pareva affettazione, bensì autentica disposizione d'animo.

«Signora Grandi» iniziò il PM, «so che nel chiederle di rievocare i fatti di quella tragica sera del 17 giugno 1984 apro una ferita dolorosa, tanto più che i suoi genitori, che assieme a lei scoprirono il corpo di Antonella Bettini, sono scomparsi di recente e a poca distanza l'uno dall'altra. Cercherò di limitarmi allo stretto indispensabile, agli elementi che davvero servono a questa Corte per formulare un giudizio sull'imputato. Eviterò, se possibile, di infliggere a lei, agli altri testimoni e alla

Corte le immagini scioccanti che vennero scattate dalla polizia scientifica dopo il ritrovamento del cadavere.»

Il mormorio dei giornalisti fu di disapprovazione e anche una parte del pubblico, vedendosi privata di uno spettacolo macabro che già assaporava, mostrò il suo scarso apprezzamento. Al contrario i giurati, rinnovando il loro muto annuire da cagnolini di peluche con la testa oscillante, inviarono al magistrato un messaggio di gratitudine, e Giacomo fu costretto ad ammettere che quella di Mario Rossi era stata una buona mossa: evitando le fotografie più cruente si accreditava presso i giudici come uomo del buon senso e dell'equilibrio.

«D'altro canto la dinamica dell'uccisione e del precedente stupro è ormai chiarita e non v'è nulla in Riccardo Corbini, parlo di menomazioni o simili, che gli impedisse di compiere tali atti. La vera questione è un'altra, la vera questione riguarda la presenza o meno del Corbini alla cascina la sera della festa. Se, durante le precedenti indagini, l'imputato non è mai stato indagato è solo perché si è sempre dato per scontato il fatto che lui quella sera non ci fosse. Ma davvero è così? Signora Grandi, lei è certa di non aver visto il suo compagno di classe Riccardo Corbini alla festa quella sera?»

«Sì, sono certa.»

«È certa di non averlo visto o non ricorda di averlo visto? Tra le due possibilità c'è una sfumatura molto importante.»

«Ripeto che sono certa di non averlo visto. Ricordo benissimo che non fummo teneri con gli assenti: era l'ultima cena di classe prima della maturità e non esserci era una specie di tradimento. Riccardo era tra i traditori, e ne parlammo.»

«Benissimo. Mi permetta ora di mostrarle un'immagine.»

Sullo schermo apparve una fotografia satellitare della cascina e delle zone circostanti.

«La cascina di sua proprietà è collocata sulla sommità di una collina. L'ingresso principale è collocato sul lato sud e consiste in un cancello e in un lungo viale in salita che arriva fino a quella che una volta era l'aia. Quel viale consente il passaggio delle auto?»

«Certo, è quello che utilizziamo sempre con le nostre automobili.»

«E allora perché, stando alle testimonianze raccolte allora, le auto degli ospiti vennero parcheggiate nello spiazzo prima del cancello?»

«Perché in cortile avevamo allestito i tavoli e lo spazio per ballare; se fossero saliti con le macchine non avrebbero saputo dove parcheggiarle. Il viale poi è troppo stretto: un'auto parcheggiata non permetterebbe alle altre di passare.»

Mario Rossi posò la mano sul mouse e ingrandì al massimo l'immagine.

«Sul lato nord però si vede un'altra strada, sterrata, che giunge fin quasi alla cascina. Anche quella è percorribile?»

«Sì, ma è davvero molto ripida ed è ancora più stretta del viale.»

«Però un'auto piccola potrebbe passarci. Parlo di un'utilitaria dell'epoca, di una A112, ad esempio.»

«In famiglia non abbiamo mai avuto la A112» fece lei disorientata.

«Voi no. Ma Riccardo Corbini ne possedeva una; lei è certa di non aver visto quella sera una A112 color senape sulla strada secondaria?»

«Quella strada non è visibile dal cortile, bisogna scendere un po' per poter vedere se ci sono macchine lì e io non mi sono mai allontanata dalla tavolata o dal posto dove abbiamo ballato.»

«Ecco. Veniamo al ballo. Se avete ballato ci sarà stata della musica, e immagino che il volume non sarà stato bassissimo.»

«Una delle ragioni per cui facevamo le feste alla cascina era proprio quella: potevamo tenere la musica al massimo senza disturbare nessuno.»

«Quindi se un'auto avesse risalito la strada secondaria, voi non l'avreste sentita arrivare.»

Marta Grandi sorrise ancora. «Non l'avremmo sentita neanche se fosse arrivata nell'aia.»

La strada secondaria, la A112 color senape. Maledetto mestiere, quello del difensore: sempre un passo indietro, sempre a chiederti se l'accusa è a conoscenza di qualche dettaglio che tu non sai!

«Adesso vorrei che si concentrasse su quest'altra immagine.»

Ritraeva un edificio rurale: il famoso fienile.

«È qui che è avvenuto lo stupro e l'omicidio di Antonella Bettini. Questo fienile fa parte del corpo principale della cascina?»

«No. Si trova un po' più in basso, verso il cancello principale, a una quarantina di metri dal vialetto. Ci si arriva attraverso un sentiero.»

«E se, poniamo, qualcuno lasciasse l'auto sulla strada secondaria, potrebbe raggiungere il fienile senza essere visto da chi si trova in cortile?»

«Sì, il sentiero gira intorno alla collina.»

«Grazie, per me è tutto.»

La strategia del pubblico ministero era abbastanza chiara e, peraltro, era l'unica possibile: avanzare l'ipotesi che Corbini si fosse intrufolato di nascosto nella cascina. Un'ipotesi, niente più, ma che unita al fazzolettino apriva lo scenario ideale per la teoria dell'accusa. Giacomo doveva spezzare quell'unione.

«Anch'io, signora Grandi, cercherò di rendere il meno penoso possibile lo sforzo di ricordare; le porrò domande brevi e precise. La prima è questa: Riccardo Corbini ha partecipato a feste precedenti a quella in cui è avvenuto l'omicidio?»

«Sì. Mi pare due volte, ma di una sono sicura: è stato per il mio compleanno, il 14 aprile.»

«Seconda domanda: era normale per le coppiette appartarsi nel fienile?»

L'espressione della teste si fece un po' stupita, ma poi rispose senza troppe esitazioni: «I maschi della nostra classe erano solo quattro, quindi non è che potessero formarsi molte coppiette. Però credo che qualcosa nel fienile sia capitato. Almeno così si vociferava».

«E quelle voci parlavano per caso anche di una relazione tra Riccardo Corbini e Sabrina Frassati?»

«Non ricordo di aver mai sentito parlare di loro come di una coppia, però non posso escluderlo. Ma io non faccio testo, dei pettegolezzi mi sono sempre interessata poco.»

«Alla sua festa di compleanno era presente anche Sabrina Frassati?»

«Sì, mi regalò una sciarpa che conservo ancora come ricordo: Sabrina ci ha lasciato troppo presto...»

«Un'ultima domanda: secondo lei, dal momento che certe confidenze si fanno più facilmente tra maschi, qualcuno dei suoi compagni potrebbe essere stato a conoscenza del legame tra il mio cliente e la Frassati?»

Mario Rossi si alzò di scatto. «Obiezione! Si sta chiedendo alla teste un parere: le testimonianze devono limitarsi ai fatti.»

«Presidente, vorrei solo avere un quadro dei rapporti tra i compagni.»

«Risponda pure, signora Grandi, e lei, avvocato, per il futuro cerchi di porre domande più pertinenti.»

Marta Grandi obbedì: «A quanto ricordo, i miei compagni maschi non erano amici tra loro: si ignoravano...».

Diede l'impressione di non essere completamente convinta di ciò che aveva appena detto e cercò di precisare: «O meglio, Corbini e Soffiantino erano piuttosto isolati, mentre Vallardi e Porchet erano estremamente legati tra loro: dove c'era uno c'era anche l'altro, sempre. Però non li ho mai visti chiacchierare né con Corbini né con Soffiantino».

«La ringrazio, per me è sufficiente.»

Con la stessa delicatezza con cui era entrata in aula, la donna uscì, congedandosi con un lieve cenno del capo.

«Mezz'ora di pausa» stabilì il presidente, e il silenzio che aveva regnato durante la deposizione di Marta Grandi si ruppe in uno scricchiolio di sedili liberati dai pesi dei corpi.

23

23 aprile 2018. Ore 11

Dopo la pausa, l'udienza era ripresa in un clima diverso, più disteso, quasi che l'intervallo avesse diviso l'udienza in due atti e che gli spettatori avessero perso la curiosità dei primi momenti. Molti giornalisti freelance avevano lasciato l'aula, probabilmente alla ricerca di altri frammenti di cronaca giudiziaria da infilare nel loro paniere per arrivare a fine giornata con un gruzzolo di notizie abbastanza nutrito per sbarcare il lunario. I quotidiani del giorno dopo e le testate in Rete avrebbero riferito tutti gli stessi particolari, e tutti avrebbero usato le solite frasi di circostanza: il "dolore composto" degli anziani genitori della vittima, "l'inconfutabile" prova del DNA, la "sofferta" ricostruzione e così via; in effetti, se quello doveva essere il tono, assistere al primo atto era più che sufficiente. D'altro canto il pubblico ministero sembrava non voler fornire spunti ulteriori, dato che a Davide Soffiantino, il terzo teste a essere ascoltato, aveva posto le stesse domande di prima e adesso l'uomo era impegnato a rispondere a quella che al PM, evidentemente, stava più a cuore.

«... mi sono allontanato dal cortile appena hanno messo la musica per ballare. Avevo mangiato troppo e volevo smaltire un po'. Così ho fatto quattro passi e ho visto arrivare una macchina sulla strada dietro.»

«Poteva essere una A112?»

«Obiezione. Il pubblico ministero suggerisce le risposte al teste.»

«Non suggerisco, chiedo solo se ciò che ha visto è compatibile con una dinamica dei fatti che ormai appare evidente a tutti.»

«Vada avanti» ordinò il presidente.

«Era buio, della macchina ricordo solo i fanali: erano tondi e abbastanza vicini.»

«Come quelli della A112, appunto. E poi cosa fece l'auto?»

«Si è fermata e ha spento i fari.»

«Ha visto uscire qualcuno dalla macchina parcheggiata?»

«No, ma non sono rimasto lì molto.»

Le domande della pubblica accusa si fermarono lì e le risposte che avevano ottenuto non significavano quasi nulla. Nulla se non un dubbio, un piccolo tarlo. Giacomo cominciò a farsi l'idea che l'ordine delle testimonianze scelto da Rossi andasse a costruire un climax ascendente: Marta Grandi non aveva notato nessuna auto sulla strada posteriore, ma solo perché non aveva guardato la strada; Soffiantino non aveva visto la A112 di Corbini, però aveva visto una macchina con i fari tondi e ravvicinati, ed era già qualcosa di più. Cos'avrebbe detto il teste successivo?

Già proiettato sulla nuova deposizione, Giacomo dovette chiudere gli occhi e inspirare profondamente per concentrarsi su Soffiantino.

«Signor Soffiantino, per un certo periodo lei ha commerciato in auto usate, vero?»

«Sì.»

«Presumo dunque che lei conosca bene le vetture, ma non è detto che valga lo stesso per i giudici. Chiedo quindi a tutti e a tutte un piccolo sforzo di immaginazione. Pensate alla A112, ma pensate anche alla 500, alla 850, alla Renault 4 e alla Mini Minor degli anni Ottanta. Lo so che qualcuno dei giudici popolari in quegli anni era ancora un bambino, ma si tratta di automobili talmente iconiche da essere entrate nell'immaginario collettivo. Hanno tutte i fari tondi e, grosso modo, hanno tutte la stessa larghezza. Lo chiedo a lei, signor Soffiantino, riuscirebbe, nel buio e a una certa distanza, a distinguere i fari di una A112 da quelli di una Mini, o quelli di una R4 dai fari di una 850?»

«Non credo, infatti non ho detto che fosse una A112.»

«Certo, non lo ha detto, e ha fatto bene. E forse farebbe bene la Corte a non tenere neppure conto dell'ipotesi che su quella strada secondaria ci fosse una A112. Perché, sebbene il pubblico ministero cerchi di nascondere questa informazione per produrre chissà quale colpo di scena, è bene che tutti sappiano che il padre del mio cliente, all'epoca, aveva una A112 color senape. Ma siccome lei non ha visto una A112, ma una macchina con i fari tondi, è giusto, è corretto che questo sia l'elemento che i giudici sono chiamati a valutare: la presenza di un'auto con i fari tondi uguale a centinaia di migliaia di altre auto, visto che la maggior parte dei modelli, all'epoca, aveva fari di quel tipo.»

Giacomo, come la maggior parte dei penalisti, aveva imparato negli anni a dare significati diversi ai brusii che si producevano in aula, e quella volta ebbe la sensazione che si trattasse di un brusio di approvazione. Al dubbio insinuato dall'accusa aveva opposto un altro dubbio, e la mossa aveva funzionato. Adesso si trattava di mettere in discussione un altro elemento: "l'inconfutabile" prova del DNA.

«Il pubblico ministero basa il proprio teorema accusatorio sul reperimento di un fazzoletto di carta che, senza alcuna possibilità di errore, è stato utilizzato dal mio cliente in una situazione, diciamo, "intima". Tuttavia, come ci ha detto chiaramente il colonnello Livolsi, non esiste alcun elemento che ci garantisca che l'atto dopo il quale Riccardo Corbini si è pulito sia lo stupro di Antonella Bettini. Stando anzi alle parole della sua ex compagna di classe Marta Grandi, il fienile era utilizzato spesso dalle coppiette e il mio cliente sostiene di essersi appartato lì durante la festa di compleanno di Marta due mesi prima del delitto e di averlo fatto in compagnia di Sabrina Frassati. Le chiedo quindi: lei era al corrente di una relazione tra Sabrina Frassati e Riccardo Corbini?»

«No. Questa non la sapevo proprio.»

La risposta ideale sarebbe stata "Sì, lo sapevano tutti", ma anche questa non era poi male.

«Le pongo un'ultima domanda. Il delitto è stato perpetrato con estrema violenza, tanto per ciò che riguarda lo stupro quanto per ciò che attiene all'uccisione.

Per caso nei cinque anni di liceo Corbini si è mai reso protagonista di episodi di violenza? Non dico di questa gravità, mi riferisco semplicemente a qualche rissa, a qualche diverbio un po' acceso.»

«No, assolutamente no.»

Voce ferma, con il giusto grado di stupore. Bene.

«Possiamo definirlo un ragazzo mite?»

«Sì, era mite. Un po' chiuso, ma sicuramente mite.»

Giacomo considerò che da Soffiantino aveva cavato tutto ciò che di buono si poteva cavare per il suo cliente. Non aveva senso interrogarlo oltre, né tantomeno aveva senso tirare in ballo le accuse di violenza domestica che l'uomo aveva collezionato durante gli anni di matrimonio: additarlo come possibile assassino al posto di Corbini era un azzardo che non poteva permettersi, specie dopo la figuraccia che aveva appena fatto con il colonnello. Si stava già disponendo a congedare il testimone, quando nella sua mente si concretizzò una questione che da un po' cercava di mettere a fuoco.

«A quanto mi risulta, durante la prima indagine, lei non ha fatto cenno alla questione dell'auto sulla strada secondaria. Posso chiederle perché?»

La risposta fu quella che Giacomo si attendeva.

«Perché nessuno me lo ha chiesto e a me non è venuto in mente. A dire il vero, allora neanche sapevo che quella strada portava alla cascina.»

«Quando lo ha saputo?»

«Me lo ha detto il pubblico ministero quando mi ha interrogato.»

«La ringrazio.»

La partita tra accusa e difesa era ancora tutta da

giocare. Si erano mangiati a vicenda qualche pedone, ma nessuno dei due aveva ancora minacciato i pezzi pesanti.

L'uscita dall'aula di Soffiantino non coincise con l'ingresso del nuovo teste: qualcosa doveva essersi ingarbugliato. Corbini ne approfittò per sussurrare una domanda: «Come sta andando?».

"Potrebbe andare peggio." Questo avrebbe dovuto rispondergli Giacomo. Invece cercò di essere incoraggiante: «Finora siamo riusciti a far comprendere alla Corte che l'accusa non ha in mano prove certe. Se continuiamo così possiamo sperare che i giudici non si adagino totalmente sulle posizioni del PM. Però è ancora presto per fare un bilancio».

L'assenza del teste si protraeva, l'impressione era che il cancelliere si fosse confuso con il nome della persona da chiamare.

Fu la volta di Giulia: «Il fatto che sia stato il PM a parlare della strada secondaria ai testimoni ha un qualche peso?».

«Dal punto di vista procedurale no. Sui giudici popolari però può influire, perché suona un po' come se Rossi avesse imbeccato i testimoni. Specie se riusciremo a far balenare il sospetto che tra il furto del cucchiaino e la riapertura del processo ci sia un legame poco chiaro.»

La ragazza stava per ribattere, quando la teste fece finalmente la sua comparsa. Un'altra compagna di scuola: Cinzia Bosco.

E la litania delle domande, come in un disco rotto, riprese identica.

«Signora Bosco, la sera del 17 giugno 1984 lei ha visto il qui presente Riccardo Corbini alla festa di classe nella quale è stata uccisa la vostra compagna?»

«No. Non l'ho visto. Era tra i "traditori" che ci avevano snobbato.»

E poi le solite formule, i soliti ricordi sospesi tra sì, no, forse, non so, può darsi.

Mario Rossi, probabilmente annoiato dalla routine che egli stesso aveva messo in moto, si dichiarò presto soddisfatto e il presidente fece per passare la parola a Giacomo, quando il difensore di parte civile intervenne facendo valere il proprio diritto al controesame del teste immediatamente dopo il PM.

«Prego, avvocato, ha facoltà di esaminare la testimone.»

«Signora Bosco, è giusto dire che lei era legata alla vittima da una profonda amicizia?»

«Sì, ci confidavamo spesso: era una delle mie migliori amiche.»

«In nome di questa amicizia mi permetto allora di farle qualche domanda che potrà apparire indiscreta, ma la famiglia Bettini crede di conoscerla abbastanza bene per pensare che non sarà troppo in imbarazzo nel rispondere.»

«Certo.»

«Durante quelle feste alla cascina rimanevate sempre in gruppo?»

«No, poteva capitare che qualcuno di noi si allontanasse.»

«E quella sera le è per caso capitato di allontanarsi dal gruppo?»

«Sì, verso le 22.»

Domande incalzanti e risposte brevi. L'avvocato di parte civile sapeva esattamente cosa chiedere: chissà quante volte, nel dolore, a casa Bettini si era parlato di ciò che accadeva a quelle feste.

«Dove si è recata?»

«Sono scesa lungo la collina, dalla parte opposta rispetto all'ingresso, e sono arrivata su una stradina.»

«Era la prima volta che scendeva lì?»

«No, mi era già successo in occasione di altre feste.»

«Perché si è recata proprio lì?»

«Perché è un luogo riparato dagli sguardi.»

«Era da sola?»

«No, ero con un'altra persona: cercavamo un po' di intimità.»

«E cosa avete trovato sulla strada?»

«Un'auto parcheggiata.»

Giacomo cominciò a preoccuparsi. «Ricorda per caso la targa?»

L'aula fece avvertire tutto il suo scetticismo fatto di mezze risate e di sbuffi: chi è che ricorda una targa a più di trent'anni di distanza? Chi è che, mentre si infratta con qualcuno, si mette a leggere una targa?

Ma, ovviamente, la domanda contemplava già la risposta.

«La targa per intero non la ricordo, ma gli ultimi quattro numeri mi sono rimasti impressi per via di un doppio senso. La targa finiva con 6969.»

Anche quel numero, con la sua curiosa connotazione sessuale, doveva essere stato oggetto di chiacchiere e battute in casa Bettini, magari tra le due sorelle. Una targa che doveva essersi vista altre volte e il cui ricordo poteva aver covato sotto la cenere per decenni, come sopito, per poi riemergere in quel momento grazie alla guida sapiente di un buon avvocato. I timori di Giacomo si fecero ancora più consistenti.

«Secondo gli archivi della motorizzazione civile, la A112 immatricolata con targa TO H76969 è stata, tra il 1979 e il 1992, di proprietà di Lucio Corbini, padre di Riccardo Corbini.»

L'aula tornò a farsi sentire, non più sommessamente, ma con una specie di boato. Giacomo chiuse gli occhi e rovesciò il capo all'indietro. In bocca aveva il sapore che sentiva da bambino quando un dente da latte si staccava e la gengiva iniziava a sanguinare.

La parte civile non aveva ancora finito. Voleva di più.

«L'avvocato Meroni mi perdonerà se le anticipo una domanda che sicuramente le avrebbe posto lui. L'imputato, per bocca del suo avvocato, ha sostenuto che il fazzolettino di carta sul quale si trovano tracce del suo sperma è servito a detergere i genitali dopo un rapporto sessuale con Sabrina Frassati. Signora Bosco, lei è a conoscenza di una relazione tra Riccardo Corbini e Sabrina Frassati?»

Questa volta la teste parve sorpresa. «Posso praticamente giurare che tra Sabrina e Riccardo non c'è mai stato nulla. Sabrina era lesbica: è stata la mia compagna di vita fino a che il cancro se l'è portata via. La sera della festa è con lei che mi sono allontanata dal gruppo. A quei tempi due donne che si amavano dovevano nascondersi; erano in poche a sapere della nostra storia: Antonella era tra quelle.»

«La ringrazio, signora Bosco, e mi scuso per averle rinnovato un dolore parlando di Sabrina Frassati; ma forse è l'imputato che dovrebbe scusarsi per aver cercato un alibi chiamando in causa chi non può più smentirlo...»

E mentre l'avvocato pronunciava quelle parole, i giudici, il pubblico, il PM, i genitori di Antonella e ogni altra persona si trovasse in quell'aula si voltarono verso Riccardo Corbini, richiamate da un suono che pareva il verso di un animale ferito così profondamente da non poter neppure gridare. Un lamento sincopato dai singhiozzi che a poco a poco si fece intellegibile: «Quella sera io mi trovavo alla cascina, ma non l'ho uccisa. Giuro, non l'ho uccisa. Non l'ho neanche vista, Antonella. Ero alla cascina, ma non l'ho vista».

Poi abbassò gli occhi e né Giacomo, né nessun altro poterono cavargli fuori una sola parola.

«L'udienza è sospesa» decretò il presidente. Poi, dopo essersi consultato con il cancelliere e il giudice a latere, aggiunse: «Ci aggiorniamo al 3 maggio».

24

23 aprile 2018. Ore 15

«Lei è un coglione. Lei è il più grande coglione del mondo. Le ho detto che poteva raccontare balle a chi voleva, ma che a me doveva dire la verità. E invece lei cosa fa? Costruisce un castello di carte credendo di poter ingannare tutti. E ha anche il cattivo gusto di dire che ha fatto sesso con una che poi è morta e che quindi non la può smentire. E se almeno avesse avuto la forza di sostenere le sue menzogne fino alla fine! Ma lei, signor Corbini, che uomo è?»

La furia di Giacomo era incontenibile e un attimo prima una guardia carceraria si era persino affacciata alla porta per controllare cosa stesse accadendo.

«E anche nel cattivo gusto poteva almeno informarsi sulle preferenze sessuali della sua presunta amante. Ha idea di quanto deve aver goduto il PM quando ha sentito che la Bosco si era appartata con la Frassati? Noi abbiamo fatto il suo nome come possibile alibi e ci stavamo fregando con le nostre stesse mani! Anzi, lei si stava fregando, però nel fango ha trascinato anche me. Io dismetto il mandato: si faccia difendere da qualcun altro.»

Dall'esterno provenivano i rumori consueti di un carcere: clangore di cancelli e serrature, bestemmie, cigolii di carrelli, urla di detenuti durante l'ora d'aria. La stanza risuonava di quei rumori e di nient'altro, come quando gli amanti si dicono addio ma non sanno andarsene dalla camera da letto e rimangono lì, senza più parlare, senza guardarsi, senza muoversi, in attesa che uno dei due trovi il coraggio di uscire definitivamente. O di pronunciare una frase di riconciliazione.

«Le racconterò la verità. Quella che non ho mai raccontato a nessuno.»

Giacomo continuò a fissare il pappagallo sulla copertina del suo quaderno.

«La prego.» Un avvocato può farsi guidare dal risentimento? Può abbandonare il cliente a una condanna certa? «La ascolto.»

«La storia è iniziata a novembre del 1983 ed è partita subito alla massima velocità. Non come le cose tra adolescenti, con i baci e gli occhi negli occhi. Io ero vergine, lei chiaramente no. Mi ha travolto. Andavo a scuola solo per vederla. E durante la lezione la guardavo e sognavo quello che sarebbe successo dopo, nel pomeriggio. Nei pomeriggi in cui era sola a casa, s'intende. Io ero un ragazzo introverso, lo hanno detto tutti. Ero timido fino al punto di arrivare già in tuta i giorni in cui c'era ginnastica, così da non dovermi cambiare davanti agli altri.»

Giacomo rivide l'ombra arcigna della signora Corbini proiettarsi sul figlio.

«Con lei invece mi sentivo a mio agio, anche nudo. *Soprattutto* nudo. Era stata lei a farmi capire che le piacevo. Mi aveva proposto di andare a studiare a casa sua: diceva che ero bravo e che insieme avremmo potuto approfondire alcuni aspetti che in classe venivano appena trattati. La prima volta abbiamo anche aperto i libri, ma dopo neanche cinque minuti lei mi ha baciato e il resto è venuto da sé. Avrei voluto dirlo a tutti. Avrei voluto gridare ai quattro venti che quello sfigato di Riccardo Corbini faceva sesso, e lo faceva come un adulto. Ma non potevo: lei era la mia professoressa di matematica.»

Giacomo pensò che avrebbe dovuto dire a se stesso "ora è tutto chiaro", ma la chiarezza era una conquista lontana. Certo, rivide con la mente la foto di classe e il particolare di quella giovane donna, bellissima, con il blazer nero sulla pelle nuda, rivide l'invitante scollatura di Marina Suardi. E, in quella stessa foto, focalizzò anche un Riccardo giovane, oscuro e bello. Ma mettere insieme le due cose gli risultava ancora difficile, il pensiero che una professoressa di liceo potesse innamorarsi di un suo allievo aveva un che di improbabile. Eppure la realtà diceva il contrario; diceva ad esempio che in Francia una professoressa si era innamorata di un ragazzo dell'età di suo figlio, e che quel ragazzo era poi diventato presidente della repubblica. Diceva che a Nova Milanese, una decina di anni prima, un'insegnante aveva fatto sesso con un allievo addirittura delle medie. Diceva che le cronache pruriginose dei tabloid inglesi erano piene di scandali di quel tipo. A impedirgli di accettare l'evidenza era forse il fatto di avere una moglie insegnante: l'idea che Rossana, anche prima dell'incidente, potesse innamorarsi di un suo allievo gli suonava ridicola. Ma ciò che lui pensava contava poco; ancora una volta, l'importante era capire se il suo cliente fosse credibile.

«Dove vi incontravate?»

«Principalmente a casa sua. Il marito era spesso via per lavoro.»

«E dov'era questa casa?»

«Avevano un attico in corso Re Umberto, poi, verso il '90, si sono trasferiti in una villa alla Mandria.»

«Fino a quando vi siete frequentati?»

«Fino a marzo del 1985, poi lei non ha più voluto.»

«Perché?»

«Mi ha detto che il marito stava diventando sospettoso e che non voleva mettere in pericolo il suo matrimonio.»

«E lei ci è rimasto male?»

Non rispose. Forse non ce n'era bisogno.

«Prima mi ha detto che vi vedevate "principalmente" a casa della professoressa. Significa che c'erano altre occasioni?»

«Alle feste. Marina era simpatica a tutti e la invitavano sempre: se lei poteva andarci, ci andavo anch'io, altrimenti preferivo starmene a casa.»

«E durante le feste riuscivate a trovare spazi e tempi per fare sesso di nascosto?»

Nella domanda c'era un velo di scetticismo.

«Avvocato, è stato giovane anche lei, no?»

Di tanto in tanto Giacomo se lo domandava. Di certo sapeva che non aveva mai scopato a una festa.

«Adesso faccia bene attenzione a come mi risponde, perché glielo chiederò una volta sola e pretendo la sincerità assoluta: cos'ha fatto la sera in cui Antonella Bettini è stata uccisa?»

«Ho raggiunto Marina alla festa e abbiamo fatto l'amore in un prato, vicino alla strada secondaria.»

«E il fazzolettino?»

«Quello lo avevo usato alla festa precedente, al compleanno di Marta.»

«Sempre con la professoressa Suardi?»

«Sì.»

«E perché non lo ha detto subito, invece di inventarsi la storia di Sabrina?»

«Marina è sposata con un industriale molto in vista: Rotary, fondazioni benefiche, circoli del bridge. In quel mondo si può fare tutto, basta che non si sappia. Non volevo metterla nei guai.»

«Ma porca troia, c'è la sua vita di mezzo! C'è un cazzo di ergastolo che pende sulla sua testa e, non ultimo, un colpevole che se ne va in giro da uomo libero! Se non voleva farlo per sé, poteva farlo almeno per rendere giustizia ad Antonella e magari per evitare che l'assassino possa colpire di nuovo.»

«Non sarebbe servito a niente. Marina avrebbe negato tutto, ne sono certo. Era meno rischioso provare a coinvolgere Sabrina: chi poteva immaginare che non le piacessero gli uomini!»

Corbini aveva ritrovato il tono sgradevole dei primi interrogatori.

Giacomo lo incalzò: «Però la Suardi è la nostra unica possibilità di uscire dal casino in cui si è messo. Voglio provare a contattarla e a capire se può testimoniare. Lei ha il suo numero di telefono?».

«Non la vedo e non la sento dall'85. Non ho niente. E soprattutto non voglio che lei la tiri in ballo. Non so se posso impedirglielo, ma tanto sono certo che Marina non verrà mai a deporre.»

«Potrei chiamarla in causa anche senza aver ottenuto il suo consenso.»

«Per ripetere la figuraccia fatta con il nome di Sabrina Frassati? Se la chiamasse a deporre, lei negherebbe tutto, e manderemmo all'aria l'alibi per la seconda volta.»

Giacomo si sentì chiuso in un angolo. «D'accordo, non la citerò senza il suo consenso, però un tentativo voglio farlo.»

«Sprecherà il suo tempo.»

«Mi dica ancora una cosa. Perché quella sera andò di nascosto alla cascina? Non sarebbe stato più semplice partecipare alla festa come aveva fatto altre volte?»

«Cominciavano a girare voci su me e Marina. È stata lei a dirmi che era meglio se la raggiungevo di nascosto.»

«Ed era così impellente che vi vedeste proprio quella sera?»

«In quel periodo il marito di Marina si era rotto una gamba e stava sempre a casa: non facevamo l'amore da non so quanto tempo. Incontrarci a quella festa era l'unico modo.»

«Voglio sincerarmi ancora di una cosa. Quando lei ha tirato fuori per la prima volta la storia di Sabrina Frassati ha detto che, insieme, avevate sorpreso Bruno Vallardi e Roberta Stroppoli che facevano sesso e avevate avuto l'impressione che qualcuno li spiasse. Stava inventando tutto di sana pianta?»

«No. Ovviamente al posto di Sabrina c'era Marina, però Bruno e Roberta li abbiamo visti davvero, e la sensazione di un'altra presenza era assolutamente concreta. Ma non si faccia venire in mente strane idee, tipo quella di chiedere alla Stroppoli se ha visto me e la professoressa insieme: non ci ha visto, glielo posso assicurare.»

Fuori dal carcere, Giacomo ritrovò la sua Bianchi. Il parcheggio della casa circondariale era l'unico posto in cui si sentiva sicuro a lasciare la bicicletta elettrica legata a un palo. Persino fuori dal tribunale, in pieno giorno, ogni tanto facevano razzia di ebike; lì, invece, lo sguardo delle guardie nel block house e la presenza minacciosa di quel muro che serviva da monito scoraggiavano anche i ladri più intraprendenti.

Infilò l'auricolare sotto il caschetto, compose il numero di Giulia e, mentre il telefono ancora squillava, prese a pedalare.

«Ciao» fece la voce dall'altra parte, «com'è andata?»

«Forse siamo arrivati alla verità: se la faceva con la professoressa di matematica, e quella sera era lì per lei.»

«Te l'ho detto che era una gran gnocca!»

«Questo lo avevo capito anche da solo, ma non avrei mai creduto che avesse un ruolo in questa faccenda. Adesso però devo assolutamente parlarle di persona e convincerla a tirare fuori Corbini dai guai.»

«Ma se le parli, poi non puoi convocarla come testimone.»

«Una cosa per volta: se lei accetta di testimoniare a favore, una strada la troviamo. Al limite passo la difesa a qualcun altro. Ho bisogno che tu mi trovi il suo indirizzo e tutto quello che riesci a mettere insieme su di lei.»

«Quando ti serve?»

«Fai pure con calma, ci impiegherò almeno quaranta minuti per arrivare in studio.»

«Alla faccia della calma.»

Finita la telefonata, Giacomo ridusse al minimo l'assistenza del motore della bicicletta e spinse forte sui pedali: aveva bisogno di sfogare la tensione.

Arrivato in studio trovò la praticante ad aspettarlo nel suo ufficio.

«Sono stata più veloce io. Sei fuori allenamento con la bici.»

E gli porse un paio di fogli, naturalmente attinti dalla cassettina della carta da minuta, sui quali, con una calligrafia degna di quella che i medici usano per le ricette, aveva trascritto le informazioni reperite in Rete. Lui guardò gli appunti e li restituì alla ragazza.

«Leggi tu, per cortesia, quando avrò voglia di decifrare i geroglifici te lo farò sapere.»

Il sorriso sul suo volto contraddiceva la durezza delle parole. La ragazza lesse ad alta voce: «Marina Suardi, nata ad Avigliana, Torino, il 12 agosto 1954. Domiciliata a Venaria Reale, tenuta La Mandria. Sposata con Cesare Lavagnino, nato a Torino il 30 gennaio 1952, stesso domicilio.»

«Meno male che c'è la tutela della privacy. Dove le hai scovate queste informazioni?»

«Avvocato, dovresti sapere meglio di me che spesso le leggi sono in contrasto tra loro, specie in Italia. Ad esempio, ci può essere una legge che impone di non pubblicare dati sensibili e un'altra, metti caso che si tratti del codice degli appalti, che invece ti impone la "trasparenza". E siccome la Suardi e suo marito sono entrambi amministratori delegati, ognuno di una diversa società del gruppo Lavagnino, con gli appalti hanno spesso a che fare. I numeri di cellulare non li ho scovati; però, stando a quanto scrive sui social, Marina Suardi trascorre le sue giornate in ufficio, puoi chiamarla lì.»

«L'ufficio coincide con quello del marito?»

«No. Lui è a Rivoli e lei a Torino, polo tecnologico del Lingotto.»

«Allora preferisco farle visita direttamente e giocare sull'effetto sorpresa.»

«Credi che ti riceverà?»

«Non ne ho la più pallida idea. A questo punto possiamo solo vivere di tentativi. Mandami l'indirizzo su WhatsApp. Ci vado domani mattina.»

25

24 aprile 2018. Ore 10

Da quando aveva comprato la bicicletta elettrica, le sue corse in metropolitana si erano diradate, però, ogni volta che la prendeva fuori dall'ora di punta non poteva impedirsi di provare la gioia infantile di quando suo nonno lo portava a fare un giro sull'autobus numero 64. Quando lui era bambino, il 64 era l'unica linea urbana torinese sulla quale circolassero bus a due piani, come quelli di Londra. Un paio di volte l'anno, nonno Bruno lo portava a fare "una gita", dalla periferia fino a piazza Castello e ritorno, sul "piano nobile" del 64. Il godimento, ingenuo ma intenso, stava tutto nel vedere le strade da una posizione inconsueta.

Quando riusciva a prendere posto nella prima vettura, la metropolitana automatica di Torino, priva di cabina di guida, gli dava la stessa sensazione, quella di viaggiare su un treno, ma con lo stesso punto di vista del guidatore di un'auto. Fu dunque con una piccola venatura di buonumore che Giacomo scese al capolinea per raggiungere il Lingotto. Da bambino, più o meno ai tempi in cui suo nonno lo portava in gita sull'autobus a due piani, credeva che il Lingotto si chiamasse così per via della forma della grande fabbrica che, almeno nella sua fantasia infantile, assomigliava a un enorme lingotto d'oro, benché grigio, appena un po' più squadrato di quelli che Zio Paperone custodiva nel suo deposito assieme alle monete. Solo crescendo capì che era lo stabilimento ad aver preso il nome dalla zona, e che la zona, prima ancora d'essere quartiere, aveva ereditato quel nome dai nobili che, nel Cinquecento, avevano lì la loro tenuta. Ma, in fondo, poco importava: per tutti il Lingotto, rigorosamente con l'articolo e la maiuscola che si sentiva anche nel parlato, era lo stabilimento che da un secolo accompagnava la città nei suoi cambiamenti. Fabbrica di automobili, poi di frigoriferi, poi di nuovo di automobili e poi non più fabbrica ma centro uffici, centro commerciale e spazio espositivo, sede di quello che, ben prima delle Olimpiadi invernali del 2006, aveva permesso di attribuire a Torino un carattere postindustriale: il Salone del Libro.

Gli uffici dell'azienda guidata da Marina Suardi si trovavano sopra il centro commerciale 8 Gallery; la targa all'ingresso parlava di hi-tech e di componenti per applicazioni robotiche. Ad accoglierlo trovò una receptionist che indossava un elegantissimo tailleur blu e che aveva l'aria di parlare correntemente almeno sei lingue.

«Desidererei vedere la dottoressa Suardi, per cortesia.»

La giovane donna posò lo sguardo sul planning disteso sulla sua scrivania e poi lo alzò di nuovo su di lui, con un'espressione tra l'incredulo e lo scandalizzato.

«Non vedo nessun appuntamento.»

«Infatti non ce l'ho. Però le chiederei comunque di fare un tentativo.»

Trasse dalla tasca interna della giacca un bigliettino da visita e, con la sua Aurora, vi scrisse sopra: "Avvocato difensore di Riccardo Corbini".

«Sono convinto che se fa avere questo alla dottoressa, lei acconsente a incontrarmi.»

L'altra prese il bigliettino, sollevò la cornetta di un apparecchio telefonico e premette un tasto. Poi sussurrò qualcosa che non poteva essere colto da orecchio umano.

Nello spazio di qualche secondo un ragazzo che forse non arrivava ai trent'anni, abbronzato, palestrato e stretto in una giacca a due bottoni che eufemisticamente si poteva classificare come "slim fit" si presentò per raccogliere il biglietto da visita e scomparire.

«Si accomodi» gli fece algida la receptionist indicandogli un divanetto di design. Lui obbedì e prese a sfogliare una rivista americana che mostrava in copertina la foto di un braccio robotizzato nell'atto di eseguire un intervento chirurgico: sul lenzuolino che copriva il corpo del paziente c'era scritto "Lurie Children's Hospital of Chicago".

Trascorsero alcuni minuti, ritmati dagli sguardi in tralice della donna. Più il tempo passava e più il suo volto diventava radioso: il gusto della vittoria. Quando ormai si era dipinta in faccia una vera smorfia di scherno, il palestrato ricomparve.

«Venga, la accompagno dalla dottoressa Suardi.»

Giacomo si voltò verso il banco della reception con un sorriso che aveva la stessa forma di un dito medio alzato.

Il giovanottone lo fece entrare nel suo ufficio, che altro non era se non la vasta anticamera di quello della

Suardi, di cui lui doveva essere il segretario personale. Gli aprì la porta sacra e la richiuse dietro di lui, tornando alla sua scrivania nell'anticamera.

«Buongiorno, avvocato. Ho letto sui giornali di questa mattina la cronaca dell'udienza di ieri e le confesso che sono stupita. Non perché lei è venuto a cercarmi, ma perché lo ha fatto solo ora. Povero Riccardo! Deve aver mantenuto il segreto fino all'ultimo.»

Sedendosi sulla poltroncina in pelle davanti alla sua interlocutrice, si disse con sollievo che le carte erano già sul tavolo e che non avrebbe dovuto trovare giri di parole per chiedere a una signora attempata se da giovane scopasse con i ragazzini. E forse "attempata" non era l'aggettivo giusto, perché sul volto e sul corpo di Marina Suardi il tempo era passato, aveva lasciato tracce, ma non oltraggi, né, stando alle apparenze, oltraggi ne aveva lasciati il bisturi di qualche chirurgo estetico. Non era né invecchiata né rimasta giovane, aveva semplicemente sottratto la sua bellezza alla dimensione del tempo.

«Immagino che si attendesse la mia visita e la richiesta di fornire un alibi a Riccardo.»

«Perché, non è così?»

«Sì, è esattamente quello che sono venuto a domandarle. La sera del 14 aprile 1984, durante la festa di compleanno di Marta Grandi, lei ha avuto un rapporto sessuale con Riccardo Corbini nel fienile della cascina?»

«Sì. E gli ho dato io il fazzolettino con cui si è pulito. Poi lui deve averlo gettato a terra. Oppure se lo è infilato malamente in tasca e gli è caduto.»

La donna sapeva esattamente dove lui voleva arrivare.

«Invece la notte dell'omicidio vi siete incontrati vicino alla strada secondaria che porta alla cascina?»

«Esatto, abbiamo fatto l'amore su un prato. Poi Riccardo è partito e io sono tornata con i ragazzi a ballare.»

«Ha ragione, avrei dovuto venire prima, ma, come ha ben intuito, Riccardo ha fatto il suo nome solo ieri. Adesso iscriverla nell'elenco dei testimoni è più complicato, ma qualcosa riusciremo a inventarci.»

«Non si ingegni troppo, avvocato: io non testimonierò.»

Giacomo rimase impietrito. Malgrado il suo cliente lo avesse avvertito, lui, nelle parole pronunciate fino a quel momento dall'ex professoressa aveva letto una disponibilità che invece era tutta nelle sue speranze.

Lei proseguì: «Lo so che mi sta disprezzando, ma io non posso testimoniare. Se lo facessi coprirei di ridicolo mio marito e questo lui non se lo merita. Non mi fraintenda, non sto dicendo che scoprirebbe cose che non sa, il vero problema è che le scoprirebbero anche gli altri, gli amici, i soci in affari, i vicini di casa. Io e lui siamo a capo di un sistema industriale che ha fatto della discrezione il proprio stile. Abbiamo clienti che non apprezzerebbero affatto l'improvvisa notorietà delle nostre aziende».

In altri contesti quell'affermazione avrebbe potuto contenere in filigrana la parola "mafia"; in quello, più probabilmente, la definizione nascosta era "forniture militari": non tutti i robot operano al cuore bambini sfortunati.

«Però qui c'è in gioco il futuro di un uomo. E poi la storia con Riccardo risale a decenni fa.»

«Sì, è una storia vecchia. Quella di Riccardo.»

Dopo "vecchia" aveva fatto una pausa e sul finale aveva cambiato leggermente il tono. Il suo era un dire e non dire, ma alle orecchie di Giacomo il discorso suonò piuttosto chiaro: dopo Riccardo ce n'erano stati altri, chissà quanti. Tentò la mossa della provocazione: «Quello là fuori non è solo il suo segretario, vero?».

«No, non lo è. E siccome lo ha capito, capirà anche che testimoniare non significa solo gettare fango sul mio passato e su quello di mio marito, ma anche distruggere il modo di vivere che mi sono scelta e che ho sempre difeso con tutti i mezzi. E non creda che il passare degli anni cambi qualcosa: si ricorda cosa cantava Battiato a proposito dei desideri che non invecchiano con l'età?» Con voce ferma, la donna intonò la prima strofa della *Stagione dell'amore*, poi aggiunse: «Quell'album, quello di Battiato intendo, me lo regalò Riccardo per il Natale del 1983. Era appena uscito e noi avevamo iniziato a vederci da meno di un mese».

«Perché in quella classe scelse proprio lui?»

Marina Suardi strizzò un po' gli occhi e distese le labbra tenendole serrate, come le insegnanti fanno di fronte a un allievo che credevano dotato e che scivola in malo modo su un concetto molto semplice.

«Perché Porchet era impotente e si accontentava di guardare gli altri quando si imboscavano alle feste. Invece Vallardi era troppo violento. Lo abbiamo fatto un paio di volte e ne sono uscita con i lividi: mi piaceva, ma mi faceva paura. Non mi sorprende affatto che lo abbiano accusato dello stupro di Antonella: anche se io ero consenziente, lo faceva come se volesse stuprarmi.»

«Invece Riccardo?»
«Invece Riccardo era estremamente dolce.»
«E allora perché non ha più voluto vederlo?»
«Perché si era innamorato e le persone innamorate possono fare dei colpi di testa.»
«Io credo che sia tuttora innamorato di lei. Non si è mai sposato, forse non ha mai avuto un'altra donna. Signora Suardi, è davvero convinta che il suo "modo di vivere" sia privo di conseguenze per gli altri?»
«Non ho mai promesso amore a nessuno; ho sempre parlato di passione. Un giovane, l'amore lo trova a ogni angolo di strada, negli occhi di qualsiasi ragazzina: la passione è più rara, più preziosa.»
«Non la convinco neppure se le ricordo che facendo così lei manda un innocente in galera e lascia un assassino in libertà?»
«No, non mi convince.»

Quando Giacomo scese le scale per riprendere la metro, il buonumore che lo aveva accompagnato nel viaggio di andata era completamene scomparso e per tutto il giorno si sentì addosso un senso di sconfitta che non era la semplice anticipazione di ciò che sarebbe accaduto al momento in cui la Corte avrebbe pronunciato la sentenza. Era una sconfitta più ampia, totale, la sconfitta del senso di umanità, la sconfitta di quella giustizia che dovrebbe preesistere alla Giustizia che si amministra nelle aule dei tribunali.

Lo sconforto era così grande che non poté lasciarlo fuori dalla porta di casa e la sera, a cena, con Rossana non riuscì a parlare d'altro. Le riferì ogni parola del dialogo con la Suardi e su alcuni passaggi tornò più volte; poi, senza arrivare a cambiare del tutto discorso, ma cercando di uscire da quel gorgo, provò a scherzarci su: «Dai racconti che mi ha fatto, quella di Corbini non era una classe di liceo, era una succursale di Sodoma e Gomorra. Non so se io ero un imbranato o se ero un bacchettone per via di mio padre carabiniere, ma alle nostre feste certe cose non succedevano».

«Dovresti completare la frase.»

«In che senso?»

«Nel senso che doveva cominciare con "Ai miei tempi".»

«Non prendermi in giro. Quella era una classe di erotomani. Vuoi dirmi che nella tua classe le coppiette fanno di tutto?»

«Scherzi? Sento certe storie! Senza parlare dei comportamenti che hanno in aula. Un giorno o l'altro me ne troverò due a scopare davanti alla cattedra mentre faccio lezione.»

«Cos'hai detto?»

«Ho detto che tra un po' si mettono a fare sesso davanti a tutti, ma era solo un'iperbole, stai tranquillo.»

«Figurati, non sono preoccupato per la tua scuola. È che quell'immagine mi ha ricordato una cosa che avevo visto in Rete.»

Si allontanò per un attimo dalla cucina e tornò reggendo in mano il tablet. Poi lo appoggiò sul ripiano dell'isola centrale e aprì il browser.

Dopo qualche istante, Rossana lo punzecchiò: «Stai cercando un sito porno?».

Nessuna risposta.

«Comincio a preoccuparmi.»

«Ecco. Trovato. È un articolo che ho letto quando cercavo informazioni sui compagni di classe di Corbini. Non gli avevo dato importanza, ma adesso lo vedo in una luce diversa.»

E prese a leggere ad alta voce il passaggio che più gli interessava: «"Raggiunto il natante, un bialbero chiamato *Constance* di proprietà del noto finanziere Flavio Porchet, si sono trovati di fronte a una scena boccaccesca: due giovani, un ragazzo e una ragazza appena maggiorenni, completamente nudi malgrado il freddo pungente, stavano avendo un amplesso nel pozzetto della barca"».

«Perché ti colpisce tanto?»

«Perché oggi la Suardi ha detto che Porchet era un impotente che spiava gli altri alle feste.»

«E allora?»

«Non ti sembra strano che due ragazzi si mettano a fare sesso completamente nudi, al freddo, su una barca ormeggiata in un porto sorvegliato da guardie armate? Voglio dire che se proprio senti il richiamo dell'ormone ci sono luoghi meno difficili da raggiungere rispetto a un bialbero. E, guardacaso, era proprio il bialbero di Porchet, il guardone.»

L'aveva detto, aveva detto "guardacaso". Per sapere se il caso avesse o meno una parte in tutta quella storia, decise di andare alla fonte. L'articolo era firmato, sul sito era indicato il numero di telefono della redazione e quello era un orario in cui un buon giornalista avrebbe dovuto essere al lavoro. Bastava aggiungerci la giusta dose di fortuna.

«Buonasera. Mi scusi se vi disturbo, sto cercando Ennio Falcetti.»

«Glielo passo.»

Non si stupì: i centralini delle redazioni non filtravano mai le telefonate: su cento rompiscatole che chiamavano per i motivi più svariati, ce n'era uno che ti passava la dritta giusta per una notizia di un certo interesse, se non proprio per uno scoop.

«Sono Falcetti, chi parla?»

«Mi chiamo Meroni, sono un avvocato di Torino, la chiamo per un articolo che lei ha scritto un po' più di un anno fa, per la precisione il 12 gennaio del 2017. Non so se lo ricorda, parlava di due ragazzi beccati a commettere atti osceni su un bialbero...»

«Certo che me lo ricordo, quelli che scopavano sulla barca di Porchet.»

«Accidenti che memoria!»

«Non è che i pezzi io me li ricordi tutti, però su quello mi fecero girare i coglioni non poco. Il direttore mi costrinse a tagliarlo e aggiustarlo e, se fosse stato per lui, neanche sarebbe uscito.»

«Perché le chiese di modificarlo?»

L'altro si irrigidì: «Di solito la gente che ci telefona lo fa per darci informazioni, non per chiederne».

«Vale qualcosa la mia garanzia di assoluta riservatezza?»

«No. A quanto ne so per me lei potrebbe essere l'avvocato che dice di essere, così come un farmacista di Alassio o un agente del Mossad. Però sono ancora così incazzato per quella vicenda che me ne frego e gliela racconto tutta. Naturalmente, se lei si fa sfuggire qualcosa io nego di averle mai parlato, e se sta registrando la telefonata io la denuncio.»

«Mi pare un buon patto. Mi dica cosa le fecero tagliare.»

«Mi fecero togliere la parte più interessante, cioè quella che diceva che i due ragazzi non erano soli su quella barca. Assieme a loro c'era anche Porchet. Anzi, è stato lui a pagarli perché andassero a scopare nel pozzetto mentre lui li guardava.»

«E questo a lei chi lo ha raccontato?»

«Allora forse lei è davvero un farmacista di Alassio; un avvocato non chiederebbe da dove si prendono certe informazioni, e saprebbe anche che non si fanno nomi.»

E chiuse la comunicazione.

26

26 aprile 2018. Ore 7.40

«Professoressa, ma voi, a scuola, il ponte non lo fate mai?»

«Mai, Nando. Noi lavoriamo sempre, per via del senso di colpa. La gente dice che noi insegnanti siamo degli scansafatiche, che facciamo troppe vacanze, e allora noi ci sentiamo in difetto e lavoriamo anche quando gli altri partono per il ponte. E poi, quest'anno, il 25 aprile capitava male, di mercoledì: due giorni di ponte sono troppi.»

Il taxista le aprì il portellone, Rossana diede un bacio al marito e fece forza sulle ruote della carrozzina.

Quel giorno festivo, piantato lì a metà della settimana, era stato un regalo. Si erano concessi un pranzo all'aperto, in collina, in un ristorante di Pavarolo che praticamente metteva i tavoli in piazza, dove i cuochi stellati e i piatti destrutturati non avevano mai avuto diritto di cittadinanza, dove la parola "impiattare" suonava come una bestemmia e dove si respirava ancora un'aria da abbuffata domenicale anni Sessanta. Avevano chiacchierato tanto, della stagione sciistica finita e dei prossimi allenamenti estivi sul ghiacciaio delle Deux Alpes, delle vacanze sul Trasimeno e delle escursioni in canoa e di come organizzare, in settembre, la festa a sorpresa per il settantaduesimo compleanno di Vittorio. Erano stati bravissimi a evitare ogni discorso che includesse le parole "scuola", "verifiche di fine d'anno", "tribunale", "processo" e similari. Tuttavia, nei momenti di silenzio in cui i tajarin compivano il loro percorso dal piatto alla bocca e dalla bocca allo stomaco, la mente di Giacomo non poteva fare a meno di mettere insieme i pezzi che, nei giorni precedenti, erano spuntati dal nulla. Un suo collega, qualche tempo prima, gli aveva detto che, secondo lui, un processo era come quelle scatole di montaggio con cui giocavano da ragazzi, dove alla fine, incollando insieme minuti particolari, arrivavi a costruire il modellino di un aereo o di una nave. Lì per lì a Giacomo quella metafora era piaciuta, ma dopo un po' aveva realizzato qual era l'elemento che rendeva inadatto il paragone: nel modellismo avevi sempre un foglio di istruzioni che ti diceva come assemblare i pezzi, in quale ordine; invece nei processi, e in particolar modo in quello di Corbini, non avevi nessun quadro di riferimento, anzi, a seconda di come la difesa, il pubblico ministero o la giuria incastravano insieme i vari elementi si potevano ottenere risultati completamente differenti e, al tempo stesso, tutti egualmente credibili. Così, mentre una parte del suo cervello aveva elaborato i sapori schietti di quei piatti stimolando i centri del piacere, un'altra aveva cercato di separare dal contesto frammenti di frasi e di collegarli tra loro e una di quelle connessioni, nata dalla deposizione di Marta Grandi, aveva bisogno di un confronto con Nando.

«Le posso chiedere un piacere?» gli fece, mentre il taxista si stava già avviando verso il posto di guida.

«Tutto quello che vuole.»

«Avrei bisogno di parlare con quel suo collega che aveva avuto lo scontro con Vallardi. Lei potrebbe rintracciarlo?»

«Come no! Lo chiamo subito, tanto la professoressa arriva a scuola puntuale anche se partiamo qualche minuto dopo: oggi non c'è traffico, si vede che qualcuno il ponte lo ha fatto.»

Compose il numero. Dall'altra parte la risposta fu quasi immediata.

«Ciao Elia, sono Nando. Ti devo chiedere una cortesia. Sto qui con un mio cliente, un avvocato. Si sta occupando di quel tizio che ti ha spaccato il naso... No, non è l'avvocato suo, al contrario... Ti vorrebbe parlare. Te lo passo.»

E porse il cellulare a Giacomo, il quale, per discrezione, si allontanò di qualche passo. Dopo un paio di minuti era di ritorno.

«Le è stato utile?»

«Gli ho accennato la questione; tra un'ora viene nel mio studio e ne discutiamo con calma. Non era tanto contento, dice che lo fa solo per amicizia con lei.»

«Secondo me se gli fa trovare un paio di bottiglie di vino diventa pure amico suo.»

Il consiglio di Nando era buono e, nel momento stesso in cui Elia Corongiu si sedeva di fronte a Giacomo, Giulia faceva il suo ingresso in studio con una confezione regalo che portava il bollino di un bar enoteca di via Barbaroux.

«Le presento la mia assistente, spero non le dispiaccia se anche lei ascolta la nostra conversazione.»

L'altro lanciò uno sguardo di apprezzamento tanto per la confezione quanto per chi la portava e non obiettò.

«Non la tratterrò molto, perché già sappiamo cosa accadde quella sera. Vorrei però mostrarle qualche immagine.»

Aveva cercato in Rete delle fotografie di Flavio Porchet; non ne aveva trovate tante, ma erano tutte abbastanza grandi e nitide. Voltò lo schermo del pc verso il taxista.

«È questo l'uomo che le diede tremila euro in contanti per evitare che lei denunciasse Vallardi?»

Corongiu esitò.

«Non si preoccupi. Nessuno saprà di questa nostra chiacchierata.»

Il punto sembrava proprio quello, e le rassicurazioni di Giacomo dovettero apparire abbastanza convincenti.

«Certo che è lui. È l'amico di quel gran bastardo.»

«Parla di amicizia solo perché questo ha pagato una cifra spropositata per salvare il didietro a Vallardi o ha altri motivi per dirlo?»

«Li avevo già visti insieme altre volte, sempre all'uscita dei locali. Lo possono confermare anche i colleghi: verso le quattro del mattino quei due lì erano sempre ubriachi da far schifo e per tornare a casa chiamavano un taxi. Io faccio spesso il servizio notturno, così ogni tanto li beccavo.»

«Dopo quella notte li ha più rivisti?»

«Mi è capitato una volta. Ho preso la chiamata, poi quando sono arrivato sul posto e ho visto che erano loro l'ho girata a un collega e me ne sono andato. Tremila euro sono tanti, ma i coglioni continuavano a girarmi. Mi sa che se accettavo la corsa mi veniva la tentazione di riempirli di botte e, fatti com'erano, la cosa mi riusciva facile.»

«Giulia, tu hai qualcosa da chiedere al signor Corongiu?»

La ragazza fu colta di sorpresa, ma mise subito a fuoco un dubbio che le era sorto poco prima: «Quando lei parla di "locali" intende solo discoteche e bar o anche qualcosa di più equivoco?».

«Signorina, lei mi mette in imbarazzo. Non sono cose che si possono dire a una bella ragazza.»

«Se vuole esco, vado a stirare un paio di camicie, e intanto lei dà la risposta all'avvocato.»

Forse l'uomo non colse l'ironia, ma il tono era stato sufficiente a convincerlo a parlare.

«I locali che frequentavano quei due erano quei posti dove le coppie vanno per fare le porcherie con altre coppie.»

«Locali per scambisti.»

«Sì, quelli.»

«E loro cosa scambiavano?»

«Facevano quello che fa la maggior parte delle persone: ci portavano una raccattata per strada e la spacciavano per la moglie.»

Giulia prese diligentemente appunti, anche se quelle dinamiche, che il signor Elia Corongiu rivelava con aria da furbetto, erano note a tutti.

Il taxista però si preoccupò: «Non è che mi chiamate a testimoniare, vero? Perché io non vengo. Se no qualcuno tira fuori la storia dei tremila euro, mi dicono che non li ho denunciati al fisco e finisce che nei guai ci vado io».

Per un attimo Giacomo pensò a quale rigo della dichiarazione si sarebbe dovuto utilizzare per quel particolarissimo tipo di reddito e a come la tributaria facesse più paura dei delinquenti, ma subito dopo provvide a tranquillizzarlo.

«Anche volendo non potrei chiamarla a testimoniare. L'elenco dei testimoni deve essere depositato sette giorni prima dell'inizio del processo. E, naturalmente, lei non verrà mai chiamato in causa. Però ciò che ci ha detto ci è stato utilissimo.»

Elia Corongiu uscì dallo studio rasserenato, reggendo in mano la scatola di cartone nella quale tintinnavano, urtandosi, un Barolo, un Barbaresco Damilano e un Alta Langa di Cocchi.

«Credo di essere stata piuttosto brava a improvvisare» fece Giulia appena tornarono nell'ufficio di Giacomo, «ma forse è meglio se mi spieghi cosa succede. Io sono rimasta a quanto mi hai detto l'altro giorno, dopo che hai parlato con la Suardi, ma mi pare di capire che tu ti stia interessando a Porchet.»

«Scusami. In realtà non è accaduto nulla, ho solo formulato qualche ipotesi.»

E le parlò della telefonata con il giornalista ligure, degli atti osceni sulla barca e di come la Suardi avesse definito Porchet: un impotente che si accontentava di guardare gli altri quando si imboscavano alle feste.

«In sostanza» disse a chiusura del discorso «fino a due giorni fa, anche per colpa delle balle che il nostro cliente ci ha rifilato, noi lavoravamo su due scenari alternativi: o è stato Vallardi, o è stato Corbini. Adesso, con la confessione privata della Suardi, Corbini esce di scena come sospettato e si introduce un altro scenario, che vede il coinvolgimento di Porchet, ma non so ancora a che titolo.»

«Toglimi una curiosità. Al tizio di prima hai detto che non avrebbe potuto essere chiamato a testimoniare neanche volendo, perché l'elenco dei testimoni era già stato depositato. E fin qui capisco tutto. Quello che non capisco è perché tu ti sia disperato quando la Suardi si è rifiutata di testimoniare: tanto non avrebbe potuto farlo. O mi sbaglio?»

«Articolo 507 del codice di procedura penale: il giudice, se risulta assolutamente necessario, può disporre anche di ufficio l'assunzione di nuovi mezzi di prova. Fa bene attenzione a quelle due parole: "assolutamente necessario". Significa che lo devi utilizzare solo quando la nuova prova diventa risolutiva. Con la Suardi lo avrei usato, quello che ci ha detto Corongiu, invece, è utile a noi, ma nel processo sarebbe del tutto irrilevante. Mancherebbe di attinenza diretta.»

«E allora perché glielo hai chiesto?»

«Te l'ho detto, ho una certa idea in mente, ma non è ancora chiarissima. Però tu potresti rendermela più chiara provando ad associare, nelle tue ricerche, Antonio Ferrari e Flavio Porchet.»

«Garibaldinamente... Obbedisco!»

27

3 maggio 2018. Ore 9

Si racconta che il principe di Condé dormì profondamente la notte avanti la giornata di Rocroi: ma, in primo luogo, era molto affaticato; secondariamente aveva già date tutte le disposizioni necessarie, e stabilito ciò che dovesse fare, la mattina. Don Abbondio in vece...

Non era soltanto la vigilia della prima udienza a creargli fastidi; c'era anche la vigilia dell'udienza cruciale, e lui, ogni volta, richiamandosi alla memoria quel famoso incipit manzoniano, si ripeteva che, pur essendo molto affaticato come il principe di Condé, assomigliava più a don Abbondio. Eppure le disposizioni necessarie le aveva date tutte. Ma in un processo, proprio come in una battaglia, le variabili imponderabili erano troppe. In sostanza, si diceva, al Condé era andata di culo e le previsioni che aveva fatto si erano rivelate azzeccate: a lui come sarebbe andata?

La questione cruciale rimaneva la presenza o meno, sul banco dei testimoni, di Antonio Ferrari. Nella riunione del giorno prima, con Giulia e Vittorio Actis, avevano concluso che le probabilità erano cinquanta e cinquanta. Chi lo aveva inviato a rubare il cucchiaino poteva avergli consigliato di sparire, ma quell'assenza avrebbe suscitato qualche sospetto e il mandante del furto non poteva sapere cosa la difesa avesse in mano e quanto quel sospetto avrebbe fatto il suo gioco. Al contrario, poteva avergli consigliato di presentarsi e di ribadire la storia della collezione di cucchiaini. Nei giorni precedenti avevano persino contemplato un terzo scenario, quello in cui non c'era nessun mandante e Antonio Ferrari era davvero un accumulatore compulsivo di cucchiaini. Ma poi Giulia aveva trovato la fotografia che aveva spazzato ogni dubbio: il mandante c'era, e il cucchiaino era stato lo strumento con cui avevano incastrato Corbini. In apparenza era lo stesso quadro che si erano fatti fin dall'inizio, ma un nuovo, piccolo dettaglio cambiava il significato di ogni elemento presente in quel quadro.

Le disposizioni dunque erano state date, per vincere la battaglia, proprio come al principe di Condé, serviva ancora un po' di culo.

Quando Giacomo e Giulia entrarono in aula, i genitori di Antonella Bettini erano già là, assieme al loro avvocato. Compiti, immobili, pietrificati in un dolore che non si era alleggerito di un grammo nei trentaquattro anni trascorsi dall'omicidio o che, forse, all'aprirsi del secondo processo, era tornato a essere quello del primo giorno.

Alle loro spalle l'aula cominciò a riempirsi di rumori, a prendere vita seguendo una liturgia che Giacomo conosceva bene e che Giulia stava iniziando a scoprire. Con gli occhi fissi sulle carte, sugli schemi, sugli elenchi dei testimoni, sentivano la pressione del pubblico quasi in maniera fisica, come se le mani delle persone sedute in prima fila si appoggiassero sulle loro schiene, spinte da altre mani e da altre ancora, e loro dovessero fare argine a quella massa che premeva. Giacomo fece, con il capo, un cenno di saluto al PM, che in quel momento stava prendendo posto. Infine, accompagnato dagli agenti, arrivò anche Corbini.

«Allora?» chiese quasi con aria di sfida mentre si sedeva.

«Non testimonierà.»

«Glielo dicevo, io.» E in quel commento c'era un senso di sollievo.

Poi la campanella suonò, e fu la volta della Corte.

Si riprese con l'escussione dei testimoni dell'accusa e di quelli condivisi dalle due parti; quelli della difesa, come da procedura, sarebbero stati ascoltati per ultimi.

Il fatto che gran parte dei testimoni indicati da Giacomo facesse parte anche della lista del pubblico ministero aveva fatto scrivere a un giornalista, noto forcaiolo, che la difesa non aveva alcun elemento e che l'esito del processo era scontato fin dalla prima udienza. D'altro canto, che entrambi i versanti volessero sentire le persone presenti a quella festa era piuttosto normale.

Sfilarono altre compagne di scuola, e a tutte Mario Rossi pose le stesse domande: se avessero visto Riccardo Corbini quella sera, se avessero visto la A112, se avessero un'idea di chi poteva aver ucciso Antonella Bettini. Qualcuna rispondeva risolutamente "no" a tutte le questioni, qualcun'altra mostrava o affettava una concentrazione che, dopo qualche istante, si risolveva in un "non ricordo". Di tanto in tanto il PM, che aveva messo agli atti i verbali di interrogatorio e i documenti redatti dalle forze dell'ordine nel 1984, leggeva stralci delle loro vecchie dichiarazioni e chiedeva di confermarle o di smentirle: tutte confermavano.

L'irrilevanza di quei passaggi era tale che Giacomo rinunciava al controesame; e poco importava se così facendo dava l'impressione di voler accettare la sconfitta fin da principio; anzi meglio, quando avesse parlato avrebbe colpito più a fondo.

E il momento di parlare giunse con la testimonianza di Roberta Stroppoli. Il PM stava già per congedarla, quando Giacomo si alzò.

«Signora Stroppoli» iniziò.

Lei lo guardò attentamente e forse riconobbe nell'avvocato della difesa il cliente che ogni tanto frequentava il suo locale al Sestriere assieme alla moglie. In ogni caso non lo diede a vedere e si dispose ad ascoltare.

«Si ricorda cos'ha fatto la sera del 14 aprile del 1984?»

Lei si dipinse in volto tutto lo stupore del mondo. «Naturalmente no.» Ma lo disse con grazia.

«Ha ragione, avrei dovuto ricordarle che il 14 aprile è il compleanno della signora Marta Grandi che allora era sua compagna di classe.»

«Certo, era il compleanno di Marta. Diede una festa e io ci andai.»

«E adesso mi scuso in anticipo per la domanda estremamente personale. Se non vorrà rispondere la comprenderò, però qui stiamo cercando di accertare la verità in un caso di omicidio e sono costretto a chiederglielo: quella sera lei ebbe un rapporto sessuale con Bruno Vallardi?»

«Obiezione, vostro onore, la domanda crea inutile imbarazzo nella teste e non ha alcuna pertinenza con i fatti di cui stiamo dibattendo.»

«Al contrario, dottor Rossi: tra breve la Corte lo comprenderà. Naturalmente se lei permetterà che sia la teste a stabilire se la domanda la imbarazza o meno: credo che nel 2018 una donna sia in grado di decidere da sola cosa rivelare della propria vita sessuale, senza che un uomo le dica cosa fare.»

Giulia lo guardò tra il compiaciuto e l'allibito, mentre negli occhi di Roberta Stroppoli si accese un lampo di divertimento.

«Non ho alcuna remora a parlare di certi argomenti e, anzi, il vero problema potrebbe essere, a cinquant'anni suonati, ricordarmi uno specifico evento. Quella volta però me la ricordo perché a me Vallardi piaceva da una vita e lui non mi aveva mai considerato; poi, quella sera, mi propose di appartarmi con lui.»

Rossi scattò di nuovo in piedi.

«Non riesco a capire in quali meschini pettegolezzi voglia immergerci la difesa.»

Con un cenno il presidente indicò a Giacomo di proseguire.

«Vuole dirci, per cortesia, dove avvenne questo incontro intimo?»

«Nel fienile della cascina.»

«Lo stesso dove venne ritrovato il cadavere di Antonella Bettini?»

«Sì.»

«Decideste di comune accordo di andare lì?»

«Fu Bruno a proporlo, io lo seguii.»

«In quella circostanza accadde qualcosa di particolare?»

Roberta Stroppoli non riuscì a contenere la propria sorpresa: «Ma lei come fa a saperlo? In effetti mentre ero nel fienile con Vallardi ebbi l'impressione che ci fosse qualcuno che ci spiava. Ero un po' spaventata. Lo dissi a Bruno e lui, per tutta risposta, mi spinse un poco più in là, vicino alle arcate, dove c'era una lampadina che ci illuminava.»

«In altri termini le sembrò che il Vallardi, invece di cercare un angolo più discreto, ne scegliesse uno più in vista?»

«Sì, allora non avevo chiaro che fosse così, ma ripensandoci oggi direi che mi sono sentita "in mostra".»

Prevenendo il PM, che stava dando nuovi segni di insofferenza, Giacomo spiegò il senso di quelle domande, o almeno, spiegò ciò che voleva che gli altri capissero.

«La ringrazio infinitamente per essersi mostrata così disponibile a rispondere. Grazie alle sue risposte, la Corte può avere maggiore contezza di come fosse il luogo del delitto e del fatto che quello stesso luogo era utilizzato spesso per incontri amorosi e che, ci tengo a ribadirlo, un fazzolettino di carta, seppure collegato al mio cliente, non è necessariamente connesso all'omicidio.»

Fu costretto a fermarsi per soffiarsi il naso: l'allergia primaverile si faceva sentire.

«Ho ancora due domande e la prima ha a che vedere con una ricostruzione dei fatti che è qualcosa di più di un'ipotesi, dal momento che è riportata in una sentenza di questo stesso tribunale; una sentenza che ancora non è stata ribaltata. Mi riferisco ovviamente al processo che ha visto come imputato Bruno Vallardi. Da quanto lei ha affermato, una relazione, seppur breve, con il Vallardi, che all'epoca era un ragazzo affascinante, era nei suoi desideri da tempo: l'esaudirsi di quel desiderio la appagò?»

«No. A molte di noi Bruno piaceva perché era molto mascolino, molto uomo per la sua età. Però essere mascolini è una cosa, essere violenti è un'altra. Lui con me fu abbastanza violento.»

Risposta al di là delle più rosee aspettative: il principe di Condé non era il solo a essere in buoni rapporti con la fortuna.

«Obiezione, vostro onore: non è Bruno Vallardi l'imputato di questo processo.»

«Obiezione accolta, non terremo conto delle ultime dichiarazioni della teste. Avvocato, se ha altre domande le ponga, ma solo se sono pertinenti.»

«Mi soffermerò allora su un aspetto di estrema rilevanza per comprendere se la sera del delitto la scena fosse visibile da fuori. Le chiedo quindi: quando ebbe l'impressione di essere spiata, si sentì osservata dall'interno o dall'esterno del fienile?»

«Dall'interno, da un angolo particolarmente buio.»

«E lei, in quell'angolo, vide qualcuno o qualcosa?»

«Mi sembrò di scorgere una scarpa da ginnastica, un piede grosso, da uomo.»

«Riccardo Corbini aveva la fama di essere uno che spiava le coppiette?»

«No. Lui no.»

«Intuisco che qualcun altro ce l'avesse, quella fama. Soffiantino?»

«No.»

Si fermò lì: chi voleva poteva proseguire per esclusione. Il codice vietava di prendere in considerazione le voci di corridoio, i rumor, ma elencare le persone sulle quali non giravano voci, sebbene in fondo avesse lo stesso effetto e lo stesso fondamento, di solito non scatenava le reprimende del presidente.

«La ringrazio, signora Stroppoli, per me è tutto.»

L'elenco dei testimoni dell'accusa si andava esaurendo e il nome di Flavio Porchet compariva al terzultimo posto. Per lui le domande non furono diverse, né lo furono le risposte, se si esclude quella in cui lui, dopo aver assunto un'aria particolarmente pensosa, sostituì un "è possibile" al protocollare "non ricordo".

«Immagino che l'avvocato Meroni non abbia nulla da aggiungere.»

«Al momento no, presidente, ma mi riservo di far richiamare il teste più avanti, nel corso di questa stessa udienza.»

«Avvocato» lo incalzò Mario Rossi rubando la parola al presidente, «non abusi della pazienza dei testimoni, né di quella della Corte. Se vuole esaminare il teste lo faccia adesso, oppure rinunci, come ha fatto quasi sempre finora.»

Giacomo si alzò, prese il quaderno col pappagallo e lo aprì in un punto dove aveva appiccicato col nastro adesivo il ritaglio di una stampata e lesse:

«"Tribunale Milano sez. IV 03 febbraio 2012. In tema di ordine di assunzione delle prove testimoniali, va riconosciuta la possibilità che il teste venga riconvocato, su richiesta difensiva."»

Mario Rossi si sedette con un'aria infastidita, ma solo un poco, nella quale voleva che si leggesse chiaramente la sua opinione: inutile strategia dilatoria.

Il presidente si consultò brevemente con il giudice a latere, poi, secco, fece: «La riconvocazione del teste è possibile solo in presenza di nuovi e gravi elementi, e io non credo proprio che lei, avvocato Meroni, possa presentare, nel corso di questa stessa udienza, elementi di tale novità e importanza. La invito quindi a dirci se intende procedere al controesame o vi rinuncia».

Il velato annuncio, da parte di Giacomo, che per Porchet ci sarebbe stata una vera ribalta, unito alle attese suscitate dal suo controesame della Stroppoli, aveva creato una tensione tra i giurati e tra il pubblico, un senso di sospensione. Giacomo sapeva che quella curiosità giocava in suo favore, perché disponeva i giurati nello stato d'animo giusto per accogliere la novità, l'imprevisto: convinti all'inizio di dover esprimere un giudizio già scritto, di non dover far altro che sottoscrivere la condanna che il pubblico ministero aveva già formulato, di non essere che comparse in un film girato da altri, scoprivano all'improvviso che i colpi di scena che si andavano annunciando li rendevano protagonisti. Su quella tensione Giacomo doveva lavorare in maniera oculata, alimentandola, ma senza dilatare troppo i tempi del suo scioglimento. La situazione perfetta sarebbe stata quella in cui il presidente gli concedeva di esaminare nuovamente Porchet dopo l'escussione dei testimoni della difesa, ma sapeva che quella sentenza del tribunale di Milano era inconferente; citarla era stato un azzardo: se avesse funzionato, tanto meglio, altrimenti se la sarebbe cavata ugualmente.

Giacomo si alzò in piedi stringendo tra le mani il quaderno del pappagallo.

«Signor Porchet, nei giorni che seguirono l'omicidio di Antonella Bettini lei fu sentito dagli inquirenti?»

«Certo, come tutti quelli che erano presenti alla festa.»

«E come venne valutata la sua posizione?»

«Gli inquirenti stabilirono che non potevo aver commesso il fatto.»

«Il pubblico ministero, con un lavoro davvero notevole, ha accluso alla documentazione verbali e perizie di quelle prime indagini. Tra questo materiale c'è in effetti una perizia del dottor Donato Bonifazi, urologo e andrologo, che esclude la possibilità che, da parte sua, sia stato commesso lo stupro o qualsiasi forma di penetrazione sessuale. È per quello che lei uscì dall'orizzonte dell'inchiesta?»

«Presumo di sì.»

Tanto Roberta Stroppoli era stata disinvolta nel parlare della sua vita sessuale, tanto Porchet, comprensibilmente, era in imbarazzo.

«Lei era a conoscenza del fatto che, durante le feste nella cascina di Marta Grandi, le coppiette si appartavano nel fienile?»

«Girava voce che questo accadesse.»

«A lei è mai capitato di vederle direttamente?»

«No.»

«Neanche la volta che Roberta Stroppoli ebbe un incontro con il suo amico Bruno Vallardi?»

«Ho appreso l'episodio da lei. Ero convinto che Bruno non avesse un particolare interesse per quella nostra compagna.»

«E invece a lei piaceva la Stroppoli?»

«Obiezione! La difesa sta inutilmente scandagliando vicende private che nulla hanno a che fare con il processo.»

«Avvocato, si attenga ai fatti che riguardano questo dibattimento. Mi duole doverglielo ricordare ancora una volta.»

«D'accordo, presidente, ma non dobbiamo dimenticare che per il crimine di cui è imputato il mio cliente è già stato processato e condannato Bruno Vallardi. Il fatto che il Vallardi sia stato rimesso in libertà non fa di lui, automaticamente, un innocente e, soprattutto, non ci esime dall'obbligo di scandagliare il clima umano nel quale maturò quel crimine. Questo, sto cercando di ricostruire con il teste, il contesto in cui la povera Antonella Bettini ha trovato la morte per mano assassina.»

«Va bene, prosegua, ma sia conciso.»

«La sera in cui Roberta Stroppoli si è incontrata con Vallardi ha avuto l'impressione di essere spiata da qualcuno che si trovava dentro il fienile e di aver visto una scarpa da ginnastica maschile. Lei sa se qualcuno dei suoi compagni, e rimangono solo Soffiantino e Corbini, aveva una certa inclinazione per il voyeurismo?»

«Non mi risulta, ma, di solito, chi ama spiare non lo sbandiera ai quattro venti.»

«Ha perfettamente ragione. Di solito preferisce rimanere lontano dal clamore delle cronache. E, a proposito di cronache, il giorno 11 gennaio 2017, a bordo della sua barca a vela ormeggiata nel porto di Imperia, due giovani esibizionisti, completamente nudi malgrado il freddo, sono stati colti nell'atto di copulare, proprio lì, nel pozzetto. Esibizionismo e voyeurismo, due facce dello stesso fenomeno. Lei non ha idea del perché i due esibizionisti abbiano scelto proprio la sua barca a vela?»

«Nessuna idea.»

«Immagino che lei non fosse presente ai fatti, altrimenti li avrebbe cacciati via prima che si abbandonassero ad atti osceni. Non è vero?»

«Ero in Svizzera. Le autorità del porto mi hanno reso edotto circa quella vicenda, ma poiché l'imbarcazione non ha subito danni non ho preso alcuna iniziativa.»

Il suo imbarazzo era palpabile.

«Torniamo a Vallardi. Lei ha appena detto che Bruno Vallardi le faceva delle confidenze sentimentali circa le ragazze che gli piacevano e quelle che non lo interessavano. Devo dedurne che foste amici. Siete rimasti legati anche dopo la fine della scuola?»

«No, ci siamo rapidamente persi di vista.»

«Lei è residente in Svizzera, a Lugano, però è spesso a Torino, o sbaglio?»

«Una parte dei miei affari si svolge ancora qui; si tratta di clienti ereditati da mio padre, che era consulente per le più grandi aziende cittadine.»

«E quando è a Torino le capita mai di uscire con Bruno Vallardi, magari per bere una cosina insieme?»

«Come lo ho già detto, io e Bruno ci siamo allontanati.»

«Adesso chiedo alla mia assistente di proiettare la

scansione di un articolo. Si tratta di uno di quei giornali che distribuiscono gratuitamente.»

Giulia, cercando in tutte le emeroteche, era alla fine riuscita a scovare il giornale che parlava dell'aggressione di Vallardi al taxista.

«Forse, signor Porchet, tagliare i ponti con una persona tanto violenta è stata una scelta saggia. Pensi che, secondo alcuni testimoni dell'evento raccontato in questa pagina, per evitare che il taxista malmenato sporgesse denuncia un amico del Vallardi ha rifilato alla vittima dell'aggressione ben tremila euro in contanti. Un uomo facoltoso, questo amico. Lei, signor Porchet, che mestiere fa?»

«Mi occupo di finanza.»

«Quindi per lei tremila euro sono spiccioli.»

«Nel mio lavoro tratto capitali ingenti, ma ho il massimo rispetto del denaro, di qualsiasi cifra: è sempre frutto di sudore.»

Era ancora lucido, ma si vedeva che faticava a mantenere il controllo. Aveva aperto la giacca del doppiopetto grigio e allentato la cravatta sbottonando il colletto della camicia.

«Signor Porchet, lei conosce un certo Antonio Ferrari?»

«Il nome non mi dice nulla, ma io sono un broker finanziario e per lavoro ho contatti con centinaia di persone: non escludo di averlo incontrato.»

«Esclude però che con lui ci sia un'amicizia o una frequentazione abituale.»

«Sì, lo escludo nel modo più assoluto.»

«Quindi, anche se lo avesse visto qui fuori, non lo avrebbe riconosciuto, è corretto?»

«È corretto.»

«Un'ultima domanda. Credo che lei sia in condizione di frequentare località turistiche abbastanza esclusive: trascorre per caso dei periodi di vacanza a Courmayeur?»

«No, abitando in Svizzera preferisco andare a sciare a Sankt Moritz.»

«Certo, è logico. E oltre allo sci lei pratica altri sport? Gioca per caso a golf?»

«Sì, abbastanza spesso.»

«Grazie, presidente, io ho finito.»

L'escussione degli altri testimoni dell'accusa fu una mera formalità. La prima testimone della difesa fu Rebecca Luzzato, la nipote di Abigail Levi. Giacomo la vedeva per la prima volta e non poté fare a meno di riconoscere in lei i lineamenti della zia. Capelli corvini, occhi azzurri e un portamento che non si acquisisce, si eredita.

Salutò la teste e incominciò: «In che anno ha conosciuto il signor Riccardo Corbini?».

«Nell'autunno del 1984, frequentavamo insieme il Politecnico.»

«Eravate semplici compagni di corso o ci fu anche un'amicizia più profonda?»

«Diventammo amici. Riccardo veniva spesso a studiare a casa mia.»

«Se stiamo parlando dell'autunno del 1984, parliamo di un periodo che segue di pochi mesi l'omicidio Bettini. Corbini le parve mai turbato, scosso?»

«Premetto che non sono una psicologa, né so come si dovrebbe sentire o comportare una persona che ha compiuto un omicidio, però non credo proprio che Riccardo avesse problemi con la propria coscienza. Aveva problemi di cuore, quelli sì.»

«Può essere più chiara?»

«Aveva una storia con una donna sposata, o forse l'aveva avuta, o magari si era solo innamorato di questa donna e lei era sposata. Non so bene come stessero le cose: Riccardo si abbandonava raramente alle confidenze e quando lo faceva erano sempre rivelazioni parziali, timide.»

«Per come lei lo ha conosciuto, Riccardo Corbini le è sembrato un ragazzo in grado di stuprare e di sfondare il cranio di una sua compagna con un colpo di piccone?»

La brutalità di quell'immagine sortì l'effetto desiderato e Rebecca, indignata, rispose prima che il PM potesse intervenire.

«No, assolutamente no. Era il ragazzo più dolce del mondo. Troppo dolce, troppo timido, non posso neanche immaginarlo mentre violenta una ragazza, figuriamoci ucciderla.»

Mario Rossi fu nuovamente preceduto, questa volta dal presidente: «I testi possono riferire su fatti, non esprimere opinioni sulla possibilità che si verifichino determinati eventi. E questo l'avvocato Meroni dovrebbe saperlo».

Eccome, se lo sapeva. La testimonianza di Rebecca Luzzato non serviva quasi a nulla, solo a far crescere la tensione. E anche un po' a impressionare la giuria, perché se era vero che la calunnia è un venticello, "un'auretta assai gentile che insensibile, sottile, leggermente, dolcemente incomincia a sussurrar", un lavoro analogo, talvolta, faceva anche la verità. Per quello era così importante aprire la mente dei giurati al dubbio.

Il pubblico ministero cercò qualche domanda da rivolgere alla teste, giusto per non ripetere lo stesso schema dalla sua controparte, ma non ne trovò alcuna e la congedò.

Venne poi la testimonianza di Vincenzo Bossoli.

«Le domande che la difesa ha da porre al teste sono poche, ma di vitale importanza. È pertanto necessario che io ricordi ai giudici qual è l'unico elemento probatorio di cui la pubblica accusa dispone: un fazzolettino di carta sul quale è stata riscontrata la presenza di DNA riconducibile al mio cliente. Ora, tutti ormai sanno che il cosiddetto esame del DNA ha bisogno di un riscontro. Quando si trova un frammento di materiale organico sulla scena del crimine si determina il codice genetico di quel materiale e si cerca nei database nazionali e internazionali se esso corrisponde a quello di una persona che, a vario titolo, abbia avuto guai con la giustizia, per usare una formula piuttosto elastica. Riccardo Corbini, però, di guai con la giustizia non ne ha mai avuti. È un cittadino modello. Infatti il suo DNA non era repertoriato in nessun archivio. Accade però un fatto singolare, che potete verificare nei documenti agli atti: il 19 gennaio di quest'anno il Corbini viene fermato per un normale controllo stradale mentre sta guidando a quaranta chilometri orari sulla strada che percorre ogni giorno per tornare dal lavoro. Viene sottoposto all'alcoltest e i militi che eseguono il controllo dichiarano che l'apparecchio è fuori uso e che occorre effettuare un esame in ospedale. Può capitare.»

No, di solito non capitava, almeno non agli ingegneri attempati che viaggiano ai quaranta all'ora, ma era bene non mettere in dubbio l'operato delle forze dell'ordine.

«Durante il prelievo di sangue, che, sia detto per inciso, non rivela alcuna presenza di alcol, viene determinato il DNA del Corbini e questo viene messo a disposizione della procura. Potremmo aprire un lungo dibattito sulla correttezza di questo metodo, ma in primo luogo esistono dei precedenti, e, in secondo luogo, non è il vizio di forma quello che stiamo cercando qui, ma la verità. La procura poteva avere degli ottimi motivi per cercare di ottenere il DNA del mio cliente con qualsiasi mezzo. Poteva cioè avere dei forti sospetti sul Corbini, ma come nascono questi sospetti a distanza di più di trent'anni?»

«Avvocato, si sta di nuovo avventurando in terreni poco chiari. Venga alle domande.»

«Certo, presidente. Vorrei che il teste, da me ascoltato nell'ambito di indagini difensive regolarmente verbalizzate, ci riferisse di un episodio avvenuto nel novembre 2017, cioè qualche mese prima del controllo stradale. Signor Bossoli, lei è comproprietario del bar Mocambo di corso Francia. L'ingegner Corbini è un vostro cliente abituale?»

«Sì, fa colazione da noi tutti i giorni lavorativi da almeno quindici anni.»

«E cosa è accaduto nel novembre del 2017?»

«Un mattino, un cliente che non avevo mai visto ha ordinato un caffè e si è sistemato al banco proprio vicino all'ingegnere; poi, quando l'ingegnere è uscito, questo cliente ha preso il cucchiaino usato dall'ingegnere e ha cercato di metterselo in tasca.»

«L'ingegner Corbini il cucchiaino lo usava solo per girare lo zucchero o lo metteva anche in bocca?»

«Lo metteva in bocca per mangiare la schiuma del cappuccino.»

«E questo strano cliente cos'ha fatto quando lei si è accorto del tentativo di furto?»

«Mi ha detto che era un collezionista di cucchiaini e che quello della Costadoro gli mancava, così me lo ha pagato venti euro.»

«Ed era un cucchiaino molto particolare?»

«No, era uguale a tutti gli altri.»

«Uguale anche a quello che aveva dato al cliente assieme al suo caffè?»

«Sì, certo.»

Giacomo, in piedi, guardò a uno a uno i giurati.

«È piuttosto strano» scandì lentamente «che avendo davanti a sé l'oggetto delle proprie mire di collezionista, quell'uomo si sia impadronito del cucchiaino usato, leccato, dal Corbini. Stiamo parlando di un feticista? Di un fan degli ingegneri di mezza età? O invece stiamo parlando di qualcuno che ha scientemente contribuito alla costruzione di un teorema accusatorio?» Poi, volgendosi di nuovo al teste: «Signor Bossoli, se vedesse quel cliente misterioso lo riconoscerebbe?».

«Sì.»

«E, per caso, lo ha visto in attesa fuori da quest'aula?»

In altre circostanze la domanda sarebbe stata un mero espediente retorico per far dichiarare alla Corte il riconoscimento, ma quella volta era la questione chiave, il dubbio più angoscioso, l'imponderabile che faceva pendere le sorti della battaglia verso il principe di Condé o che, al contrario, lo obbligava a una complessa diversione, se non addirittura a una disonorevole ritirata. L'aula parve cogliere l'esitazione con cui Giacomo formulava il quesito, l'esitazione di fronte al referto di una biopsia ancora chiuso nella sua busta, l'esitazione prima di alzare lo sguardo ai tabelloni dei risultati nell'anno in cui a scuola niente è girato per il verso giusto, l'esitazione davanti ai verdetti che potrebbero non conoscere appello.

«Sì, era qui fuori in attesa assieme a me.»

Un rivolo di sudore cadde dalla fronte sulla palpebra destra di Giacomo e lui fu costretto ad asciugarselo col fazzoletto.

«Potrebbe descrivercelo?»

«Sono fisionomista, ma non sono bravo a descrivere le persone. Però posso dire com'è vestito: porta dei pantaloni chiari e un maglioncino leggero azzurro coi rombi bianchi.»

«Assieme a questo signore con il maglioncino ce n'era per caso anche uno con il doppiopetto grigio che è stato chiamato in aula un quarto d'ora fa?»

«Sì, c'era.»

«La ringrazio. Per me è sufficiente.»

Il pubblico ministero era a disagio. Difficile che il nome di Bossoli, per quanto opportunamente indicato sulla lista dei testimoni, gli avesse offerto spunti per il controesame. Giacomo ne ebbe conferma quando, come già in precedenza, lo vide alzarsi, guardarsi intorno per cercare ispirazione e risedersi.

«Facciamo entrare il prossimo testimone della difesa, il signor Antonio Ferrari.»

Malgrado il pubblico avesse tutti gli elementi per attendersi ciò che stava per accadere, l'ingresso in aula del testimone, con i suoi pantaloni chiari e il suo maglioncino a rombi, produsse quasi un boato.

«Signor Ferrari, può dirci per quale motivo lei ha acquistato, presso il bar Mocambo di corso Francia a Torino, un normalissimo cucchiaino da caffè per la cifra non trascurabile di venti euro?»

«Perché sono un collezionista, e quel cucchiaino mi mancava.»

«Quanti pezzi ha nella sua collezione?»

«Circa tremila.»

«Da quando ci sono i social network molti collezionisti mettono in Rete almeno una parte delle loro raccolte, così, per farle conoscere. Lei non è tra quelli o sbaglio?»

«Preferisco tenere la mia collezione per me.»

«Immagino però che abbia qualche fotografia sul telefonino, magari potrebbe mostrarla alla Corte.»

«Mi dispiace, non ne ho.»

«Lei, a Courmayeur, è intestatario di un bilocale; è lì che tiene i suoi cucchiaini?»

«No, li tengo a casa di un'amica.»

«Avrei però una perplessità: perché, al bar Mocambo, acquistò il cucchiaino utilizzato da un altro cliente e non quello che avevano dato a lei?»

«Si vede che lei non è un collezionista! Il collezionista agisce d'impulso: non c'è un perché, lo fa e basta.»

Fino a quel punto l'interpretazione era stata mediocre, prevedibile; con quell'ultima trovata, recitata con piglio ed entusiasmo, la messa in scena ritrovava un po' di brio.

«Lei conosce Riccardo Corbini? Lo ha mai incontrato?»

«Di certo non lo conosco. Potrei averlo incontrato per caso un po' ovunque: sul treno, al ristorante, al bar, presumo.»

«Quindi i lineamenti dell'uomo che siede alla mia destra non le dicono nulla.»

«Ho visto la sua foto sui giornali nei giorni scorsi: non lo conosco, ma lo riconosco.»

«Lei che mestiere fa, signor Ferrari?»

«Sono procacciatore d'affari.»

«E si occupa di qualche settore in particolare?»

«No: suggerisco buoni investimenti a chi ha fiducia in me. L'ambito non importa.»

Due domande neutre, tanto per disorientare, poi l'affondo: «Conosce il dottor Flavio Porchet?».

«No. Dovrei?»

«In effetti anche lui dice di non conoscerla, e non ci sarebbe nulla di sbagliato in tutto questo, se non fosse per la questione del golf, non è vero?»

«In che senso?»

«Lei gioca a golf, signor Ferrari?»

«Sì, sono un appassionato.»

«Anche il signor Porchet, a quanto ci risulta. Pregherei la mia assistente di proiettare la fotografia tratta dal sito web del Golf Club Courmayeur.»

Sullo schermo comparve la fotografia di due golfisti abbracciati sul podio. La didascalia recitava: "Antonio Ferrari e Flavio Porchet sono, per il terzo anno consecutivo, la coppia vincitrice del Torneo Val Ferret". Al nuovo boato dell'aula fece contrasto il silenzio di Giacomo. Se ne stava lì, in piedi, gli occhi fissi allo schermo, ma dalla sua bocca non uscivano parole.

«Avvocato, ha altre domande da porre al teste?»

«No, presidente, mi basta questa immagine per dimostrare che due testimoni di questo processo hanno mentito. Ogni altra domanda sarebbe superflua.»

«E il pubblico ministero ha domande?»

Il "no" di Mario Rossi fu appena percepibile.

«Benissimo. Riprendiamo tra trenta minuti con la requisitoria del pubblico ministero.»

28

3 maggio 2018. Ore 11.30

Fuori, nel corridoio, il pubblico sciamato dall'aula si era riunito a gruppetti di tre o quattro e, anche senza ascoltare i discorsi, si capiva che tutti cercavano di dare un senso a quanto avevano visto. Si facevano congetture, si davano interpretazioni, si cercava di comprendere dove avrebbe condotto l'ultima puntata di quella serie che, partita con lentezza, prometteva fuochi d'artificio nel finale.

Mario Rossi non si era mosso dal proprio posto. Aveva riordinato gli appunti e li aveva riletti ossessivamente. La sicurezza che aveva ostentato si era dissipata a mano a mano che Giacomo procedeva al controesame di Porchet. Quello che più lo destabilizzava non erano le affermazioni del teste, ma il fatto di non capire in che modo la controparte le avrebbe connesse al caso Corbini. E questo era proprio l'effetto che Giacomo aveva cercato di ottenere.

Di nuovo il campanello. La Corte entrò, e davanti a lei non si svolgeva più una battaglia, ma una singolar tenzone.

«Signor pubblico ministero, la parola va a lei.»

«Grazie, vostro onore.»

Mario Rossi chiuse gli occhi e inspirò profondamente, prima di iniziare la sua requisitoria.

«Signori della Corte, sebbene l'avvocato della difesa abbia cercato in ogni modo di distrarci dal punto focale di questo processo, io credo che nessuno di voi abbia perso di vista la semplicità dell'impianto accusatorio. Perché le cose vere sono semplici e sono perfettamente comprensibili. Abbiamo una prova inconfutabile, scientifica: il DNA di Riccardo Corbini è stato identificato su un fazzoletto di carta sporco di liquido seminale, e quel fazzoletto è stato rinvenuto nel luogo dove è stato trovato il corpo martoriato di Antonella Bettini. Non fatevi fuorviare dalle capziose distinzioni introdotte dalla difesa, non cercate di entrare nella complessità di chi, fumosamente, oppone la "scena del crimine" al "luogo del crimine": la verità è semplice, non complessa. Ho sentito, così come l'avete sentita voi, un'espressione ormai abusata: "teorema accusatorio". Chi la usa le assegna ormai un significato dispregiativo, ma c'è molta nobiltà in un teorema. Un teorema nasce da una riflessione e termina con una dimostrazione. La dimostrazione l'avete avuta nelle parole del colonnello Livolsi, nella piana esposizione dei dati scientifici. La riflessione parte da lontano, ed è chiaro che vi è stata preparazione. Se "teorema accusatorio" significa che l'accertamento della verità è stato lungamente preparato, non sparando nel mucchio ma concentrandosi su una specifica persona, allora assumo pienamente la responsabilità di aver sviluppato e dimostrato un teorema accusatorio. Il fazzoletto di carta ci dice che Riccardo Corbini era nel fienile, e la sua A112 parcheggiata sulla strada di accesso secondario alla cascina ci dice che il Corbini era lì la sera stessa in cui è stata uccisa Antonella. Non c'era bisogno di aggiungere altro, ma a questo ci ha pensato l'imputato stesso, con le sue menzogne, con le sue ritrattazioni. Per questo motivo chiedo che l'imputato Riccardo Corbini venga condannato all'ergastolo.»

Il brusio dell'aula, per quanto indistinto e caotico, aveva un tono facilmente interpretabile, un tono d'approvazione. Lo stesso tono con cui accompagnò il breve intervento del difensore di parte civile che chiedeva il risarcimento e si associava alle richieste del pubblico ministero, facendo risuonare ancora, sia pure implicitamente, quella parola: ergastolo.

Giacomo incrociò lo sguardo del suo cliente e vi colse tutta la disperazione del mondo. Avvertì di nuovo la pressione dell'aula sulla schiena e quella pressione si sommava a quella che gli veniva dalla vicinanza con un uomo che stava affidando a lui la propria vita. Poi spazzò via tutto e nella sua mente rimasero solo i passaggi fondamentali della sua arringa, rimase solo il racconto della sua verità, una verità in cui Riccardo Corbini non era l'assassino.

«Presidente, signori della Corte. Come ho già detto nel corso di questa udienza, alcune procedure adottate per collegare il mio cliente alla prova che l'accusa ritiene decisiva, e che invece non lo è affatto, sono alquanto dubbie. Ha ragione il pubblico ministero rimproverandomi di aver utilizzato il sintagma "teorema accusatorio": è troppo blando. Avrei dovuto invece parlare di "*fumus persecutionis*", perché di questo si tratta. Di un accanimento nel quale ogni mezzo è consentito per giungere alla condanna di una vittima sacrificale. Ma se avessi invocato il vizio di forma, l'irregolarità procedurale, non solo avrei privato il mio cliente dell'assoluzione piena e assoluta che egli merita, ma avrei privato due genitori, che trentaquattro anni fa sono stati colpiti dalla più spaventosa delle tragedie, del loro diritto a sapere chi ha stuprato e chi ha ucciso la loro figlia. Vorrei che poneste molta attenzione alle mie parole. Non ho detto "chi ha stuprato e ucciso", ma "chi ha stuprato e chi ha ucciso". Questa differenza non è né capziosa, né fumosa; semplicemente getta una nuova luce su quanto è avvenuto e ci fa guardare a quei crimini con occhi diversi. In tutti questi anni noi abbiamo creduto che lo stupro e l'uccisione fossero imputabili a un'unica persona. Ma potrebbe anche non essere così. Il mio cliente è imputato per entrambi quei crimini anche perché nessuno ha mai pensato che essi potessero essere disgiunti. E allora, per farvi comprendere come questa vicenda possa essere guardata da una nuova angolazione, devo per forza ricostruire un quadro dove Riccardo Corbini non è né stupratore né assassino, dove Riccardo Corbini non compare e al suo posto ci sono altri due individui.»

Bevette dal bicchiere che aveva posato sul tavolo davanti a sé.

«È il 17 giugno 1984. È tardi. Gli insegnanti sono andati via da parecchio e anche i pochi maschi hanno già abbandonato la festa: Bruno Vallardi ha accompagnato Davide Soffiantino al cinema Charlie Chaplin dove sua madre lavora e Flavio Porchet ha semplicemente detto "arrivederci". Ma nessuno di loro si trova nella totale impossibilità di ritornare alla cascina di nascosto. Ma perché farlo? A questo punto il mio racconto abbandona i fatti accertabili e si sposta sul terreno delle ipotesi, delle pure ipotesi. E poiché il concetto di "teorema" è stato così tanto rivalutato dal pubblico ministero, noi non possiamo dimenticarci che il primo passaggio per la dimostrazione di un teorema è la formulazione delle ipotesi. E l'ipotesi prevede che in quel contesto vi siano due amici, che vivono praticamente in simbiosi: il primo è affascinante e rude, desiderato e indesiderabile, è la passione di molte delle ragazze della classe e lui, come si sarebbe detto in un fotoromanzo dell'epoca, fa strage di cuori. Il secondo non è un brutto ragazzo, in più è ricco, ma ha un problema che ritiene inconfessabile: avvicinare una ragazza, vivere con lei una situazione di intimità significherebbe uscire allo scoperto. Allora, piuttosto che rivelare il proprio disturbo, preferisce vivere in simbiosi con l'amico, preferisce vivere la stessa sessualità dell'amico, ma da semplice osservatore nascosto nell'ombra. Per un po' questa sessualità surrogata lo appaga, ma guardare non fa altro che mostrargli quanto sia ampio l'universo che gli viene negato e amplia la gamma dei suoi desideri. Non potendo "fare", quello dei due che vive per interposta persona vuole guardare cose sempre nuove. Si è stufato delle facili conquiste del suo amico: per rendergli la cosa interessante il suo alter ego deve spingersi oltre, deve esercitare la violenza. O forse è proprio il suo doppio ad amare la violenza, a ricercare il possesso. La sera del

17 giugno 1984 i due amici decidono di superare una soglia, quella del rapporto consenziente, decidono di violentare una ragazza. Parlo al plurale perché i due pianificano e mettono in atto insieme lo stupro. D'altro canto sappiamo che la violenza sessuale viene spesso esercitata in gruppo: carnefici multipli e una sola vittima. Esiste una vittima predestinata dei due? Probabilmente no. Hanno deciso di tornare nascostamente alla festa e di scegliere la preda più facile, quella che possono afferrare senza pericolo, quella che si è isolata dal gruppo? E se nessuna si fosse staccata dalle altre? Se le condizioni non avessero permesso di avventarsi su una ragazza? Semplice, i due avrebbero rimandato il loro progetto a un'altra occasione: quando gli inquirenti elucidano un caso di omicidio, spesso scoprono che l'attuazione del crimine era stata preceduta da tentativi andati a vuoto, da appuntamenti con la morte mancati solo perché non si erano verificate le condizioni adatte al delitto. Ma quella sera di giugno del 1984, le condizioni si verificano: Antonella Bettini si stacca dalle compagne che stanno scendendo lungo il vialetto per raggiungere le auto parcheggiate. I due giovani uomini, nascosti nel buio e mascherati, la afferrano e la trascinano nel fienile. Perché non abusano di lei all'aperto? Perché fanno la fatica di trascinarla nel fienile? Perché nel fienile ci sono le condizioni di illuminazione giuste affinché uno dei due possa osservare di nascosto l'atto sessuale. O perché, oltre all'illuminazione, essi trovano lì il loro ambiente ideale: è il luogo in cui la loro perversa dinamica simbiotica è già stata messa alla prova. Sul capo della povera ragazza hanno infila-

to una federa a mo' di cappuccio, ma, a un certo punto, forse per la foga del violentatore, la federa cade e la ragazza vede qualcosa. Cosa? Il volto dei suoi aguzzini? Forse. Un particolare degli abiti che può ricondurla a loro? È a quel punto che uno dei due, l'osservatore, il "guardone", se preferite, afferra un piccone che si trova lì vicino e la uccide colpendola alla nuca. Se la federa si fosse trovata ancora in testa alla vittima sarebbe stata strappata dalla punta dell'attrezzo, ma se non fosse caduta probabilmente il piccone non sarebbe stato usato. Quali erano inizialmente le intenzioni dei due? Quasi certamente lasciarla lì, legata, incapace di descrivere i suoi aggressori. Il test del DNA non c'era ancora e la colpa sarebbe ricaduta su sbandati di passaggio, dato che i maschi del gruppo erano stati visti allontanarsi. Ci si potrà adesso domandare perché in questa ricostruzione ipotetica io abbia assegnato la responsabilità dell'omicidio all'uomo che osservava, anziché allo stupratore. Lo spiegherò tra un attimo, passando dalle ipotesi ai fatti.»

Bevve di nuovo, perché aveva sete, certo, ma anche per marcare una pausa, per sottolineare il passaggio a una nuova fase dell'arringa, quella degli eventi riscontrabili, quella dei nomi. Osservò i giurati: avevano gli occhi spalancati, qualcuno aveva persino la bocca socchiusa. L'attenzione era totale.

«Adesso veniamo a tempi più vicini ai nostri. E precisamente alla notte del 22 luglio 2016. In un pub che non gode di ottima fama, il Crazy Blue di via Cesana a Torino, Bruno Vallardi dà in escandescenze. È ubriaco, forse ha assunto sostanze stupefacenti, e, com'era già accaduto in passato, ha molestato una giovane donna. La sicurezza del locale interviene e lui si fa più minaccioso, dice di essere un tipo pericoloso, di aver già ucciso una ragazza, una compagna di scuola. Tra gli avventori del locale, per motivi di servizio e sotto copertura, è presente anche un agente di pubblica sicurezza, che arresta immediatamente il Vallardi. Sebbene egli, a partire dal giorno successivo, sostenga che le frasi pronunciate nella notte fossero frutto soltanto dell'esaltazione e dell'ebbrezza di quel momento, una serie di riscontri conducono all'apertura di un processo e alla condanna di Vallardi per l'omicidio di Antonella Bettini. Questo è, per così dire, l'antefatto di questo procedimento. Non stiamo più parlando di uno scenario ipotetico, bensì di indagini e sentenze, ma, per un attimo, siamo costretti ad abbandonare il campo delle certezze per tornare in quello delle possibilità. Vallardi si rende conto che rischia di trascorrere in carcere il resto della sua vita e fa quello che non aveva mai fatto prima: ricatta Flavio Porchet. Gli dice che fino a quel momento lui ha portato da solo il peso di ciò che era stato fatto ad Antonella Bettini, ma la colpa deve essere ripartita, ognuno deve pagare per la propria parte: Vallardi per lo stupro, Porchet per l'omicidio. Oppure, meglio, nessuno deve pagare niente, e che quindi si sbrighi, con tutti i suoi soldi, a tirarlo fuori da lì...»

«Obiezione, vostro onore, l'avvocato Meroni non sta difendendo il suo cliente, sta celebrando un processo farsa contro un testimone e contro un indiziato, che, non a caso, è già stato scarcerato. Abbiamo accettato la storiella della prima parte della sua arringa, quella nella quale ci ha almeno risparmiato i nomi della sua fantasiosa, ma forse dovrei dire "delirante", ricostruzione, però adesso sta davvero esagerando.»

Mario Rossi non aveva torto, ma gli sguardi dei giudici, specie di quelli popolari, lo incenerirono: proprio adesso che il dramma sembrava toccare il suo culmine, nessuno aveva diritto di sospendere la rappresentazione. Anche il presidente dovette pensare qualcosa del genere: «Dottor Rossi, parlando del Vallardi, lei lo ha appena qualificato come "indiziato", ma le ricordo che, allo stato attuale, egli, almeno in primo grado, è stato "condannato". Anche la sua ricostruzione della realtà non manca dunque di una certa approssimazione. Lasciamo terminare la difesa».

«Grazie, presidente» fece Giacomo. «Se stupro e omicidio fossero stati commessi entrambi dal Vallardi, quest'ultimo non avrebbe avuto grandi mezzi di pressione sull'amico, ma se il colpo di piccone è stato inferto dal Porchet le cose evidentemente cambiano, ed ecco che questi si adopera in ogni modo per disinnescare la bomba che è nelle mani del Vallardi. Immagino che un finanziere di successo come Flavio Porchet possa contare su uno stuolo di avvocati, e che uno di questi si sia messo in contatto con il collega che aveva assistito Vallardi nel processo. Facendosi consegnare le carte di quel procedimento, il penalista incaricato da Porchet si accorge, come me ne sono accorto io, che tra i reperti c'è un fazzolettino di carta che è stato conservato negli anni e che, visto l'evolvere delle scienze forensi, in occasione del processo Vallardi è stato sottoposto alla prova del DNA. Il DNA ritrovato su quel reperto non corrisponde a quello di Vallardi e quindi la prova non viene utilizzata dall'accusa. Questo non significa che Vallardi sia innocente, significa solo che sul luogo dell'omicidio, come ho cercato di spiegare più volte nel corso delle nostre udienze, qualcun altro ha avuto rapporti sessuali. E se qualcuno obiettasse che Vallardi aveva un alibi per l'ora dell'omicidio, io ricordo che quell'alibi è già stato messo in discussione, se non demolito, durante il processo di primo grado allo stesso Vallardi: Ruggero Nicosia, l'amico che aveva detto di aver trascorso con lui una parte della notte, è morto in carcere nel 2002 e sulla sua fedina penale c'erano ben tre condanne per falsa testimonianza. Ma torniamo al fazzolettino: la presenza di quel reperto costituisce un ottimo salvagente per chi ha davvero commesso il crimine perché offre la possibilità di spostare i sospetti su un'altra persona. Ma chi? Già, perché quel codice genetico non corrisponde, come abbiamo detto, a nessuno che sia già stato schedato. Ed è qui che Flavio Porchet ha un colpo di genio: il fienile era luogo di incontri erotici e i maschi della classe, eccettuati lui e il suo amico, non sono che due. Con tutta probabilità, il fazzolettino è stato usato da uno di loro in qualche occasione: basta procurarsi un loro campione organico, farlo esaminare e confrontare il risultato con il codice rilevato sul reperto, codice che è in loro possesso perché agli atti. Così entra in gioco Antonio Ferrari, il compagno di golf di Porchet, il "procacciatore d'affari" dalla vita dispendiosa e dagli introiti dubbi. È lui l'incaricato del reperimento delle tracce organiche. Non sappiamo se abbia pedinato anche Davide Soffiantino, ma è certo che ha seguito Riccardo Corbini e ha fatto in modo da procacciare a se stesso un vero affare: un campione di saliva del mio cliente. E quel campione coincide con quello rilevato sul reperto che è stato al centro della requisitoria del pubblico ministero: ecco come si costruisce una prova. Una volta stabilito che quel fazzolettino era stato utilizzato da Riccardo Corbini, Flavio Porchet ha fatto in modo che quel nuovo elemento giungesse nelle mani della procura. Come? Un plico anonimo? Un incontro segreto? Le confidenze di un informatore? Non è mio compito stabilirlo. Quello che succede dopo è noto a tutti: Corbini diventa il mostro e Vallardi viene rimesso in libertà. Provvisoriamente, certo, in attesa della sentenza che voi, signori giudici, state per emettere, perché, se condannate Riccardo Corbini, voi scagionate automaticamente Bruno Vallardi e chi, forse, ha operato con lui. Per questo, pur attirandomi gli strali del dottor Rossi, non ho potuto disgiungere la vicenda Vallardi da quella Corbini. Rimangono però due punti oscuri: la A112 parcheggiata sulla strada secondaria e il fazzolettino. Sì, perché indubitabilmente quello è associato al mio cliente. Egli, maldestramente, ha provato a far credere che il suo utilizzo fosse avvenuto durante un rapporto con la defunta Sabrina Frassati, ma la testimonianza di Cinzia Bosco ha subito smentito questa versione, così come ha dimostrato che la sera dell'omicidio il mio cliente era alla cascina, fatto che, alla fine, egli stesso ha ammesso. Certo, il peso della menzogna si fa sentire e non è facile oggi affermare che tanto il fazzolettino quanto la presenza alla cascina sono legati alla relazione del mio cliente con un'altra donna. Vi pregherei di ricordarvi la testimonianza di Rebecca Luzzato. "Aveva una storia con una donna sposata": questo ci ha detto la testimone, e noi non abbiamo alcuna ragione per non prestare fede alle sue parole. Questa donna sposata oggi potrebbe scagionare completamente il mio cliente dalle responsabilità che gli vengono attribuite, ma io so che Riccardo Corbini non farà mai il suo nome. E se glielo chiedeste non vi direbbe neppure la ragione di questo rifiuto: parlerebbe di discrezione, di buone maniere. Ma non si muore in nome della discrezione, perché di questo si tratta: di una condanna all'ergastolo che, per un innocente, è peggio della morte. No, non è in nome della riservatezza che si va incontro alla morte. Ma in nome dell'amore sì; in nome di un amore che dura dal 1983. Un amore sublimato, irrealizzabile, ma che il mio cliente non riesce a estirpare dal proprio cuore. Non si è mai sposato, di lui non si conoscono storie: un motivo ci sarà. E se qualcuno dubita che per amore si possano affrontare senza reagire le conseguenze di una condanna ingiusta, a quel qualcuno consiglio di andare a leggere sulle cronache dei giornali quanti omicidi si commettono in nome dell'amore. Se il più celebrato dei sentimenti può indurci a volgere l'arma contro gli altri, può anche convincerci a uccidere noi stessi o a lasciarci morire nel fondo di una cella. C'è una sola cosa che posso ancora dire: Riccardo Corbini è innocente, e se lo assolverete non farete torto alla giustizia, non priverete due genitori del nome o dei nomi di chi ha ucciso la loro figlia...»

Giacomo sentì una mano che gli strattonava la toga:

era quella di Giulia. Nell'altra stringeva una busta color crema. Alzando lo sguardo, stupito, quasi irritato, si accorse, dall'espressione dei volti, che il pubblico doveva aver seguito il percorso di quella busta da un punto imprecisato dell'aula fino alla sua assistente. Prese la missiva e, dopo essersi scusato con la Corte, la aprì. Conteneva un biglietto con un breve messaggio, vergato con calligrafia elegante, femminile.

«Domando scusa, presidente. Ai sensi dell'articolo 507 del codice di procedura penale, chiedo l'escussione di un nuovo testimone portatore di informazioni capitali per la serena formulazione del verdetto da parte della giuria. Chiedo di poter ascoltare Marina Suardi.»

29

3 maggio 2018. Ore 15.30

Il tempo della camera di consiglio scorre a due velocità diverse a seconda che si sia dentro o fuori. Dentro, gli dicevano, è un tempo accelerato, affollato. Fuori è rarefatto, consumato dall'ansia e svuotato di tutti i pensieri tranne uno. Marina Suardi era andata via subito dopo essere stata ascoltata; ai giudici aveva consegnato una verità un po' addomesticata, dimentica di ogni altro episodio al di fuori di quello che concerneva Riccardo Corbini, aveva consegnato una realtà nella quale il giovane allievo aveva provato un'autentica ossessione per la sua professoressa. Era in virtù di quell'ossessione che, durante la festa di compleanno di Marta, il ragazzo, spiando la prof che si aggirava lì intorno, aveva dato sfogo alle sue pulsioni in un atto solitario. La Suardi aveva detto ai giudici di essersi recata nel fienile per controllare che non "succedessero cose", di aver visto Corbini con i pantaloni ancora calati mentre si detergeva con il fazzolettino di carta, di averlo rimproverato e nulla più. Rapporti sessuali non ce n'erano stati e, da quel momento, ognuno dei loro incontri clandestini era stato destinato unicamente a "far ragionare" quel ragazzo troppo emotivo e insanamente innamorato. E proprio per "farlo ragionare" la professoressa aveva chiesto a Riccardo, che insisteva per vederla, di raggiungerla di nascosto alla cascina la sera del delitto: avevano parlato a bordo della A112 e poi lui se n'era andato.

In altre parole la Suardi aveva dato alla Corte il minimo sindacale per tirare Riccardo definitivamente fuori dai guai ed era riuscita a presentarsi come crocerossina. Adesso rimaneva da capire se il suo intervento riusciva a completare ciò che l'arringa di Giacomo aveva iniziato.

Il tempo della camera di consiglio scorre a due velocità, ma a un certo punto finisce. La campanella suona. La difesa e l'accusa si sistemano. Il pubblico rimasto riprende posizione. La Corte entra. E con poche frasi tutto si conclude.

«Repubblica italiana. Nel nome del popolo italiano, la Corte, visto l'articolo 530 del codice di procedura penale, assolve Corbini Riccardo dal reato a lui ascritto per non aver commesso il fatto.»

Nel giro di qualche secondo sarebbero scattati gli abbracci, le lacrime, i ringraziamenti. Nel giro di qualche secondo Corbini gli avrebbe chiesto il cellulare per telefonare alla madre, che non aveva avuto il coraggio di presentarsi in aula. Nel giro di qualche secondo tutto sarebbe finito. Ma prima che quei pochi secondi si esaurissero, proprio mentre il giudice recitava le ultime parole della formula, Giacomo riuscì a pensare: "Da domani cerco di capire se Bin Laden ha la faccia del luogotenente Lucio Ferretti".

«Cena di classe»
di Alessandro
Mondadori Libri

Questo volume è stato stampato
presso ELCOGRAF S.p.A.
Stabilimento - Cles (TN)
Stampato in Italia. Printed in Italy